M

Cherry Chic

Inesperadas Navidades

Bienvenidos al nuevo Hotel Merry

montena

Papel certificado por el Forest Stewardship Council®

Primera edición: octubre de 2024

© 2024, Cherry Chic, autora representada por Editabundo Agencia Literaria, S. L.
© 2024, Penguin Random House Grupo Editorial, S. A. U.
Travessera de Gràcia, 47-49. 08021 Barcelona

Penguin Random House Grupo Editorial apoya la protección de la propiedad intelectual. La propiedad intelectual estimula la creatividad, defiende la diversidad en el ámbito de las ideas y el conocimiento, promueve la libre expresión y favorece una cultura viva. Gracias por comprar una edición autorizada de este libro y por respetar las leyes de propiedad intelectual al no reproducir ni distribuir ninguna parte de esta obra por ningún medio sin permiso. Al hacerlo está respaldando a los autores y permitiendo que PRHGE continúe publicando libros para todos los lectores. De conformidad con lo dispuesto en el artículo 67.3 del Real Decreto Ley 24/2021, de 2 de noviembre, PRHGE se reserva expresamente los derechos de reproducción y de uso de esta obra y de todos sus elementos mediante medios de lectura mecánica y otros medios adecuados a tal fin. Diríjase a CEDRO (Centro Español de Derechos Reprográficos, http://www.cedro.org) si necesita reproducir algún fragmento de esta obra.

Printed in Spain – Impreso en España

ISBN: 978-84-19848-37-6
Depósito legal: B-12.741-2024

Compuesto en Grafime, S. L.
Impreso en Black Print CPI Ibérica, S. L.
Sant Andreu de la Barca (Barcelona)

GT 48376

Para mi sobrino Alejandro.
Esta familia estaba incompleta y no lo
supimos hasta que llegaste en primavera
y te convertiste en el mejor regalo navideño
por anticipado.

1

Avery

Noah señala la pantalla torcida sobre la que reproduce un Power-Point e intento contener un bostezo. No importa cuántas veces le digamos que no necesita hacer eso y que puede, simplemente, decir lo que quiere. A él le encanta enseñarnos un montón de gráficos y números capaces de marear a cualquier ser humano.

Intento que mi cara de aburrimiento no sea demasiado evidente. Me recuerdo que mi jefe no tiene la culpa de que yo lleve semanas sin dormir bien. Además, Noah no es solo mi jefe, también es un gran amigo. Heredó hace un par de años el hotel de Greenwich Village en el que trabajo y ya mucho antes intentaba por todos los medios hacer lo mejor para el negocio, pese a lo joven que es. Que le encanten las reuniones aburridas es un mal menor para todo el bien que ha hecho por este sitio.

—Tus abuelos deben de estar muy orgullosos —suelto.

Varios pares de ojos me miran con distintos grados de expresiones y confusión. Noah frunce el ceño, pero no es él quien habla, sino Olivia, que además de ser mi compañera en la recepción del hotel, es una buena amiga y la novia de Noah.

—¿Estás bien? Pareces cansada.

—Noche movida —murmuro como única respuesta.

—Ah, ¿sí? Ya somos dos. Si quieres, luego quedamos y nos lo contamos todo con detalle —dice Asher guiñándome un ojo.

Asher es un gran amigo y compañero. Y también es la última persona del mundo a la que le contaría por qué no puedo dormir. De todos modos, daría igual, porque él solito ha interpretado que es porque he estado teniendo sexo salvaje. Y sé que lo piensa porque me apuesto una mano a que es lo que ha estado haciendo él toda la noche. No hay más que ver que hoy no ha tenido tiempo ni de peinarse. Por cierto, desde hace unos días, noto que lleva el pelo más largo que de costumbre.

Luce oscuras ojeras en contraste con el tono azul grisáceo de sus ojos, pero estoy segura de que, cuando se las ve, sonríe como un idiota al espejo porque sabe qué las ha causado.

Intento concentrarme. No es el momento de seguir el hilo de mis pensamientos y ponerme a continuación a pensar en mis propias ojeras. Noah tiene que terminar con el PowerPoint y entonces será el turno de que todos hablemos para aportar o sugerir algo. Ese será mi momento. Lo he memorizado muchas veces. Muchas. Muchísimas. No hay nada que pueda ir mal.

Llevo años trabajado en el Hotel Merry como recepcionista. Ha sido, en realidad, mi único trabajo serio. Estuve un tiempo como camarera en una cafetería, pero el ambiente entre compañeros era tan tóxico que, en cuanto pude, me largué.

Conozco a mis compañeros y compañeras. He hecho buenos amigos aquí y me he sentido arropada en incontables ocasiones. Esta no va a ser menos. Lo más importante ya lo tengo: un jefe que se preocupa por las personas que trabajan para el hotel. No puedo decir que seamos un simple número para Noah. Sus abuelos le enseñaron muy bien cómo hacerlo antes de jubilarse y su calidad humana hizo el resto. No va a tomarse a mal que quiera descansar un poco de una parte de mi trabajo que, de todos modos, me adjudiqué yo sola.

Empecé a retransmitir en redes sociales la vida en el hotel hace años, cuando Nicholas y Nora, los abuelos de Noah, idearon un calendario de actividades para la Navidad. Al principio era algo divertido, no lo hacía de un modo profesional ni mucho menos. Solo quería que la gente viera, igual que yo, lo entretenido que podía ser un día en el Hotel Merry. Ofrecí al público diversión, dramatismo e, incluso, una historia de amor, porque Olivia y Noah se enamoraron frente a mi cámara, aunque ninguno de los dos quiera reconocerlo ni me lo hayan agradecido nunca. Me sentía orgullosa de mostrar la vida tal y como era y, cuando los seguidores empezaron a llegar, sentí que tenía un propósito. Ganaba dinero mientras hacía algo que me gustaba, y eso fue increíble. Pero han pasado casi tres años y, bueno, creo que es hora de dejarlo. No hablo de desaparecer, pero de alguna forma lo que empezó como un modo de viralizar el hotel ha acabado viralizándome a mí con él. Ahora, cuando alguien me saluda en la recepción por mi nombre, no lo hace por la placa que llevo en la chaqueta, sino porque saben perfectamente quién soy, dónde trabajo e, incluso, dónde vivo. Y eso, que antes no me preocupaba, de pronto empieza a ahogarme de un modo que no puedo explicar.

—Bien, esta parte ya está explicada.

Concentro mi atención en Noah, el PowerPoint ha acabado, así que enderezo la espalda y me preparo para hablar en cualquier momento. Estoy a solo unos segundos de priorizarme a mí misma de una vez por todas. Aparcar las redes sociales y venir a trabajar sin estar pendiente del teléfono de un modo constante suena tan bien que sonrío, un poco por inercia y otro poco por la ilusión de lo que viene.

La reunión acaba, mis compañeros empiezan a salir de la sala y, cuando me estoy preparando para hablar con Noah a solas, este frena a Asher antes de que se vaya.

—Cierra la puerta y quédate, por favor, hay algo que quiero hablar con vosotros.

Intuyo que en ese «vosotros» entro yo, porque la otra persona que hay aquí es Olivia y parece estar al tanto de lo que sea que su novio tenga que decir.

Vuelvo a sentarme junto a Asher y observo cómo nuestro jefe apunta de nuevo a la pantalla y comparte desde su teléfono un *collage* con unas fotos que despiertan mi curiosidad y, de un modo instintivo, me tensan aún más.

—Como ya sabéis, hace unos meses decidimos adquirir un hotel rural en Vermont, más concretamente en Silverwood, un pequeño pueblo del condado de Lamoille. Ya hacía un tiempo que pensábamos que sería bueno expandirnos y, después de pasar unos días allí el invierno pasado, acabamos enamorados del lugar.

Es una manera bonita de decir que Olivia y él se fueron el invierno pasado de escapada y volvieron a casa con la reserva de compra de un sitio que, al parecer, les gustó muchísimo. Recuerdo que bromeé con mi amiga acerca de lo bien que se había tenido que dar el sexo si Noah estaba dispuesto, incluso, a comprar el hotel para preservar el recuerdo.

Obviamente no fue del todo así, pero la verdad es que hoy por hoy sé poco de ese asunto. Olivia me dijo que los dueños pasaban por apuros económicos y que Noah había decidido comprarlo después de pedir una hipoteca e invertir todos sus ahorros. Sabía que mi jefe no era pobre, desde luego, pero tampoco lo había considerado rico hasta ese momento. Sus abuelos se mostraron entusiasmados con la idea de expandir el apellido Merry. A mí, hasta hoy, me ha dado un poco igual todo este asunto. Quiero decir, no es algo que me afecte, pero ahora mismo, viendo a mi amigo sonreír de un modo tenso y nervioso, empiezo a sentirme exactamente igual que él, tensa y nerviosa, porque no entiendo a qué viene sacar el tema ahora y qué hacemos Asher y yo en esta reunión.

—No voy a andarme con rodeos. —Noah se mete las manos en los bolsillos y se balancea sobre sus talones—. El negocio no va bien. Los antiguos dueños siguen ocupándose de él, pero empiezan a ser mayores y no pueden hacerse cargo de todo. Además, están teniendo problemas para aceptar mi visión del negocio.

—¿Es una manera suave de decir que te odian? —pregunto.

—No sé si «odio» es la palabra que define lo que sienten por mí, pero desde luego no es aprecio. Creo que están demasiado acostumbrados a ir por libre. No siento que haya una comunicación clara. Yo no puedo estar viajando constantemente para controlar el negocio, es inútil y no serviría. Lo más probable es que acabase desatendiendo los dos hoteles por intentar ocuparme de todo, así que, después de mucho meditarlo, he llegado a la conclusión de que necesito estar allí, pero sin estar.

—Tío, no te sigo —Asher pone palabras a mis propios pensamientos.

—No puedo dejar este hotel. Es el principal, necesito estar aquí para controlarlo todo, pero me iría genial tener allí a alguien de mi total confianza. Alguien que fuera capaz de gestionar aquello y ser completamente sincero conmigo acerca de la situación actual, porque creo que los trabajadores de allí, e incluso los antiguos dueños, mienten acerca de algunas cosas.

El modo en que mira a Asher me da la respuesta inmediata. Por desgracia, la rapidez mental de mi amigo solo se activa a la hora de ligar.

—Entiendo... —dice antes de mirar a Olivia—. Lo harás genial. Y no te preocupes, yo vigilaré a Noah todo el tiempo que estés allí para que no se descontrole.

—¿Qué? Yo no voy a irme, Asher —dice mi amiga.

—¡Pero si ha dicho que necesita a alguien de su entera confianza!

—Sí, pero no será mi novia —contesta Noah—. Había pensado en ti, Asher.

Este lo mira muy serio un instante antes de romper a reír.

—Tienes que estar de broma.

—No lo estoy.

—¡No sé nada de dirigir hoteles!

—Claro que sí, has aprendido mucho en los últimos tiempos. Hace tres años eras camarero y hoy eres el encargado del restaurante.

—¡Eso no es lo mismo que ser gerente de un hotel! Y Silverwood, o como cojones se llame ese sitio, está... ¡Está muy lejos, tío! Demasiado lejos. No cuentes conmigo.

—Asher, es una oportunidad única. Tu sueldo irá en base a tus nuevas responsabilidades; además, siempre dices que a veces sientes que incluso Nueva York se te queda pequeño.

—¡Por eso! Imagina cómo se me quedará un pueblucho perdido en Vermont. Paso, Noah. No soy una buena opción. Además, mírame: ¡no tengo pinta de jefe respetable!

En eso tengo que darle la razón. Cuando lleva el uniforme puesto, Asher puede dar el pego, pero ahora mismo, con un vaquero gastado y roto y una sudadera que ha vivido mejores tiempos y se nota, no da la imagen de un jefe respetable.

—Te compraré algunos trajes.

—¡No quiero que me compres trajes! No soy tu novia, a mí no me contentas con ropita, joder.

—¡Eh! A mí tampoco —se queja Olivia.

Se me escapa la risa, pero Asher me mira tan mal que me contengo al instante.

—Perdón, perdón. Venga, Asher, será interesante para ti. ¡Toda una aventura! —le digo intentando animarlo.

—¿Eso crees? ¿Que será una aventura?

—Sí, ¿por qué no? Te irá bien cambiar de aires.

—Vete tú, entonces.

Me río, pero solo hasta que reparo en la cara que tiene Noah.

—En realidad… —dice este.

—No —lo corto antes de que siga.

Que yo sea la otra persona que está en esta sala es malo. Yo sabía que era malo, pero empiezo a intuir en qué medida, y no me gusta.

—Pensamos que, con Asher al mando y tu mano en las redes sociales, haríamos un tándem perfecto.

—Noah…

—Venga, Avery. Este hotel es mucho más visible para los turistas gracias a ti. Levantaste una comunidad de la nada y lo hiciste genial. ¿No te parece emocionante conquistar a tu público con contenido nuevo? Piensa en ello. Un hotel rural con cabañas para parejas y familias. Nieve, esquí, naturaleza… ¡Es todo un reto!

—Noah…

—Asher y tú sois las personas en las que más confío, después de Olivia. Estoy seguro de que, con vosotros allí, es cuestión de tiempo que el hotel vaya como la seda. Siempre dices que eres una chica de retos, ¿no? Aquí tienes uno inmenso, Avery. ¿De verdad vas a rechazarlo? —Quiero decirle que sí, que por supuesto que voy a rechazarlo porque, de hecho, no quiero que mis retos sigan estando ligados a las redes sociales, pero Noah me mira de un modo que hace que me resulte difícil negarme—. Te necesito. Os necesito a los dos, chicos. No confiaría algo tan importante para mí a nadie más que a vosotros.

Trago saliva y miro a Asher, que tiene la mirada puesta en su mejor amigo de un modo tan frío y rencoroso que me tensa.

—¿Por cuánto tiempo? —pregunta.

—Bueno, estamos en noviembre y la idea es conseguir visibilidad para las reservas de Navidad. Sé que vamos justos de tiempo, pero si logramos aumentar aunque sea un poco la productividad, será suficiente. Luego trabajaremos con calma durante todo el año para que, las próximas Navidades, el hotel haya dado un giro radical.

—¿Cuánto tiempo, Noah? —vuelve a preguntar, aunque este ya le haya dado la respuesta.

—Un año como mínimo —dice nuestro jefe antes de mirarnos con ojos del gatito de Shrek—. Si en un año el negocio va bien y anda solo, plantearemos la opción de que volváis aquí, si es lo que queréis. Pensad en la oportunidad que esto representa, chicos.

—Y en las bonificaciones —añade Olivia—. Por supuesto.

—¡Claro! Pensad en las bonificaciones. El aumento de sueldo será significativo y haremos que esto sea rentable para vosotros. Cubriremos vuestros gastos en cuanto a vivienda y comida. Prácticamente todo lo que ganéis será para vosotros. ¿Qué me decís, chicos? ¿Me ayudáis a hacer que el Hotel Merry se expanda un poco más?

Podría haber dicho que no. Debería haber dicho que no, maldita sea, pero Noah sabe jugar sus cartas muy bien. Me mira de tal modo que se me hace imposible dejar de pensar en todas las veces que me ha ayudado, aun cuando no era su obligación. Ha sido siempre un gran jefe, pero, más allá de eso, ha sido un gran amigo.

Y quizá, después de todo, un cambio de aires radical sea igual de efectivo que despedirme de las redes sociales. De hecho, aunque mi mente vaya a toda velocidad, parece coherente pensar en ello. No puedo olvidarme de las redes, pero puedo cambiar radicalmente de escenario y, cuanto más pienso en alejarme de esta ciudad y de todo lo que ha representado para mí en los últimos tiempos, más apetecible se vuelve la idea.

—Me quedo tu jeep —dice Asher de pronto.

—¿Qué?

—Si vamos a hacer esto, quiero tu jeep. Conduciremos hasta Vermont y me lo quedaré todo el tiempo que esté allí.

Noah mira a Asher como si quisiera estamparlo contra la pared. Adora ese jeep. Posiblemente sea la tercera cosa que más quiere después de Olivia y sus abuelos. No me preguntes por qué. Mi conocimiento sobre coches solo sirve para contarte que es blanco, tiene unas ruedas enormes y los asientos más cómodos que he probado nunca.

—Oye, Asher…

—Está bien —dice Olivia, interrumpiendo a Noah—. Puedes llevarte el jeep.

Nuestro jefe asume la derrota intentando que no se note en su cara lo mucho que le jode esa decisión final. Asher me mira antes de guiñarme un ojo y sonreír, aunque sea de un modo un tanto falso y forzado.

—¿Qué me dices, rubia? ¿Lista para conquistar Vermont?

2

Asher

El jeep Wrangler de Noah es blanco, precioso y, pese a tener dos puertas, tiene asientos traseros y espaciosos. Tampoco necesitamos más porque en el viaje solo somos dos personas: Avery y yo. Repito: el jeep es más que suficiente. Cómo demonios ha conseguido Avery llenarlo hasta el techo y que mi única maleta, bueno, mi única mochila, no quepa es algo que escapa completamente a mi entendimiento.

—¿Me estás diciendo que necesitas una maleta solo de zapatos? ¿De verdad? —pregunto mirándola mientras ella cruza los brazos sobre el pecho y arruga la frente.

—Por supuesto.

—¡Vamos a Vermont, Avery! Lo único que necesitas son botas de nieve.

—Pues de eso precisamente no tengo.

—¿Y qué cojones llevas ahí entonces?

—Zapatillas, tacones, botas bonitas.

—Botas bonitas.

—Sí.

—Para Vermont.

—¿Están prohibidas las botas bonitas en Vermont?

—No, no están prohibidas, pero son inútiles.

—¿Por qué?

—¡Porque te conozco! Y seguro que son botas con un tacón de infarto.

—Claro, bonitas.

—¡E inservibles! Eso se queda.

—No, ni hablar.

—Avery, tengo que meter mi mochila, ¿entiendes? ¡Lo llevo todo ahí!

—Eso es raro, lo sabes, ¿no?

—¿El qué?

—Que todas tus pertenencias quepan en una mochila.

—No es raro. Es ser práctico y llevar solo lo imprescindible. Aunque, viendo esto, es evidente que el concepto no te suena.

—Conozco esos conceptos, Asher. Aquí va lo más importante de mi vida para sobrevivir un año en Vermont. He mandado a casa de mi hermana el resto de las cosas porque he tenido que dejar el piso de alquiler en el que vivía y no podía llevármelo todo.

—¡Yo también he dejado mi piso!

—¿Y a quién le has mandado tus cosas?

—Estas son mis cosas, Avery —repito.

Ella me mira como si estuviera completamente loco. Decido que lo mejor es ignorarla. Normalmente nos llevamos superbién. Es una persona en la que confío y eso, en mi caso, es raro. De hecho, creo que, aparte de Avery, solo confío en Noah. Bueno, y por extensión en Olivia, aunque al principio nos lleváramos mal.

El caso es que Avery es una gran amiga y no solemos discutir, pero es que esto es una locura.

Cojo una maleta pequeña al azar y, pese a sus protestas, la abro. Está llena a rebosar de maquillajes, máscaras de pestañas, pintauñas y un sinfín de barras de labios.

—¿Esto es importante para sobrevivir un año en Vermont? O sea, ¿no has pensado que ibas a necesitar botas de nieve, pero llevas cuarenta pintalabios?

—Los pintalabios me hacen sentir bien, así que, sí, se quedan. Las botas las compraré allí. No quería sobrecargar el jeep.

—¿Que no querías...? —Observo de nuevo el coche de Noah lleno hasta los topes—. Hombre, pues gracias. No quiero imaginarme lo que habría pasado si llegas a querer.

—De nada. Y por tu mochila no te preocupes, puedo llevarla yo en los pies.

—Qué considerada —respondo con ironía.

No lo pilla. O hace como que no lo pilla. Me dedica una sonrisa radiante, de esas que destina a su público y a la gente del hotel, o a cualquiera que no sepa que es una sonrisa tan falsa como los billetes de tres dólares. A mí no me la da, ella lo sabe y yo también, pero no me apetece discutir, el día está empezando y se avecina un camino muy largo. Es mucho mejor que vayamos los dos de buenas, así que cedo, meto mi única mochila en los pies de ella, que eleva las piernas como si estuviera haciéndome el favor de mi vida, doy la vuelta al coche y me siento tras el volante.

—¿Lista para emprender esta gran aventura?

—No lo sé. ¿Tú estás listo?

No, joder. No estoy ni siquiera cerca de estar listo, pero no voy a decirle eso, porque sería como admitir que algo en esta decisión me sigue chirriando, así que le guiño un ojo, arranco el coche y hago rugir el motor.

—Yo nací listo, rubia.

—Eres tan chulo.

Se ríe, no de un modo coqueto, como la mayoría de las mujeres que conozco. Se ríe a carcajadas, como lo hacen Noah u Olivia. No de mí, sino del ego que me envuelve a veces.

—He preparado una *playlist* increíble —le digo.

—No lo dudo, pero tendrá que esperar.

—¿A qué?

No necesita responderme. Avery se saca el teléfono del bolsillo, lo inserta en el trípode de mano que va con ella a todas partes y, antes de poder darme cuenta, inicia un directo en TikTok. Todavía recuerdo las primeras veces que hacía esto. Había ocasiones en que la gente que se conectaba no llegaba a la veintena. Ahora, en cuestión de segundos tiene miles de personas pendientes de sus palabras.

—¡Hola, familia virtual! Aquí va la primera parte de la sorpresa que os prometí hace días. ¡Me mudo! Y no lo hago sola, sino con un chico que ya conocéis muy bien y, de hecho, me consta que tiene su propio grupo de seguidores. —Me enfoca con la cámara y suelta una risita por algo que ha debido leer en pantalla—. ¡Exacto! Asher me acompaña en esta nueva aventura que nos saca de Nueva York para llevarnos por un tiempo a vivir en un lugar de ensueño que todavía no podemos desvelar. Pero tranquilos, porque iré retransmitiendo algunos ratitos y, cuando lleguemos y nos acomodemos, haremos vídeos para enseñaros nuestro nuevo hogar. No, @monica, no hemos dejado definitivamente nuestro trabajo, pero se avecinan cambios importantes que aún no podemos desvelar, así que lo mejor que podéis hacer es estar atentos a las redes. ¡Sí, @Janet.435433! Por supuesto que lo iremos contando todo. ¿Acaso no confiáis en mí?

La conversación se alarga casi una hora y, si bien es cierto que no suele molestarme este otro trabajo de Avery, me aburre un poco cuando me siento atrapado con ella y su cámara. Yo no soy muy de redes sociales. Tenía una cuenta en Instagram, pero, desde que una vez subí una foto y dos chicas se pelearon porque descubrieron que se habían acostado conmigo la misma noche, decidí que hay cosas que prefiero mantener en mi intimidad.

Aun así, no me importa que Avery me grabe porque siempre lo hace en el trabajo, o cuando hemos estado en alguna fiesta. Por lo general, cuando el ambiente se vuelve más personal, guarda el teléfono sin que nadie tenga que pedírselo.

Esta vez, en cambio, sí que le doy un toque disimulado en la cadera que interpreta a la primera. Se despide de sus seguidores y les promete volver a conectar pronto. Nunca dice cuándo para no comprometerse. Así puede manejar los horarios a su antojo y, como sabe que, conecte cuando conecte, tendrá público, puede permitírselo.

—Perdona, a veces me pongo a responder preguntas y el tiempo se me pasa volando.

Por el modo en que se estira en el asiento y se masajea su cuello, creo que miente, pero me cuido mucho de decirle lo que pienso.

—Tranquila, es que no quiero que vean los carteles y averigüen nada antes de tiempo.

—Bien pensado —murmura.

—¿Quieres que paremos a tomar un café?

—Solo llevamos una hora de camino.

—Necesito estirar las piernas.

—Asher, nos quedan como cinco horas para llegar; y eso solo si tenemos suerte con el tiempo. ¿Ya quieres empezar a parar?

—Me hago pis.

Avery se ríe, pero asiente y señala la carretera.

—Está bien, sal en la próxima señalización de un área de servicio. Si quieres, puedo conducir un rato.

—Tú conduces como el culo.

—¡No es verdad!

—Lo es. Hay cosas que se te dan bien, como la gente, las redes sociales, vender lo que sea, hacer papeleo típico de recepción y estar preciosa con todo lo que te pones. Hay cosas que se te dan mal, como conducir. Y hay cosas que se te dan prácticamente como una desgracia, como patinar.

—Gracias por recordármelo.

—De nada. Haremos lo siguiente: pararemos, tomaremos un café, haré pis y luego me dejarás ponerte mi *playlist* porque de verdad que es muy buena.

—Estás tan intenso con la *playlist* que empiezo a sospechar que es una mierda.

—¡Te prometo que no!

Ella suspira y hace un poco de teatro, como si se estuviera preparando para hacerme el favor de mi vida. Al final asiente y se retrepa en el sillón.

—Vale, no insistiré con lo de conducir y dejaré que me pongas tu música, pero tú pagarás todos mis antojos de aquí a que lleguemos a Vermont.

—Cuenta con ello.

Debí suponer que era mala idea. Hace años que conozco a Avery, sé bien lo mucho que disfruta comiendo, sobre todo cuando está nerviosa, y es evidente que este viaje la tiene nerviosa, igual que a mí, aunque ninguno de los dos vaya a reconocerlo.

Paramos en la primera área de servicio que vemos y, después de comprobar lo que me cuesta el chocolate, las patatas, el café con caramelo, los regalices y el paquete de chicles de Avery, empiezo a plantearme dos cosas: una es dejarla conducir, pero deshecho esa idea en cuanto recuerdo cómo fue la última vez que subimos a un coche manejado por ella. La segunda es intentar obligar a mi vejiga a aguantar lo máximo posible para no tener que parar cada maldita hora porque, a este ritmo, me arruinaré antes de que consigamos llegar a Vermont.

Vejiga llena, cartera llena.

Vejiga vacía, cartera vacía.

La decisión está clara, pero no por eso resulta más sencilla. Este viaje va a ser muy muy muy largo.

3

Avery

A medida que pasan las horas, ocurren dos cosas: la primera es que Nueva York empieza a quedar lejos. Puede parecer una obviedad, pero creo que no he sido consciente realmente de lo lejos que estamos marchándonos de la gran ciudad hasta que, poco a poco, los edificios han sido sustituidos por casas de una o dos plantas y un paisaje cada vez más invernal. La segunda cosa que ha ocurrido también es algo evidente, pero ninguno lo había pensado: nieva. Nieva mucho, así que vamos más lentos de lo que nos gustaría. Que Asher tenga la vejiga de una señora de noventa años no ayuda, desde luego.

—Tienes que estar de coña —le digo cuando me informa, pasadas cuatro horas, de que necesita parar otra vez—. ¡Ya deberíamos estar llegando y, sin embargo, apenas hemos hecho la mitad del camino!

—¿Y qué hago, Avery? Si quieres, meo en tu fantástico termo, pero no creo que eso te guste.

Miro inmediatamente mi termo. Juré no ser de las que salían corriendo a comprar uno solo porque se ha puesto de moda, pero aquí estoy, con mi jarra inmensa, ya vacía de café, y pensando en lo tremendamente asqueroso que sería que Asher se meara en él.

—No serías capaz.

—Nena, tú no sabes de lo que soy capaz cuando se trata de sacármela.

Ruedo los ojos y señalo un cartel que indica la zona de servicio más cercana.

—¡Vale! Sal, pero a este ritmo llegaremos de noche.

—¿Tanta prisa tienes por empezar tu nueva vida?

—¿Tú no?

Asher infla los mofletes de un modo que me deja saber que, sea lo que sea lo que esté pensando, no va a decírmelo.

—Yo quiero mear.

¿Ves? Es lo bueno de conocerlo tan bien. Sé cuándo está dispuesto a hablar y cuándo no. Al menos la mayoría de las veces.

—Vale, pero me compras algo de beber, estoy seca.

—¡Claro que estás seca! ¿Tienes idea de la cantidad de zumos y refrescos que me has sacado ya? Deberías beber más agua y menos mierdas.

—Tú te lo has buscado.

Refunfuña y dice algo entre dientes que no alcanzo a oír. Paramos y, mientras él va al baño, voy a por agua tan rápido que olvido mi abrigo dentro del coche. El frío es intenso y todo está nevado, así que debería volver a por él, pero, en vez de eso, decido correr hacia la gasolinera para comprar el maldito botellín de agua sin pararme a pensar que ahora tengo que volver a salir.

Tardo unos minutos en coger la botella. Todavía estoy pensándome lo de salir cuando Asher aparece en la tienda con cara de hastío y mi abrigo en la mano.

—¿Qué sería de ti sin mí?

—Ahora mismo me caes tan bien que voy a pagar mi propia agua.

—Qué generosa —dice sonriendo mientras me pongo el abrigo.

Le tiro un beso y, camino a la caja registradora, elijo un colgante con forma de Santa Claus que veo en un estante. La Navidad está a la vuelta de la esquina y este año será diferente. Trago saliva y me digo a mí misma que «diferente» no significa que será peor. Sigo hacia la caja registradora, pago el agua y el colgante y, cuando llegamos al coche, lo cuelgo en el espejo retrovisor ante la mirada de Asher.

—¿Verdad que es bonito?

—Es un colgante.

—Pero es muy bonito. Me hace pensar en la Navidad, y eso me hace sonreír. ¿A ti no?

—A mí me hace pensar en que, si nos matamos en una curva y los bomberos tienen que venir a sacar nuestros cuerpos del coche, verán el colgante y pensarán que es una pena que dos personas tan jóvenes y guapas se mueran a nada de la Navidad.

Lo miro completamente horrorizada. Él sonríe y, de pronto, solo me sale alzar la botella de agua.

—¿Quieres un trago, cielo?

—No, gracias. No necesito más líquidos si queremos llegar hoy a nuestro destino.

—Cierto, se me olvidaba que eres una muñequita meona.

Me mira mal, pero me río, bebo agua y rebusco en mi neceser la barra de labios. Despliego el parasol, me miro en el espejo y me pinto mientras mi amigo conduce con una suavidad pasmosa. Podría maquillarme por completo mientras Asher conduce, de verdad, es increíble lo bien que se le da. O quizá me sorprende tanto porque a mí se me da fatal. Me miro cuando acabo con el pintalabios y sonrío. Maquillarme siempre me aporta una seguridad difícil de explicar. Sé que es superficial y que debería reforzar mi autoestima de otra forma, pero el maquillaje ha estado en mi vida desde que era prácticamente una niña. He aprendido a sentirme mejor a través de él y de la ropa, y aunque suene frívolo, me da igual, porque lo cierto es que consigo calmarme, y eso es todo lo que me importa.

Pulso el *play* en la pantalla del teléfono de Asher, que está colocado sobre un soporte del coche. Suena «Fast Car» de Luke Combs y lo miro de reojo mientras comienza a mover la cabeza al ritmo de los acordes.

—Tienes buen gusto musical.

—¿Por qué suenas sorprendida? Sabes hace mucho que me gusta la música.

—Sí, te he visto bailar y oír ciertas canciones, pero nunca había escuchado una lista entera hecha por ti.

—¿Aprobado?

—Aprobado. Me gusta mucho.

—Solo podrías mejorar esas palabras cantando la canción a todo pulmón.

—Ni hablar —contesto riéndome.

—¿Por qué no? Te he oído cantar, lo haces bien. Vamos, necesitamos animar esto. ¡Estamos a punto de vivir una aventura, Avery! Cantar a todo pulmón mientras yo hago que nos dirijamos hacia ella es lo menos que puedes hacer.

Me río. Es cierto que tengo buena voz y a veces me gusta cantar en los karaokes improvisados del hotel. No es que sueñe con ser cantante, no es lo mío, pero sí que me gusta usar mi voz para destensarme en ocasiones.

Tardo un poco en decidirme. Tanto que, cuando lo hago, la canción está tocando su fin, así que miro a Asher con cierto aire de disculpa, pero entonces los acordes de «Hopelessly Devoted To You» suenan y suelto una carcajada cuando él me anima con la mano a empezar a cantar.

—¿Grease? ¿En serio?

—Tremenda historia de amor.

—Tengo mis dudas.

—¡Canta, rubia! ¡Es una orden!

Asher es muy consciente de que no soy de obedecer a nadie, y menos a él, pero el camino es largo, su entusiasmo se deja ver y yo no tengo nada mejor que hacer, así que empiezo cantando en sintonía con la canción, sin alzar la voz, como si estuviera haciéndole los coros a Olivia Newton. Eso parece satisfacerlo solo unos instantes, porque en cuanto llega el estribillo se pone a cantar a voz en grito y hay algo que deberías saber. En este coche solo una de las dos personas que van tiene buena voz y ya he dicho que soy yo, así que escuchar a Asher es como sacrificar a una pobre gallina en un altar.

No le digo nada, está tan entusiasmado que acabo alzando la voz para ponerme a su altura y, en cuestión de segundos, los dos gritamos a todo pulmón una canción con más de cuarenta años que todavía tiene el poder de hacer que dos personas se pierdan en su letra.

No paramos ahí. No sé decir durante cuánto tiempo cantamos Asher y yo, pero sé que, en algún punto, las casas de una o dos plantas cada vez se ven más espaciadas y prácticamente solo vemos montañas plagadas de bosque y alguna que otra cabaña.

—Según el GPS, estamos cerca, así que voy a aguantar mis ganas de ir al baño —dice Asher como si estuviera realizando un gran sacrificio.

—Vas a tener que mirarte eso en algún momento. Roza la incontinencia —murmuro.

—¡Yo no estoy ni remotamente cerca de la incontinencia! —Su ofensa es tan grande que me río.

—De acuerdo, está bien.

El coche atraviesa una curva cerrada y, de pronto, tanto Asher como yo somos conscientes de que estamos en Vermont. No sabría decir por qué. No es por el paisaje invernal, porque ya llevamos bastante rato inmersos en él. Es… es algo que hay en el ambiente. Nueva York queda ya muy lejos, ha empezado a nevar y el sol parece que empieza a despedirse, aunque tenga la sensación de que aún es demasiado pronto.

El cartel de Silverwood nos da la bienvenida desde un lateral de la carretera pocos minutos después, confirmando mis pensamientos. Tiene colgada una guirnalda de luces que está apagada, pero imagino que se encenderá al caer la noche. Es bonita y rara. Hemos llegado. Al menos al pueblo, o lo poco que se ve de él bajo la nieve.

—Espero que haya un jodido pub —murmura Asher antes de comprobar en el GPS que aún falta un poco para el hotel—. Cuando Noah dijo que estaba a las afueras, no mentía.

—¿Qué significa?

—Bueno, intuyo que no vas a poder ir al pueblo caminando, por ejemplo.

—¿Qué? Pero yo conduzco fatal, Asher.

Mi amigo se ríe y niega con la cabeza.

—Eso significa dos cosas: tu única forma de llegar al pueblo es que yo conduzca, así que más te vale tenerme contento.

Lo insulto un poco, más por costumbre que porque me apetezca. Después los dos guardamos silencio hasta llegar al punto en el que el GPS dice que debemos detenernos.

Miro al frente, luego a Asher, que ni siquiera pestañea, y después al frente otra vez.

—¿Es aquí?

—Eso parece —murmura él antes de bajar de un salto del coche.

Le sigo por inercia sin saber qué decir y, nada más bajar, me quedan claras dos cosas:

La primera es que no tengo absolutamente ninguna prenda que sirva para abrigarme ante un frío como este. La sensación de que voy a congelarme en cualquier momento es opresora.

La segunda es que vivir como mínimo un año en un lugar donde el único sonido que oigo es el del viento después de haber estado toda mi vida en Nueva York es... desconcertante. Y tranquilizador.

Me sorprende el alivio que me recorre, pero es que esto... esto es un respiro de la gran ciudad. Un lugar donde no tengo que ver a nadie si no quiero. Un escondite perfecto.

Justo lo que necesito.

4

Asher

Esto no es un hotel. Joder, esto ni siquiera es un hostal. ¡Es una casa! Una… una… ¡una casa de campo! Miro a Avery, que tiene las mejillas sonrosadas y tirita de frío mientras sonríe. ¿Por qué sonríe?

—¿Por qué sonríes? —pregunto estupefacto.

—Escucha. —Se lleva una mano a su oreja y sus labios se estiran aún más—. ¿Lo oyes?

—¡No! No oigo nada porque no hay nada, Avery. Nada, salvo árboles, nieve y… y…

—Exacto —me interrumpe—. No se oye nada. ¿No es maravilloso?

—¡No! ¿Es que no te das cuenta? —Ella me mira sin entender y yo gesticulo y señalo la casa con desesperación—. ¡Eso no es un hotel!

—Pero el GPS dice que es aquí.

Observo la casa unifamiliar. Es grande, eso lo reconozco, y tiene una especie de pasarela de cristal que la une con un granero de madera rojiza que también se ve bastante grande, pero eso no convierte la estructura en un hotel. Como casa de campo, podría ser un diez, porque incluso tiene algunos adornos navideños ya, como una corona en la puerta. Es bonita, vale, lo reconozco, aunque se vea que tiene muchos años, pero como hotel…, no. Lo siento, pero no es ni un cinco.

—Voy a llamar a Noah.

—Asher, yo creo que es aquí. Los hoteles rurales suelen ser acogedores.

Miro a mi alrededor. Todo lo que veo es bosque. Ni siquiera hay una maldita casa en la que habiten vecinos. Vuelvo a mirar la edificación. No creo que aquí puedan alojarse más de veinte personas. El doble si están apiladas en literas.

Oh, mierda, joder, que las habitaciones no estén apiladas en literas, por favor. No pretendo ser esnob, pero lo último que necesito es gestionar un lugar donde la gente duerme en la misma habitación aún sin conocerse. Eso no sale bien, lo digo con conocimiento de causa. No puedo recordar las veces que me he dormido desnudo en un lugar con más gente. Esos despertares no son bonitos de vivir. ¡Y mucho menos de gestionar!

—A lo mejor es una casa de orgías —murmuro.

—¿Qué? ¡Asher! ¿Qué te pasa?

—¿Qué?

—¡Estás enfermo!

—No es verdad. Yo solo…

No puedo decir más. Avery echa a andar superenfadada conmigo. Al parecer, a ella tampoco le hace ilusión pensar en la posibilidad de regentar un sitio donde la gente folla sin control y duerme en literas. Trago saliva. Igual me estoy dejando llevar un poco por la ansiedad de lo desconocido. La sigo, sobre todo por el frío que tengo. Para cuando subo los cinco peldaños que me llevan a un porche de madera completamente nevado, Avery ya está saludando a quien sea que haya al otro lado de la puerta.

—¿Qué tal? Soy Avery y él es Asher. Venimos de Nueva York y somos…

—Sé quiénes sois. —Un hombre mayor, con el pelo blanco y cara de pocos amigos, mira a Avery como si fuera alguien con la pretensión de allanar su casa—. Llegáis tarde.

—Sí, el camino ha sido un poco largo —se disculpa mi amiga.

Yo frunzo el ceño. ¿Por qué se supone que tiene que disculparse? ¡No hemos hecho nada malo! Aun así, Avery entra tras el señor, que se ha puesto a caminar sin decir nada más. En educación, de momento, está suspendido. Ella lo sigue y yo la sigo a ella, porque creo que, tal y como tengo la mente ahora mismo, lo mejor que puedo hacer es intentar mantener la boca cerrada y seguir a Avery donde quiera que ella vaya.

Nos adentramos en un salón bastante amplio, con suelos de madera, ventanales de cristal y paredes en un tono crema muy acogedor. Hay varios sofás marrones enfrentados a una enorme chimenea de piedra, sobre la que se ven retratos y un reno de peluche sentado. Supongo que es una especie de recepción o el salón del hotel, pero parece el de una casa, aunque sea de mayor tamaño. Y no hay tele.

—¿No hay televisor?

—La gente viene aquí a charlar, esquiar o relajarse, no a ver el televisor. Por aquí.

Bueno, pues simpático, lo que se dice simpático, no es. Lo seguimos hacia la izquierda, donde la estancia se convierte en una gran cocina. Tiene encimeras blancas, una isleta enorme en el centro con varios fuegos y algo en el horno que huele como si el mundo fuese un lugar maravilloso y perfecto. Reconozco la canela, pero no tengo ni idea del resto de aromas con los que se mezcla.

En el centro, una mujer mayor de unos setenta años, con el pelo canoso recogido en un moño y mirada dulce, amasa algo sin descanso y nos sonríe como esas abuelas de cuento. Tiene el mismo aire que Nora, la abuela de Noah y mi antigua jefa, y solo por eso me cae bien.

—¡Bienvenidos, chicos! Qué alegría que ya estéis aquí. Sentaos, por favor, estoy acabando de hornear unas galletas de canela, avena y manzana que espero que sean de vuestro agrado.

—Si saben igual que huelen, serán las mejores galletas del mundo —le digo.

—Oh, tú debes de ser Asher —responde ella con una sonrisa.

—En efecto. Y ella es Avery, mi compañera.

—Hola, querida. A ti sí que te había visto en el móvil de mi hija. ¡Pero eres mucho más bonita en persona!

Avery sonríe agradecida y de un modo humilde que, me consta, es genuino. No es una mujer engreída. Pese a sus miles de seguidores y su evidente belleza, es humilde. A menudo he pensado que, en realidad, ni siquiera se para mucho a pensar en lo guapa que es. Tiene el pelo de la Barbie, de verdad, siempre está perfecto y brillante, su tono dorado es natural y sus ojos son tan azules que a veces, cuando te mira, cometes el error de pensar que puedes ver a través de ellos todo lo que Avery esconde. Es su don: hacer pensar a la gente que es accesible y que la conocen. La realidad es que no lo es. Llevo años conociéndola, saliendo de fiesta con ella, siendo su amigo y trabajando durante horas a su lado y, en realidad, si me paro a pensarlo, sé mucho de ella, pero no a un nivel profundo. Aunque eso quizá se deba a que yo también soy más bien hermético.

—Muchas gracias. ¿Es usted Margaret?

—Esa soy yo. —Su sonrisa es genuina mientras deja la masa, se lava las manos, se las seca en un trapo y se acerca para estrechar primero las manos de Avery y luego las mías—. Margaret Gingerbread. Encantada.

—Lo mismo digo —respondo.

Oímos un carraspeo incómodo y los tres nos giramos para mirar al que seguramente sea su marido. Por qué una mujer tan evidentemente amable como Margaret ha terminado con alguien tan evidentemente gruñón como él es algo que escapa a mi entendimiento.

—Oh, sí, él es George, mi esposo, aunque ya lo conocéis.

—Encantada, señor Gingerbread —dice Avery sin perder su sonrisa angelical.

—George a secas está bien —murmura él—. El chico dijo que seréis los encargados de esto desde ahora.

—¿El chico? —pregunto.

—Noah Merry..

—Ah. —Que llame «chico» a alguien que está llevando un hotel por su cuenta y riesgo de manera tan brillante me resulta curioso, pero lo dejo estar—. Sí, yo seré el gerente y Avery será mi mano derecha.

—También se puede decir que yo me encargaré de hacer que la gente adore este sitio y Asher será mi mano derecha —dice ella con una sonrisa.

Pongo los ojos en blanco. Sí, supongo que también se puede decir así.

—Bueno, en vista de que mis hijos han decidido no aparecer ni siquiera en un momento como este, tendré que enseñaros este sitio yo mismo. Esta planta incluye biblioteca, salón, cocina con espacio suficiente para que los huéspedes tomen comidas caseras si pagan por ellas, cuarto de juegos y un estudio en el que se puede pintar o hacer cosas creativas de gente que no sabe distraerse con la naturaleza. La planta superior está prohibida para todo el mundo.

—Oh. ¿Y eso? —pregunta Avery.

—Por contrato, señorita. Nuestra condición para vender este sitio fue que pudiéramos seguir viviendo aquí y que la planta superior sea de mi familia. Ni siquiera vosotros podéis subir, ¿entendido?

Avery traga saliva y su sonrisa titubea un poco. Margaret, viendo que su marido es un derroche de encanto, decide interrumpir.

—Querido, creo que yo me ocuparé de mostrarles personalmente las estancias.

—Deberían hacerlo tus hijos, pero esos maldi…

—Estoy segura de que Luke y Violet se unirán en cualquier momento y me tomarán el relevo. Ve a ocuparte de tus quehaceres, tranquilo.

La sonrisa de Margaret es dulce y cercana, pero eso no evita que George refunfuñe algo y se largue sin despedirse siquiera. Todo un amor. Miro a Avery, para ver si ella está igual de incómoda que yo, pero no sabría decirlo porque su sonrisa ha vuelto a fijarse en su cara y está intacta. Tiene tan ensayado el papel que a veces parece un puto muñeco de cera.

—¿Y bien? ¿Listos para conocer vuestro hogar? —pregunta Margaret.

Avery asiente como si estuviera entusiasmada al máximo, pero no puede ser verdad. Quiero decir, nadie en su sano juicio se sentiría así de ilusionada después de conocer a George Gingerbread. Aun así, cuando se ponen a caminar como si fuéramos de excursión al paraíso, me digo a mí mismo que lo mejor que puedo hacer es cambiar de actitud. Si quiero que Noah esté orgulloso de mí, tengo que hacer esto bien y encontrar la forma de conectar y mantener la compostura con el antiguo dueño de este hotel, aunque me salga una úlcera en el intento.

5

Avery

Margaret nos guía hacia la entrada, que es como el punto de partida de esta casa. Desde ahí se puede ver solo el salón, pero nos dirige hacia la puerta de la izquierda, que da a una pequeña biblioteca en la que hay una alfombra central y enorme, varias estanterías llenas de libros de diversos tamaños y colores, una mesa de ajedrez con dos sillas y un escritorio con un ordenador de mesa que imagino que los huéspedes pueden usar si lo necesitan, pero hoy en día prácticamente todo el mundo tiene un teléfono inteligente, así que no creo que se utilice demasiado. Aunque ¿quién sabe? No me ha llevado mucho tiempo darme cuenta de que en este hotel las cosas son distintas a Nueva York, no solo en apariencia, sino en otros aspectos, por lo que tal vez me equivoque.

Aquí no se vislumbra una tecnología puntera, no hay televisor en el salón principal, ni lo he visto en la cocina. En la cocina se oía música en tono bajo, pero en el resto de las estancias no, así que es evidente que no tienen hilo musical. Son tonterías, no digo que esté mal, solo que son detalles que denotan lo diferente que es la vida aquí. Creo que en el nuevo Hotel Merry se valora más un buen adorno navideño que un objeto de decoración moderno, por ejemplo. Quizá por eso, pese a ser solo inicios de noviembre, se vislumbran adornos caseros o de estilo tradicional por toda la casa.

—Hemos pensado mucho en qué alojamiento daros —dice Margaret desde el centro de la alfombra—. Estamos acostumbrados a llevar el hotel nosotros, así que nunca habíamos tenido el dilema de tener que dar vivienda a los nuevos dueños. O, bueno, a sus delegados.

La tristeza que habita en sus palabras me hace sentir mal. Puede que no sea tan evidente como con su marido, pero a ella tampoco la hace feliz que estemos aquí. Y puedo entenderlo, de verdad. Este hotel es un proyecto familiar, no tiene ni que decírnoslo para que lo sepamos. Ahora mismo, Asher y yo somos unos intrusos, así que me prometo a mí misma poner todo de mi parte para no ser demasiado brusca con los cambios. Margaret es mayor y ya ha vivido demasiados cambios en los últimos tiempos, creo.

—No te preocupes, en realidad nosotros nos conformamos con una habitación pequeña.

—El hotel no tiene habitaciones como tal —me responde aún en tono de disculpa—. Está compuesto por las habitaciones superiores del edificio principal, que son las que ocupamos nosotros.

—¿Entonces? —pregunta Asher.

—Bueno, seguidme y así os lo explico sobre la marcha, ¿os parece? En un principio, mis hijos iban a venir para mostraros todo esto, pero supongo que podemos hacer un recorrido corto. Luego tendré que dejar que exploréis por vuestra cuenta porque he de hacer la cena.

—Por supuesto, no te preocupes por nosotros —le digo.

Asher no habla. Su confusión es tan evidente que quiero clavarle el codo en las costillas para que se recomponga y entienda que tiene que quitar esa cara y poner otra. Una en la que parezca que está ilusionado con todo esto, a ser posible.

Margaret abre una puerta que está justo enfrente de la que hemos usado para entrar y que nos da acceso a una galería de cristal, no muy larga, en la que solo hay cuatro pequeños macetones con flores en las esquinas.

—Primero os enseñaré dónde vais a quedaros. Creemos que esta es la mejor opción. Al principio, valoramos daros una cabaña, pero solo tenemos siete y, aunque estamos casi seguros de que no se reservarán todas esta Navidad, queremos mantener la esperanza.

—¿Hay siete cabañas?

—Sí. —Su sonrisa se abre aún más—. Las construimos hace años y les hemos ido haciendo mejoras. Todas tienen dos habitaciones con la esperanza de que sirvan para familias pequeñas y parejas. Hubo un tiempo en que fue así y pensamos que podríamos construir más poco a poco, pero… Bueno, lo mejor es que las veáis cuando Luke o Violet, mis hijos, aparezcan por fin y puedan llevaros. De momento vamos por aquí.

Nos guía a través de la galería y abre una puerta que da a un rellano minúsculo. De verdad, es tan pequeño que, para poder entrar los tres, Margaret tiene que colocarse en el segundo peldaño de la escalera que hay. Nos sonríe con timidez y empieza a subir las escaleras. Me sorprende que, al llegar arriba, no haya puerta. Se entra directamente a un salón cocina abierto y bastante espacioso. Hay una mesa de madera alargada, seis sillas rodeándola y un sofá con dos sillones y una mesita baja. Aquí sí que hay televisor, así que imagino que George se refería, sobre todo, al edificio principal.

Tras el sofá, hay una isleta de madera con una encimera beige y la cocina, en forma de ele, no muy grande, pero aparentemente con todo lo necesario para cocinar. Huele a pino o a bosque. No sé determinarlo bien, pero huele a naturaleza y es acogedor.

—El baño está ahí y las habitaciones al fondo. No son enormes, pero las vistas son preciosas. Antiguamente, este era el granero de la vivienda. Hace años decidimos restaurarlo y convertirlo en apartamentos. Este es el superior y tiene el inconveniente de que solo se puede entrar a través de la galería y, por lo tanto, a través de la casa principal. Los dos que hay abajo sí que tienen puerta independiente, pero están pensados para familias o grupos de más personas. Solo tienen una habitación, pero hay dos camas de matrimonio y una litera. Igual que con las cabañas, manteníamos la esperanza de poder ocupar alguno de cara a la Navidad. No sé si será posible, pero…

—Este apartamento es estupendo —la interrumpo, porque su tono de disculpa constante está empezando a superarme—. Y, con suerte, llenaremos todo el complejo muy pronto.

—Ojalá, pero lo veo complicado. —La desesperanza que emana es tan grande que la siento como una punzada en el pecho—. Hay mucho trabajo que hacer. Algunas cabañas necesitan arreglos y aquí somos pocas manos. Y…

—Bueno, para eso hemos venido nosotros, ¿no? —Asher habla por primera vez desde que llegamos y sonríe con tal calidez que agradezco infinitamente su don natural para tratar con la gente. Sobre todo si son mujeres—. Estamos aquí para aumentar el equipo y conseguirlo entre todos. Este apartamento está genial, Margaret, muchas gracias.

—¿No tenéis problemas en compartirlo?

—No, claro que no. Asher y yo somos buenos amigos —le digo sonriendo y callándome que, pese a que eso sea cierto, vamos a tener que poner ciertos puntos sobre la mesa para que esto funcione.

—Genial. ¿Os parece bien si os dejo instalaros y mientras llamo a mis hijos? Me encantaría mostraros todo lo demás, pero de verdad que tengo…

—No te preocupes, ve a hacer lo que tengas que hacer —la interrumpe Asher—. Nosotros nos entretendremos solitos hasta que aparezcan tus hijos.

—Bueno, está bien —suspira y sonríe titubeante—. La cena será en una hora, aproximadamente. ¿Nos acompañaréis a la mesa?

—Si no es mucha molestia, nos encantaría —respondo.

Ella asiente y yo recuerdo que George ha dejado muy claro que hay comida casera para quien la pague, y eso nos incluye porque, aunque vengamos en representación de los dueños del hotel, no se me pasa por la cabeza comer gratis sabiendo que Margaret es la que cocina con todo su esmero y sacrificio. Además, tenemos cocina, así que desde mañana nos apañaremos para cocinar, al menos la mayoría de los días. Me consta que a Asher no se le da mal y a mí tampoco, de modo que esa parte no debería ser un problema.

Margaret nos da algunas indicaciones para tener agua caliente y sobre el funcionamiento de los electrodomésticos, luego se marcha y nos deja solos.

—¿Crees que las habitaciones serán iguales? —pregunta Asher.

—Pues no lo s...

—¡Tonto el último!

Echa a correr como un niñato entre el sofá y la isleta y abre las dos habitaciones a toda velocidad. Lo veo indeciso, así que imagino que las dos son más o menos iguales. Al final se decanta por la de la izquierda y, cuando me acerco con calma, me doy cuenta de que es la más pequeña.

—¿Para eso tanto correr?

—Bueno, he recordado que mi maleta se compone de una mochila y tú tienes el jeep lleno de mierdas. Vas a necesitar más espacio.

Sonrío agradecida porque, aunque tenga esos arranques tan inmaduros, sea un mujeriego en potencia y a veces se comporte como un imbécil, en el fondo es un amor.

Lo veo caminar hacia el baño y, cuando abre la puerta, silba y suelta una carcajada que me hace acercarme con curiosidad.

—¡Lo mejor de todo el apartamento! —dice señalando la pared acristalada con vistas al bosque nevado y el *jacuzzi* que hay en una esquina. El corazón se me acelera solo con la perspectiva de imaginarme a mí misma tomando una copa de vino y disfrutando de semejantes vistas. Es increíble, al menos hasta que Asher vuelve a hablar—: Los polvazos que voy a echar aquí, joder...

—Bien, hora de tener una reunión.

—¿Reunión?

—Para hablar de normas.

—¿Normas?

Lo miro a conciencia. Está tan desconcentrado con el *jacuzzi* y el mundo de posibilidades que se le está abriendo ya en su cabeza que no es capaz ni de entender lo que le digo. A veces pienso que, en lo que respecta al sexo, Asher no es mucho mejor que un animal en celo, solo que los animales suelen tener una época concreta para ponerse insoportables y aquí, mi amigo, lo experimenta todos los malditos días del año. Razón por la cual las normas son básicas. Vitales.

Completamente imprescindibles.

6

Asher

Salgo del baño un poco a regañadientes. Me siento en el sofá junto a Avery y la miro con expectación y recelo, porque intuyo que esta reunión no va a gustarme.

—A ver, Asher, si vamos a vivir juntos, tenemos que poner unas normas.

—Como me prohíbas meter chicas en casa…

—No, no soy tu madre. Me da exactamente igual a quién traigas.

—Bien, porque…

—Pero solo podrán estar desnudas en tu habitación. Nada de pasearse en pelotas por aquí. Y respecto al *jacuzzi*, si lo usáis, tenemos que inventar una señal que indique que estáis dentro para que yo no interrumpa.

—Eso es fácil, dejaré mis calzoncillos en el pomo de la puerta.

—Si dejas un calzoncillo usado en el pomo de la puerta, te mato. —Suelto una carcajada porque, a ver, pensado en frío es un poco asqueroso—. Compraremos un cartelito.

—Para eso primero tenemos que averiguar si aquí llega algún repartidor —murmuro.

—Es Vermont, no la Antártida, Asher —contesta riéndose—. Y, si no, haremos uno a mano.

—Vale, me parece bien.

—Otra cosa: si yo también estoy en casa, no podrás estar en el *jacuzzi* más de una hora.

—Venga ya, yo con eso no tengo ni para acabar los preliminares.

Avery enarca una ceja y me mira con escepticismo.

—Los chicos mentirosos no le gustan a nadie, ¿sabes?

—No soy un mentiroso, cuando quieras te lo demuestro.

Pone los ojos en blanco, como siempre que le digo algo así. No tiene ni idea de que al principio de conocernos mis insinuaciones eran completamente serias. No se me puede juzgar, me encantan las mujeres guapas. Avery está para hacerle de todo, pero luego nos hicimos amigos y, en algún momento, todas estas insinuaciones pasaron a formar parte de un juego en el que yo suelto algo subido de tono y ella me mira con asco o pone los ojos en blanco. En el fondo, los dos sabemos que me cuesta tanto hacer amigos que, ahora que la cuento como tal, me cuido mucho de no meter la pata de verdad con ella. Decepcionar al resto del mundo es una opción: decepcionar a Noah o Avery, no. Aunque prefiera morirme a mordiscos antes que aceptarlo en voz alta.

—¿Estás de acuerdo con esto?

—No mucho, pero entiendo que no vas a mear en el pasillo si tienes ganas, así que entraré por el aro.

—Vale, y otra cosa.

—Avery, joder, al final sí que vas a parecer una madre.

—Créeme, me apetece tan poco como a ti tener que tomar el control y hacer de tu madre.

No está haciendo de mi madre. Está haciendo de una madre así, en general. Son cosas diferentes. Para parecer mi madre, tendría que ser mucho más... y menos... En fin, Avery nunca podría parecerse a mi madre, pero eso no se lo digo.

—Venga, dilo todo de corrido.

—No, solo iba a decir que deberíamos repartirnos las tareas de mantenimiento y hablar sobre el tema cocina.

—Tú haces la compra y yo cocino.

—Iba a decirte que nos turnáramos. No puedo ir sola a hacer la compra porque ya hemos visto lo lejos que queda el pueblo y, según tú, soy un peligro en la carretera.

—Lo eres.

—¿Entonces?

—Está bien, yo compro, cocinamos los dos y tú limpias el baño.

—Menos cuando lo uses con alguna chica. No voy a recoger tus restos.

—Ni que me fuera corriendo por las paredes.

—Asher, joder, eres un cerdo —dice apretándose los ojos, como si hubiera visualizado con total nitidez lo que he dicho.

Suelto una carcajada, me levanto y voy hacia el frigorífico solo para comprobar que está vacío.

—Está bien, pues en vista de que los hijos de Margaret y George no aparecen, creo que nos va a tocar hacer una expedición por nuestra cuenta. ¿Qué te parece?

Avery mira por las ventanas.

—Se está haciendo de noche.

—Ajá. ¿Y?

—Y no conocemos esto. Creo que lo mejor que podemos hacer es descargar el coche, colocar nuestras cosas y luego dirigirnos a la casa principal. Seguramente, los hijos de Margaret y George aparezcan para cenar.

Eso hacemos. Descubrimos en cuestión de minutos lo incómodo que es no tener una puerta que dé directamente a la calle. Cada vez que tenemos que entrar, debemos atravesar la galería de cristal, la biblioteca y la entrada del salón de la casa. Podría decir que me incordia tener que dar tantos paseos para descargar el coche, pero lo que de verdad me incomoda es pensar en el modo de meter a las chicas al apartamento. ¿Qué pasa si Margaret está por ahí? Se supone que soy el gerente de este hotel, no quiero dejar mal a Noah porque, aunque yo sea un imbécil la mayor parte del tiempo, odiaría que crea que no me tomo en serio la misión más importante que me ha dado en años. No quiero dejarlo en mal lugar, así que, para cuando por fin he acarreado mi única mochila y los cuatro millones de maletas de Avery, me siento en el sofá con un suspiro tremendo.

—¿Tan cansado estás? —pregunta Avery con escepticismo.

—No lo digas como si no hubiera hecho nada. Te tendría que haber dejado cargar tus malditas maletas una a una.

—Eso habría sido muy desconsiderado por tu parte. Y tú eres un cretino, pero no eres desconsiderado.

—Si pretendía ser un halago, prueba otra vez.

Se ríe y se sienta a mi lado empujándome por el hombro.

—Venga, en serio, ¿qué te pasa? Se te ha puesto cara de derrota.

—Me he dado cuenta de que no podré traer chicas aquí.

Avery frunce el ceño y me mira sin entender.

—Ya te he dicho que mientras…

—No, no es por ti. Es que me imagino que George y Margaret son gente tradicional, tienen pinta al menos. Se supone que soy el gerente de este sitio ahora. Quizá esté mal visto que me traiga cada día una chica diferente, ¿no?

—Punto número uno: dudo mucho que encuentres tantas mujeres en el pueblo como para poder… satisfacerte una vez al día y siempre con chicas distintas.

—Mierda, eso también es verdad. Joder, qué mierda.

—Punto número dos —dice ignorándome—. Creo que es muy bonito que te preocupes por estar a la altura y, desde luego, si preguntas mi opinión, creo que tienes razón y que lo mejor es dejar tus líos de faldas fuera del hotel.

—¿Y por qué no lo has dicho desde el principio?

Avery suspira y se estira en el sofá, poniéndose más cómoda.

—Porque no quiero tener una mala convivencia contigo y porque, te lo repito de nuevo, no soy tu madre. No soy yo quien debe decirte que no traigas chicas. Recuerdo el montón de veces que Noah te prohibió liarte con compañeras de trabajo y te dio igual. Es algo que tiene que salir de ti. No eres un niño, Asher, estás muy lejos incluso de ser un adolescente. Es bueno que empieces a tomar tus propias decisiones basándote en lo que crees que está bien o mal.

Me quedo mirándola con la boca abierta. ¿Todo eso ha pensado y no me lo ha dicho? Me siento un poco traicionado, pero no sé por qué. O sea, ¿estaba siendo testigo de que yo estaba siendo un poco cretino y no me ha avisado? Arrugo el entrecejo dándome cuenta de que, en realidad, ella no tiene que avisarme de nada. Que tiene razón y debería empezar a pensar más con la cabeza y menos con la…

Y lo haré. Esta es mi oportunidad de demostrar, no solo a Noah y Avery, sino a mí mismo, que además de un mujeriego soy alguien centrado en mi vida laboral y en hacer que las cosas vayan bien. Puedo parecer un idiota, pero sé que Avery y yo podemos conseguir que este hotel mejore. Y, si para eso tengo que empezar por tomar decisiones personales que no he tomado nunca antes, lo haré.

—Avery.

—¿Sí?

—Solo follaré fuera de este hotel.

Sé que muchas personas se reirían de mí por decir algo así con tanta solemnidad, pero ella vuelve a incorporarse en el sofá y palmea mi brazo con cariño.

—Estoy orgullosa de ti, amigo. —Me sonríe con tanto orgullo que me siento inquietantemente feliz.

No llevo ni un día en Vermont y ya estoy renunciando a cosas a las que nunca creí que renunciaría. ¿Soy o no soy prácticamente un mártir?

7

Avery

Bajamos a la cocina de la casa principal con la intención de cenar y, por supuesto, pagar por ello. Pese al montón de guarrerías compradas en gasolineras que he comido, estoy hambrienta y seguramente Asher esté peor. No ha comido ni bebido mucho para aguantarse el pis durante el camino, aunque no haya servido de nada, pero normalmente come muchísimo.

Voy pensando en su decisión de no meter mujeres en el apartamento y lo mucho que eso, de pronto, me ha aliviado. No porque me importe que Asher esté con una, dos o quinientas mujeres, sino porque reconozco que me resulta mucho más cómodo pensar en estar en mi nueva vivienda sin la tensión de poder oír gemidos en cualquier momento o encontrarme una chica desnuda en el salón.

Tan ensimismada estoy que no me doy cuenta de que, en la cocina, además de Margaret, hay cuatro personas más. Uno es George, al que ya conocimos esta mañana y que estaba sonriendo hasta que nos ha visto, lo que demuestra que el hombre no es huraño con todo el mundo. O no tanto como lo es con nosotros. Puedo entenderlo, imagino que necesita tiempo para acostumbrarse a nuestra presencia, así que opto por no acercarme demasiado a él, a no ser que sea completamente imprescindible.

Las otras tres personas que veo son dos chicas y un chico. Me fijo primero en las chicas porque son las que están charlando con George. O, mejor dicho, las que estaban charlando con George, porque ahora mismo todo el mundo está congelado mirándonos. Una de ellas tiene el pelo castaño con reflejos más claros naturales, o eso creo, porque lo cierto es que lo lleva atado en una coleta alta, así que tampoco sabría decir con exactitud si son naturales o no. Sus ojos castaños nos miran con curiosidad y sonríe de un modo educado en nuestra dirección. Es más o menos como yo de alta, pero se nota que su complexión es mucho más atlética que la mía, o será que va vestida con ropa de esquiar, porque en realidad no puedo ver su silueta debido a lo ancho de la tela.

A su lado, una chica vestida con tejanos y jersey, el pelo casi negro y los ojos más verdes que haya visto nunca nos observa con una sonrisa mucho más amplia, como si estuviera ansiosa por saludarnos. Sonrío de inmediato, intentando mostrarme amigable desde el primer momento y no tengo dudas de que Asher también estará como yo. Primero, porque es un chico amigable por naturaleza y, segundo, porque le encanta caer bien a las chicas; así, en general.

Desvío los ojos un segundo para encontrarme con un chico alto, de hombros anchos, pelo castaño, igual que los ojos, barba y una mirada curiosa. No sonríe como las chicas, pero tampoco parece tan arisco como George. Claro que es difícil superarlo. Quizá si alguien consiguiera una pistola y nos apuntara con ella…

—Buenas noches, ¿venimos bien para cenar? —pregunto.

—¡Hola, queridos! Por supuesto que sí, será un placer que nos acompañéis. ¿Ya habéis llevado todo vuestro equipaje al apartamento? —pregunta Margaret saliendo de detrás de la isleta.

—Sí, no traíamos muchas cosas, así que ha sido fácil.

Oigo a Asher resoplar a mi lado, pero no le hago ni caso. En realidad, no traigo todas mis pertenencias. Si así fuera, todavía estaría descargando maletas.

—Genial, adelante, os presento a mis hijos, Luke y Violet. —Señala al único chico y a la chica de pelo castaño y ropa de esquiar—. Y ella es Savannah, la chica que se ocupa del *spa* y la tienda de regalos.

Asher y yo nos acercamos y estiramos nuestras manos para presentarnos formalmente.

—Nosotros somos Asher y Avery —dice él—. Es un placer.

—¿Tienda de regalos y *spa* al mismo tiempo? —pregunto con curiosidad mirando a Savannah y fijándome en que sus impresionantes ojos verdes están enmarcados por unas pecas que hacen que su rostro sea prácticamente perfecto.

Ella sonríe aún más y encoge sus hombros.

—Detrás de la casa está la piscina con *spa* y, justo al lado, la tienda de regalos. No tenemos muchos clientes, así que es fácil para mí ir de un lado a otro, dependiendo de dónde me reclamen.

—Oh.

Me resulta sorprendente que una misma persona pueda desempeñar dos puestos de trabajo en locales diferentes, aunque estén pegados. En el Hotel Merry, cada trabajador tiene una única función y se ciñe a ella sin salirse de lo establecido. Supongo que es otra de las cosas que aquí funcionan de un modo diferente. No hay tantos huéspedes y el hotel ni siquiera está al lado del pueblo, así que supongo que, por lo general, no se ven muchas personas por aquí a diario.

—Yo me ocupo de las clases de esquí —dice Violet—. Bueno, y de lo que mi padre vaya ordenando cada día.

George bufa, pero no dice nada. Miro a Luke, que es el que falta por hablar.

—Lo mismo —dice.

Bien, bueno, es igual de escueto que su padre, según parece.

—¿Qué os parecería tener una reunión formal para hablar de vuestro modo de trabajo? —pregunta Asher.

—La reunión formal puede ser la cena —dice George de mala gana—. De todas formas, ¿el nuevo dueño no te ha dado toda la información que necesitas?

—Sí, tengo un dosier, pero me gustaría que seáis vosotros quienes me contéis cómo funciona todo para así adaptarme lo más pronto posible a mi puesto.

A favor de Asher tengo que decir que está siendo muy educado y amable. Quizá más de lo que merece George por su actitud.

—¿Quieres adaptarte, chico? Vente mañana al amanecer conmigo y te enseñaré la mejor forma de hacerlo.

Asher titubea. Me imagino que está ante la primera gran decisión como gerente de este sitio. Finalmente, asiente una sola vez y, aunque su sonrisa se ha borrado, sigue manteniendo un tono cordial.

—Por supuesto, será un placer que me expliques cómo has manejado este sitio hasta ahora para poder estudiar qué cambios hacer.

—No necesitamos cambios. Necesitamos huéspedes.

—Creo que ahí puedo ayudar yo —intervengo antes de que la conversación se vuelva más tensa—. Aportaré mis redes sociales y conseguiré que el hotel sea conocido por una comunidad bastante grande.

—Una comunidad que ni siquiera es de aquí —murmura George.

—En realidad, me sigue gente de todo el país. Me atrevería a decir que incluso de otros países, pero lo que nos interesa es llegar al público objetivo, y encontraremos la forma de hacerlo. Que no sean de aquí no es un problema, porque así podremos venderles no solo el hotel, sino su entorno como un espacio vacacional de ensueño.

—No vas a convertir mi hotel en un *reality show* como hiciste con el Hotel Merry, te lo advierto.

Me aguanto las ganas de aclararle que este ya no es su hotel. Se lo vendió a Noah, así que, en realidad, él no es quién para decirme qué puedo o no puedo hacer. Pero la situación ya es lo bastante tensa y, de todos modos, entrar ahora en ese tipo de discusión no nos llevaría a ninguna parte. Así que, cuando Margaret interrumpe a su marido para pedirnos que nos sentemos a la mesa para poder cenar, casi me alegro de no tener que seguir con el tema.

Soy la primera que está cansada de las redes sociales y me encantaría no tener que mostrar mi vida constantemente. Estoy saturada, he desarrollado cierta ansiedad social que me paraliza en más momentos de los que me gustaría y..., bueno, hay muchas cosas que no me gustan, pero ahora mismo es lo que hay: mi trabajo es dar a conocer este sitio y, para eso, tengo que conectar con la gente del mismo modo que llevo haciéndolo desde hace unos años. Expondré mi vida y la vida de todas estas personas, al menos en el aspecto laboral, y no hay modo alguno de que puedan evitarlo. Si lo hubiera, si de verdad existiera otro camino, yo ya habría optado por él.

8

Asher

Sabes que una cena va mal cuando, a la altura del postre, existen claramente dos bandos diferenciados y ninguna conversación se mantiene en un tono cordial por más de dos minutos. Todas acaban derivando en salidas de tono de George que generan tal incomodidad que todo el mundo guarda silencio.

Las peleas no me asustan. He vivido suficientes situaciones de mierda como para no amedrentarme ante prácticamente nada, pero George es un hombre bastante mayor que yo y la concepción de que debería tenerle respeto no me permite ser igual de cretino que él. Intento recordar que ha tenido que vender su hotel y que es posible que no lo esté pasando bien, pero, sinceramente, estoy deseando irme al apartamento, llamar a Noah y que me explique por qué demonios no me ha dicho que iba a tener que convivir con un ogro dispuesto a ponérmelo difícil.

Quiero comprender la situación, pero cada vez que Avery o yo damos una idea o lo comparamos con Nueva York, sentimos un aire de superioridad moral. No me gusta nada. Es como si pensaran que somos unos esnobs, que no sabemos nada de Vermont y que no tenemos ningún derecho a venir aquí a mandar. Y, bueno, es cierto que no sabemos nada de Vermont, pero podemos aprender. Y de lo que sí sabemos es de manejar un hotel.

Entré en el Hotel Merry como camarero hace muchos años y he ido escalando puestos a base de trabajo y esfuerzo. La he cagado mucho, sí, sobre todo en no marcar las líneas profesionales con mis compañeras. Le he dado muchos dolores de cabeza a Noah, pero también he sido el primero en arremangarme y trabajar duro cuando ha hecho falta. Nadie me ha regalado el puesto que tengo, ni tampoco se lo han regalado a Avery. La gente podrá criticar que esté todo el día con el teléfono en la mano, y lo entiendo, pero los datos son innegables. Gracias a ella y a su trabajo, el Hotel Merry creció en un año mucho más que en varios años de marketing y publicidad convencional. Su metodología puede no gustar, pero sus resultados son indiscutibles y esta gente va a tener que aceptarlo y dejar de hablarle como si fuera una muñequita tonta, sobre todo porque me están cabreando tanto como para estar a punto de saltar sobre ellos.

No, sobre ellos, no. Sobre George.

El resto sabe mantener la boca cerrada. Luke no habla mucho, pero Savannah y Violet han sido bastante amables con nosotros, al igual que Margaret. Sin contar que las dos primeras están…, joder, están muy buenas. Me gustaría decir que soy tan profesional que no me he fijado, pero es que son tan distintas que no sabría a cuál elegir. Aunque da lo mismo, porque supongo que, al igual que he tenido que renunciar a subir mujeres al apartamento a diario, debería mantener mi bragueta cerrada con respecto a mis compañeras de trabajo. Sobre todo porque aquí no es como en el Hotel Merry de Nueva York, donde la plantilla es tan grande que podía pasar días sin ver a alguna compañera. Al parecer, en este hotel, de trabajadores, somos los que estamos alrededor de esta mesa, por lo que voy a ver a Savannah y Violet varias veces todos los días, así que no es buena idea plantearme tener algún rollo con ellas.

No lo es, pero cuando Savannah me mira con sus impresionantes ojos verdes, me cuesta mucho pensar con claridad. Le sonrío por inercia mientras Avery habla acerca de los beneficios de mostrarnos transparentes frente a la cámara.

—¿Y qué pasará con el dinero que ganes con las redes gracias a mostrar nuestro trabajo y nuestras vidas? ¿Solo será para ti? Porque parece un poco injusto —pregunta Violet.

Avery sonríe de inmediato y niega con la cabeza.

—Ya en Nueva York repartía mis ganancias con el hotel. Por lo general, muchas empresas contratan a personas que lleven las redes sociales y le asignan un sueldo. En este caso es distinto, porque empecé esto como un juego y, al final, la primera en viralizarme fui yo. Bueno, para ser justos, fui yo porque conté la historia de mis antiguos jefes.

—Ay, yo la seguí —dice Savannah con mirada soñadora—. ¡Noah y Olivia eran tan monos!

—Lo eran —coincide Avery—. Su historia fue un detonante increíble, pero no fue lo más importante. Las instalaciones, las actividades programadas, la comida del hotel, los cócteles...; al final cada detalle importa. Conseguimos explotar al máximo nuestros recursos y eso dio unos resultados increíbles. Aquí será igual. Lo haremos todo de un modo natural y orgánico.

—Esto no es un maldito *reality show* —dice George, no por primera vez—. No voy a vender mi vida ni la de mi familia solo para que tú ganes dinero.

—Entiendo tu punto de vista, George, pero podemos fijar unos límites si así te sientes más cómodo.

Que Avery haya dejado de tratarlo de usted para tratarlo de tú es una muestra de que empieza a estar harta, aunque por fuera siga manteniendo la imagen de chica encantadora.

—Nada de grabar dentro del hotel.

—Me temo que eso no será posible. Precisamente grabar dentro del hotel y dar a conocer la cocina de Margaret, las instalaciones o las actividades que se hacen es vital para que disparemos las visitas. Al ver la sala de pintura, se me ha ocurrido que podríamos buscar a alguna artista local e impartir clases de...

—¡No vas a grabar a mi mujer mientras cocina! —grita George interrumpiéndola.

—El hotel ya no es tuyo, no puedes prohibir nada —dice Luke, su hijo.

—¡Puedo prohibir que grabe a mi mujer!

Hay tantas cosas mal en esa puta frase que no sé ni por dónde empezar. Por suerte, no tengo que hacerlo porque la propia Margaret habla en un tono que no deja lugar a dudas de lo cansada que está.

—Eso lo decidiré yo, George.

—¿Vas a sumarte a esta pantomima?

—Hará lo que considere, papá, igual que tú hiciste lo que consideraste cuando vendiste el hotel sin preguntarle a nadie.

Miro con los ojos como platos a Violet, que concentra en su padre una mirada de rencor que no me esperaba. Joder, este sitio tiene más dramas abiertos que una telenovela. Mis ojos buscan a Margaret. ¿De verdad el tipo ha vendido el hotel sin consultar a su propia familia? ¿Eso se puede hacer? O sea, lo de ser un padre y marido de mierda sí que me entra, porque, bueno, he visto cosas bastante peores, pero me parece que ponerse digno después de hacer lo que parece que ha hecho es de ser un rematado imbécil.

—¡Tú no te metas, niña!

—No soy una niña. Soy una mujer y puedo meterme todo lo que quiera porque, hasta donde yo sé, sigo en plantilla, pero tú ya no eres mi jefe. —Violet mira a Avery y sonríe de un modo que juraría que está creado solo para fastidiar a su padre—. Puedes grabarme dando clases, quitando nieve de la entrada o en el baño si te da la gana.

—¡Violet! —exclama su padre.

—¿Sí, papá?

—No harás nada de eso.

—Puede hacer lo que le dé la gana. ¿O ese gran beneficio solo se aplica a ti? —pregunta Luke con una mirada de rencor aún más intensa que la de su hermana.

Vale. Veamos. El panorama ahora mismo es este: George nos odia, los hijos de George odian a George y Margaret es la única persona que parece a punto de echarse a llorar por toda esta situación. Miro a Savannah para ver su reacción, pero está comiéndose su postre con tanta naturalidad que intuyo que esta no es la primera discusión familiar que presencia.

Observo a Avery, a mi lado, que está más o menos igual que yo. Lo sé porque, cuando me mira, puedo leer en sus ojos la misma pregunta que me hago yo desde que llegamos: «¿Qué demonios hacemos aquí con esta gente?».

9

Avery

Cuando por fin logramos subir al apartamento, no espero ni a llegar a mi habitación. Me tumbo en el sofá, agarro un cojín blanco y mullido y me lo pongo en la cara como si pretendiera ahogarme con él.

—Dime que no ha sido tan desastroso como creo —murmuro.

No veo a Asher, porque sigo empeñada en taparme con el cojín. Tengo una migraña que amenaza con amargarme la existencia y estoy sintiendo por momentos que todo esto ha sido un tremendo error. Mi amigo levanta mis piernas, se sienta y las coloca sobre su regazo mientras las acaricia en un gesto reconfortante.

—Ha sido una mierda. —Gimo de frustración y aprieto más el cojín, lo que hace que Asher me lo quite de un solo tirón y sin ningún esfuerzo—. La parte buena es que ya solo puede ir a mejor.

—Nos odian.

—No es verdad.

—Sí lo es.

—Vale, sí, nos odian, pero haremos que cambien de opinión.

—Alzo mis antebrazos, que tenía colocados sobre mis ojos, y lo miro con una ceja alzada, poniendo en duda sus palabras—. Has hecho cosas más difíciles, rubia.

—¿Cómo cuáles?

—Como grabar y retransmitir la historia de Noah y Olivia, aun cuando ellos mismos intentaban negarse.

—Los conocía de sobra como para saber dónde estaba el límite. No sé dónde está el límite de esta gente. No entiendo nada y, sinceramente, siento que Noah nos ha mandado aquí sin la suficiente información.

—¿Quieres que le llamemos?

—¡No! Eso nos haría parecer ineptos.

—¿Entonces? Dime qué hacemos, cielo, porque, si te soy sincero, contaba con que tú te los ganaras en dos minutos. Mi plan era esperar que hicieras lo tuyo y luego sonreír y ocuparme de regentar esto.

—O sea, que pensabas que esto iba a costarte el mínimo esfuerzo.

—Sí.

Su sinceridad me hace reír. Puede que Asher no sea un chico perfecto, pero nadie jamás podrá decir que es un mentiroso. A veces pienso que no sabe mentir porque, cuando lo intenta, se nota tanto que es un poco vergonzoso.

—Pues lo siento por ti, colega, pero no va a ser fácil para ninguno de los dos.

—George quiere que lo acompañe al amanecer.

—Eso he oído.

—Avery.

—¿Sí?

—¿Cuándo diablos amanece aquí?

La carcajada me sale sola, mucho antes de poder retenerla para no ofenderlo. Por suerte, no es alguien que se ofenda con rapidez y acaba riéndose conmigo.

—Lo buscaremos en Google, no te preocupes.

Nos quedamos en silencio, él con la cabeza apoyada en el respaldo, yo con los ojos cerrados y sus manos aún en mis piernas. Es un buen momento. Uno de esos donde el silencio es mejor que cualquier palabra y todo se siente en orden, aunque no sea así.

—Debería hacer un directo, pero ha sido un día demasiado largo. Creo que me daré una ducha y me meteré en la cama.

—¿Quieres que estrenemos la bañera con vistas? —pregunta como quien no quiere la cosa.

—Quiero estrenar la bañera, pero no contigo.

—Me parece fatal, ¿sabes? Podríamos recrear una de esas pelis románticas que te encantan, ya sabes. —Lo miro sin entender—. Chico y chica se ven forzados a vivir juntos y, de pronto, follan como animales en cualquier superficie, horizontal o vertical. Me da igual, porque soy bueno en las dos.

—Me parece que la parte en la que follan como animales te la acabas de inventar —le digo riéndome.

—De eso nada.

—En mis pelis favoritas no sale.

—En las mías, sí.

—Eso es porque son porno.

Se ríe y se tumba en el sofá cuando me levanto con un bostezo.

—¿Entonces? ¿No te apetece?

—Lo siento, pero no.

Suelta un quejido lastimero y lo oigo refunfuñar mientras voy a mi dormitorio, rebusco en mis maletas un pijama y todos mis productos de *skincare* y me encierro en el baño.

Me tomo mi tiempo, lo reconozco. Me desmaquillo, me meto en la ducha y, cuando salgo, me dedico a mi rutina diaria, solo que realizando los masajes durante más tiempo. Por lo general, esta parte del día es algo que me tomo muy en serio, pero hoy más. Siento que el día ha sido larguísimo y necesito algo que me consuele antes de irme a dormir. Quizá es superficial, pero el olor de las cremas y tónicos hace que me sienta fresca, limpia y reconfortada.

Salgo del baño y me encuentro con que Asher se ha dormido en el sofá. Debería despertarlo, pero sé bien que tiene un sueño profundo, así que cojo una manta de cuadros que hay en un extremo y lo tapo con cuidado. Después me meto en mi dormitorio, ignoro todas las maletas sin deshacer y me meto en la cama. Miro en Google cuándo amanece aquí y pongo el despertador una hora antes para despertar a Asher. Con suerte, encontraremos café en algún armario de la cocina y, si no, tocará bajar a la de Margaret a suplicar. Además, quiero ir con tiempo, porque algo me dice que George va a encargarse de tenernos bien ocupados.

Cuando ya tengo la alarma puesta, entro en redes. Sé que es un error, porque me ha pasado muchas veces que, estando en la cama, entro en redes y se me pasan las horas sin darme cuenta y, cuando por fin salgo, es de madrugada. No obstante, me digo a mí misma que solo voy a asegurarme de no tener notificaciones importantes.

Reviso los primeros mensajes con una sonrisa. La inmensa mayoría me hablan del directo de hoy y la intriga que sienten por ver hacia dónde me dirijo, pero hay algunos, como siempre, que van un pasito más allá. No es nada preocupante, o eso me dije al principio. Después de todo, no hago daño a nadie y muestro la vida de las personas siempre con su consentimiento expreso. Sin embargo, de un tiempo a esta parte el crecimiento ha sido tan grande que, con eso, han llegado inevitablemente los temidos *haters*.

Como digo, por suerte no son muchos, o al menos no hacen tanto ruido como para que yo sienta que llegan en masa, pero me he enfrentado a comentarios juzgando mi aspecto, los productos con los que me maquillo e incluso lo que como. Y, aun así, no son lo peor de las redes. Es curioso, ¿verdad? Pero, cuando abro uno de esos mensajes que tanto temo, me reafirmo: da mucho menos miedo un desconocido que te odia sin motivos que un desconocido que afirma amarte más allá de lo humanamente posible.

Userdreamer3993

¿Me has vuelto a bloquear? No entiendo por qué actúas así, Avery. Sabes que nuestro destino es estar juntos. No importa lo lejos que vayas o las puertas que me cierres, yo siempre encontraré el modo de llegar a ti.

Aparto el teléfono de mi vista, porque mirarlo por un instante más hace que sienta ganas de vomitar. Salgo de la pantalla aun sin mirar, lo bloqueo y pongo el teléfono boca abajo en la mesita de noche.

Trago saliva y me concentro en contar de cuatro en cuatro. Es un truco que me enseñó mi hermana cuando era niña y tenía pesadillas. Seguir secuencias numéricas para evitar pensar en lo que me aterroriza. De cuatro en cuatro. De seis en seis. Multiplicando. Da igual. Si consigo no pensar en ello, podré volver a tranquilizarme.

«Cuatro. Ocho. Doce…».

¿Y si de verdad encuentra el modo de llegar a mí?

«Dieciséis. Veinte. Veinticuatro…».

Estoy a salvo. Este hotel es seguro y al apartamento solo se accede a través de la galería. Aunque la planta superior no tenga puerta; la inferior, sí, y tengo la llave.

«Veintiocho. Treinta y dos. Treinta y seis…».

Asher también vive en casa. No estoy sola.

«Cuarenta. Cuarenta y cuatro. Cuarenta y ocho…».

Solo tengo que calmarme. Mañana será mejor. Con la luz del día, lo veré con otra perspectiva.

«Cincuenta y dos. Cincuenta y seis. Sesenta…».

No pasa nada. Estoy bien. Estoy a salvo.

«Sesenta y cuatro. Sesenta y ocho. Setenta y dos…».

Solo tengo que encontrar el modo de sentir que estoy en casa.

«Setenta y seis. Ochenta. Ochenta y cuatro…».

Aunque tenga muy claro que hace mucho que no siento que estoy en casa en ningún sitio…

10

Asher

Me despierta el aroma a café. Y el hambre. No es de extrañar, por lo general como bastante y Margaret cocina como los ángeles, pero anoche, entre discutir y ver cómo discutían otros, no comí la cantidad que me hubiese gustado.

Me incorporo en el sofá, miro por encima del respaldo y me encuentro con Avery vestida con un jersey de cuello alto rosa claro, un vaquero ajustado que le queda de muerte y unos botines de tacón que, desde ya, sé que van a ser un problema si pretende salir fuera con ellos. Su cabello está recogido en una coleta alta, espesa, rubia y espléndida, y está perfectamente maquillada. Miro por la ventana que da al bosque y me fijo en que aún es de noche.

—Buenos días, dormilón. Estaba a punto de despertarte —me dice sonriendo por encima del hombro.

—¿A qué hora te has levantado para estar ya así?

—¿Así cómo?

—Peinada, maquillada, vestida, impecable y preciosa. —Me paso una mano por el pelo, que a estas alturas tengo bastante enredado, y me doy cuenta al alzar el brazo de que me huelen las axilas. Mierda, odio que me huelan mal las axilas. Odio oler mal, en general—. Dime que tengo tiempo de ducharme.

—Tienes tiempo de ducharte. Unos cinco minutos para la ducha y otros cinco para que te vistas, peines y acicales. Según mis cálculos, para cuando estés tomando café, empezará a clarear y será casi hora de bajar.

—Tu eficiencia cuando ni siquiera ha amanecido me sienta mal, pero como me has despertado sin empujones ni patadas ni insultos, te perdono.

—¿Cuánta gente te ha despertado con empujones, patadas e insultos? —pregunta alzando las cejas.

—Te sorprendería —murmuro mientras me dirijo al baño.

No me molesto en cerrar la puerta del todo. Sé que Avery no entrará y, si entra, tampoco es que me importe que me vea en pelotas. Aquí la pudorosa es ella. Me meto en la ducha y me enjabono mirando hacia el *jacuzzi* y preguntándome cuándo podré disfrutarlo. Observo el exterior a través de la pared cristalera para cerciorarme de que sigue siendo de noche. Salgo, me peino con el cepillo de Avery y me doy cuenta de que no ha necesitado ni veinticuatro horas para llenar el baño de cremas y potingues varios. Me envuelvo la toalla en la cintura y salgo hacia mi dormitorio para vestirme y ponerme una cantidad ingente de desodorante.

Cuando por fin me he puesto un vaquero, una camiseta térmica, una sudadera y parezco una persona medianamente decente, voy a la cocina y me encuentro con que Avery ya me ha servido una taza de café inmensa.

—Rubia, vivir contigo va a ser una gozada —le digo mientras me siento en uno de los bancos que rodean la isleta y le doy un sorbo al café. Me relamo los labios y frunzo el ceño—. ¿Le has puesto canela al café?

—La Navidad se acerca —contesta con una sonrisa que me sirve para recordar que Avery sí tiene una familia normal y está habituada a celebrarlo todo, incluso antes de que llegue—. Y, cuando seas tú quien me prepare el café, también lo sentiré como una gozada.

Alzo la taza, estoy de acuerdo. No pretendo ser un parásito. Lo he sido en el pasado, no lo niego, si no que le pregunten a mi amigo Noah por la época en la que compartimos piso. Quizá es más justo decir que me hice okupa en su piso, pero entonces era joven e inmaduro. Ahora... Bueno, ejem, digamos que es distinto.

Tomamos nuestros cafés con cierta prisa, porque fuera empieza a clarear. Bajamos las escaleras, nos adentramos en la cocina y nos encontramos con Margaret preparando un maldito desayuno de ensueño. De verdad. Tortitas, huevos revueltos, beicon frito y, al menos, dos tipos de bizcochos.

—¿Haces esto a diario? —pregunta Avery después de que la saludemos.

—Sí, para la familia y porque tenemos una de las cabañas ocupada por una pareja de chicos que adoran comer. Vienen cada año en esta época a celebrar su aniversario y me gusta que se sacien y cojan fuerzas para afrontar el día.

No ha acabado de hablar cuando, en efecto, la puerta se abre y entran dos hombres de mi edad, más o menos, agarrados de la mano y sonriendo como si la vida fuera maravillosa. Estos han follado, están de vacaciones y van a darse un banquete; claro, es que así, como para no sonreír.

—¡Buenos días, Margaret!

Se sientan antes de que George entre en la cocina y lo que ocurre a continuación nos deja a Avery y a mí congelados.

George Gingerbread sonríe. Sonríe de verdad, no con sarcasmo. Saluda a los chicos como si fuera todo un abuelito adorable. Tengo que ser sincero y admitir que yo pensaba que, en su línea de señor gruñón, sería un homófobo e incluso racista. Esperaba verlo mirar mal a uno de los chicos por ser negro y a los dos en general por ser homosexuales. Culpa mía. Al parecer, George solo piensa ser un cretino con nosotros y con sus propios hijos. Bien mirado, es un honor, porque parece ser que somos pocos los que tenemos el don de sacarlo de quicio.

—Chicos, ellos son Avery y Asher. Vienen de parte de los nuevos dueños del hotel y se ocuparán de llevar todo esto de ahora en adelante —dice Margaret.

Es un poco extraño que den explicaciones a los huéspedes acerca del cambio de roles en el hotel, pero creo que empiezo a entender que ellos son clientes fijos. Me imagino que las aclaraciones son un intento de hacer ver que el hotel va de maravilla y todo está perfecto, así que entro al trapo. Saludo como si fuera el ser más simpático del mundo y, justo cuando voy a sentarme, George me interrumpe.

—Hora de trabajar.

—Pero...

—¿Quieres desayunar? Levántate antes. Lo mismo para ti, rubita. Vamos.

Aprieto los dientes y me aguanto las ganas de decirle que la próxima vez que llame «rubita» a Avery vamos a tener un problema, pero si ella misma no ha saltado, yo no tengo derecho a hacerlo. Y sí, ya sé que yo mismo la llamo «rubia» a veces, pero es distinto. Yo lo hago con cariño y porque puedo, joder. Él, no.

Miro a mi amiga y espero que lea claramente mis pensamientos en mi cara, pero ella pasa de mí y va detrás de George como una chica a la que no le importa una mierda no comer alguno de los manjares que hay en la mesa.

Mi segundo día aquí está resultando ser igual de asqueroso que el primero y eso que recién está empezando.

11

Avery

La mañana es infernal.

No sé si es porque no hemos comido nada desde el café, cuando aún era de noche, o porque George se ha pasado horas mostrándonos todo el trabajo físico que hay que hacer en las instalaciones del hotel. Asher está agotado y yo, aunque no haya hecho ni la mitad que él, también. No he tenido oportunidad de iniciar un directo, porque George refunfuñaba un montón cada vez que sacaba el móvil, así que he ido haciendo vídeos y esta tarde subiré algunos para ir dejando caer dónde estamos, pero sin dar aún la ubicación. Para eso necesito que esta gente colabore. Y por «esta gente» me refiero a George.

En serio, es un cínico.

Ha hecho que Asher corte leña porque, según él, los huéspedes de las cabañas pueden solicitarla en cualquier momento para la chimenea y no hay nadie más que se ocupe, pero la realidad es que hay siete cabañas y, hasta donde sabemos, solo una está ocupada. No sabemos nada de la previsión de reservas, ni siquiera hemos visto las cabañas, pero sí que he visto a Asher cortar leña, acarrear madera y mirar a George dando de comer a un grupo de huskies que imponían, pese a estar en un establo. Al parecer, están entrenados para tirar de trineos en paseos que la gente puede contratar (y de verdad estoy intentando no decir nada en contra de esto). También hemos visitado la zona de esquí, donde Violet ha ignorado descaradamente a su padre mientras nos ha explicado en qué suele consistir su trabajo y cómo organiza las clases en base a la edad y experiencia de la gente que las contrata.

En definitiva, nos hemos pasado la mañana trabajando, sobre todo Asher, mientras George nos trataba con condescendencia y mala educación. Tal es su manera de hablarle a Asher que, cuando pretende hacerle subir a unas escaleras para limpiar las canaletas del establo, me niego.

—Lleva unas zapatillas que están empapadas —le digo a George—. Podría resbalarse.

—Sus zapatillas son mejores que tus botines de princesa.

En eso tiene razón. Miro mis botines de tacón, preciosos, pero inservibles. Tengo los pies mojados, helados y doloridos. He resbalado una cantidad indecente de veces y, de no ser porque Asher ha estado pendiente de sujetarme todas y cada una de ellas, me habría roto la cadera nada más empezar la mañana.

—Necesitamos calzado adecuado —le digo a mi amigo.

—Es la primera cosa coherente que decís desde vuestra llegada.

—Se acabó, George. —Me tenso con el tono de Asher, porque nunca antes lo he visto tan serio—. He aguantado tus impertinencias desde ayer, pero no voy a tolerar que nos faltes el respeto de este modo. Puede que no sepamos bien cómo funcionan las cosas en la vida práctica de Vermont, pero sabemos hacer nuestro trabajo.

—No se nota.

—Mi trabajo encomendado es dirigir este sitio, no cortar la leña, limpiar los canalones o aguantar tus salidas de tono.

—Ese es el trabajo que he hecho yo toda mi vida. ¡Así se dirigen aquí los hoteles! ¿Qué esperabas? ¿Un gran despacho del que no salir en todo el día? Esto no es la gran ciudad, chico.

—Lo entiendo y hasta cierto punto estoy de acuerdo en que tengo mucho que aprender, pero no así. No con estos modos, no sin comer y no a costa de sentirnos menospreciados constantemente. —George intenta hablar, pero Asher lo corta con un gesto de la mano—. Ahora mismo hace un frío helador, estamos empapados y ni siquiera hemos visto las cabañas para que Avery pueda grabarlas, así que, con tu permiso, lo primero que haremos será volver a la casa principal, entrar en calor, comer algo y después encontrar ropa y calzado adecuado, además de comprar los víveres necesarios para cocinar en el apartamento y no molestar a Margaret.

—Qué considerado —dice el antiguo dueño con ironía.

—En realidad, sí, porque como personal designado por el dueño del Hotel Merry, podría comer gratis. Y Avery también.

—Este hotel no es el Hotel Merry, es el Hotel Silverwood.

—Eso fue antes de que decidieras venderlo. Si te arrepientes de la decisión, lo siento, pero eso no cambia el hecho de que este sitio ya no es tuyo. Sigues trabajando aquí por una cláusula del contrato, pero estoy bastante seguro de que esa cláusula no incluye que seas un maldito cretino. Y ahora, si nos disculpas, vamos a marcharnos. Nos veremos en la cena, porque es evidente que debemos tener otra reunión. Si Luke o Violet pueden mostrarnos las cabañas hoy mismo, mejor. Si no, será lo primero que hagamos mañana por la mañana.

—Antes de eso tenéis que...

—No, George. Este será el orden: entrar en calor, comer, ir al pueblo a comprar, cenar y hablar de todo esto. Si en medio nos podéis hacer un hueco para ver las cabañas hoy, bien; si no, de acuerdo, pero no pasará de mañana.

—¿Es una orden, chico?

—Puedes considerarlo así, si eso te hace respetarla.

No puedo decir nada. Asher coge mi mano y nos marchamos caminando por la nieve recién caída mientras intento procesar que, después de muchos años, mi amigo ha resultado ser un líder serio y firme cuando corresponde.

Si tengo que ser sincera, tengo el corazón acelerado, pero no sé por qué. No esperaba verlo así. No sé qué esperaba. Sé que Asher quiere a Noah como si fuera de su propia familia y eso me llevaba a pensar que se tomaría esto en serio, aunque hace años le diera bastantes dolores de cabeza al Hotel Merry, pero no esperaba que se lo tomara tan en serio. Y no esperaba que verlo en ese papel me resultara... ¿atractivo? No, «atractivo» no es la palabra. Impactante. Eso es. No ha necesitado ponerse el único traje que me consta que metió en esa mochila que ha traído. Le han bastado un par de tejanos viejos y una sudadera para hacerse entender y, aunque George no nos odie ahora menos que cuando llegamos, algo me dice que las cosas van a cambiar gracias al modo en que Asher se ha plantado.

Entramos en la casa grande, donde Margaret limpia la moqueta y nos mira con la boca abierta, lo que me indica que nuestro aspecto es más desastroso aún de lo que imagino. Atravesamos la biblioteca y la galería de cristal, abrimos la puerta de nuestro apartamento y subimos las escaleras con paso firme y seguro, pero solo hasta que estamos arriba. Asher suelta mi mano, que aún tenía sujeta, se quita la sudadera empapada y deja ir un gemido de frustración.

—¿Me he pasado? —pregunta mirándome y pillándome un poco distraída, porque al alzarse la sudadera se le ha visto cierta parte del vientre y hay que admitir que el cuerpo de Asher es... interesante.

No es la primera vez que lo veo. No es un chico pudoroso y hace mucho que somos amigos, pero hay ciertos movimientos que...

—¿Eh?

—¿Crees que me he pasado? —repite.

—No lo creo —admito reaccionando justo a tiempo.

—Te juro que no puedo más con él, Avery. No es por el trabajo físico, eso no me importa, es porque nos trata como si fuéramos niños estúpidos. Si así es como ha tratado a sus propios hijos, puedo entender que lo odien.

—No creo que siempre haya sido así. Es evidente que no le ha gustado vender el hotel.

—Pues lo siento mucho, pero eso no le da derecho a tratarnos como lo hace. Nosotros no tenemos la culpa, venimos aquí a hacer nuestro trabajo y, en vista de que la amabilidad no ha funcionado, ahora me tocará ser un cabrón frío e imparcial.

—Oh.

—Lo único que te pido es que me avises si crees que me paso.

—Yo… Bueno, creo que puedo hacerlo. Aunque supongo que, desde mañana, no estaremos juntos. Necesito encontrar el modo de que me enseñen las cabañas y poder grabar más contenido. Hasta ahora todo lo que he visto ha sido nieve, árboles, huskies dentro de un establo y la cocina de Margaret, que tampoco he podido grabar bien porque siempre aparece George para estropear el plano como si fuera el enanito gruñón.

Asher se ríe por primera vez y me alegro. Verlo tan serio después de tantos años de conocerlo estaba poniéndome un tanto ansiosa.

—Sécate y cámbiate si quieres. Vamos al pueblo. Buscaremos un restaurante donde comer y una tienda para comprar lo necesario y poder adaptarnos a este sitio de mierda antes de morir en el intento.

—Me encanta tu positividad.

—Siempre a tu disposición, preciosa.

Me río, pero lo cierto es que entro en mi habitación con una tensión acumulada que no me gusta, porque esto está siendo aún más difícil de lo que pensaba. No es que imaginara un camino de rosas, pero reconozco que creí que… No sé, creí que sería más sencillo lidiar con los antiguos dueños. Salvando a Margaret, los demás han resultado ser escurridizos, quisquillosos o gruñones, y no es un panorama que adores encontrar.

Además, ¿cómo voy a vender este sitio como si fuera un paraíso cuando es evidente que las relaciones humanas son desastrosas? Salvando a los chicos de esta mañana, no he visto más huéspedes. Se nota que ellos están acostumbrados a la actitud de mierda de George, pero no puedo imaginar lo que pensarían huéspedes nuevos. La gente paga para pasárselo bien y tener un trato afable, sobre todo en un lugar como este.

Al llegar aquí en esta época del año, uno espera que le envuelva una atmósfera reconfortante y disfrutar de un té o un chocolate caliente, de un listado de actividades gratificantes y emocionantes y de comida rica servida por alguien con una sonrisa en la cara mientras escucha música navideña con la sensación de paz en el cuerpo. Estoy bastante segura de que llegar y encontrarse una maldita batalla campal no es algo que quiera nadie, así que más vale que todos nos pongamos las pilas. Si no, este sitio se irá al traste mucho antes de que alguien pueda recordar que hubo un día en que la familia Merry regentó un hotel en Vermont.

12

Asher

La mejor parte de mi estancia en Silverwood, de momento, es esa en la que puedo ignorar por completo dónde estoy. Es decir, mi segunda tarde aquí con Avery.

Cogemos el jeep, nos largamos al pueblo y, una vez ahí, buscamos la única tienda de ropa del lugar. Tardamos solo unos minutos en averiguar que casi toda la ropa es básicamente igual, porque es mucho mejor adaptarse al frío que ir a la moda. Aunque también me imagino que la moda es una cuestión de perspectiva, pero el caso es que podríamos haber acabado en la tienda en menos de quince minutos y, en cambio, nos pasamos más de media hora mirando pantalones, botas y parkas para la nieve.

—¿Crees que le podemos pasar un recibo a Noah por todo esto? —pregunto cuando pagamos.

—No lo sé, me sabe mal que paguen por nuestra ropa.

—Ya, pero estamos aquí por ellos. Me prometió un montón de trajes y, cuando quiso comprarlos, le dije que no, que mejor esperaría a llegar aquí y ver cómo tenía que vestirme. Ahora me doy cuenta de que no necesito trajes, sino esto. No hay uniformes, así que... ¿esto no es una especie de uniforme? —pregunto alzando las bolsas mientras salimos de la tienda.

El frío es penetrante y el viento helado hace que sienta la cara tirante y congelada.

—Mmm…, visto así, tienes razón. ¿Se lo dices tú?

—Sí, no te preocupes. Solo encárgate de tener controlados los tickets para que luego pueda escribirle.

Metemos las bolsas con ropa en el jeep. Todo, a excepción de un par de botas que nos hemos puesto nada más pagar y el abrigo que hemos elegido y que nos ha hecho sentir que pasábamos de estar en el infierno a encontrarnos en el cielo. Ahora entiendo que no es que el frío sea malo en sí, es que no ir vestido para soportarlo es lo peor que se puede hacer.

Me siento mucho más reconfortado con un abrigo y unas botas adecuadas de lo que me he sentido desde que llegué.

—De acuerdo. ¿Qué toca ahora? —pregunta Avery.

—Comida. —Salgo de la calle en la que estamos, que es la principal—. Según el mapa de mi teléfono, aquí mismo hay un supermercado.

Ella me sigue en silencio mientras paseamos por la calle principal y nos vamos acostumbrando a la pisada de nuestras botas nuevas. De momento, no tener la sensación de estar a punto de caer en cualquier momento ya es algo que valorar. La calle huele a leña quemada, a bosque y a algo más que aún no sé describir; supongo que la gente tiene encendidas las chimeneas. Las farolas están iluminadas, aunque aún no haya caído la noche, y las guirnaldas de luces ya cuelgan de muchas casas, pese a que falten semanas para la Navidad.

En la plaza central, al fondo de la calle, están preparando lo que a todas luces será un soporte para un gran abeto.

—¿Crees que podré hacer directos en el pueblo cuando por fin desvele dónde estamos sin que la gente de aquí me mire raro? —pregunta Avery observándolo todo.

Abro la puerta del supermercado, la hago pasar y, cuando la chica que hay tras la caja registradora se nos queda mirando como si fuéramos delincuentes, hago una mueca.

—Creo que nos van a mirar raro hagas lo que hagas, así que mi consejo es el siguiente: pasa de todo. Si quieres hacer un directo en el pueblo, simplemente ocúpate de no ofender a nadie sacándolo en cámara sin su consentimiento. Todo lo demás no debería importarles. Y a ti tampoco. —Avery me mira de un modo que me hace fruncir el ceño—. ¿Qué?

—Nada. Es solo que… te queda bien el papel de jefe.

Sonríe y se gira para caminar entre los pasillos del súper mientras mi entrecejo se frunce aún más.

—¿Qué demonios significa eso? —pregunto a su espalda.

—Coge un carrito —me ordena ella mientras camina.

Retrocedo, cojo un carrito y refunfuño mientras vuelvo a acercarme a su espalda.

—Repito: ¿qué demonios significa eso y por qué ha sonado a algo como: «te queda bien ser un tipo decente»?

—¿Ha sonado así? —Sus grandes ojos azules se abren con inocencia fingida. Fingidísima. La conozco demasiado bien.

—Avery…

—Solo digo que es curioso ver cómo te has transformado en alguien aparentemente responsable.

—¿Aparentemente?

—Venga, Asher, ¿no irás a intentar colarme ese cuento de que en realidad eres todo un chico serio y responsable? Porque te recuerdo que hace años que nos conocemos y, de hecho, soy de las pocas personas que saben de ti más que la gran mayoría.

En eso tiene razón. Hace años que nos conocemos y, en lo referente a mis relaciones con las chicas, yo he sido bastante inmaduro, infantil e irresponsable, pero hay muchas cosas que Avery no sabe. Cosas que quiero que siga sin saber, así que la única opción que me queda es sonreír de medio lado y encoger los hombros con despreocupación. Fingida despreocupación. Porque aquí los dos sabemos jugar este juego.

—Ya sabes lo que dicen.

—¿Qué?

—Los chicos serios y responsables follan más. Creo que voy a explorar mi faceta de jefazo.

Avery pone los ojos en blanco. Es evidente que esperaba otro tipo de respuesta y se ríe negando con la cabeza.

—No tienes arreglo, ¿verdad?

Me relamo pensando en la otra persona que solía gritarme justamente eso. Que no tenía arreglo y nunca lo tendría. Trago saliva y miro a un lado. Por fortuna, estamos en el pasillo de higiene, así que me resulta muy sencillo cambiar el tema distrayendo a Avery para que dejemos de centrarnos en mí, en cómo soy y en lo roto que estoy en muchos sentidos y para mucha gente.

—¿Compresas, tampones, copa menstrual? —pregunto señalando con la barbilla los utensilios de higiene femenina, para luego mirarla entrecerrando los ojos—. Mmm…, copa. No te veo llevando compresa y eres demasiado moderna, así que estarás a la última incluso en esto. Ahora la cuestión es: ¿talla M o L?

—Que sepas cómo funciona la copa menstrual y los tipos de talla que existen es perturbador, que lo sepas —me dice ella riendo—. Dicho esto: talla M.

—Mmm.

—¿Acabas de relamerte al pensar en la anchura de mi canal vaginal?

—Sí, era sexy hasta que lo has llamado «canal vaginal».

—Eres un cerdo. No pienses en mí de ese modo.

—¿En ti con la regla? —Ella me mira mal y me río—. ¿Entonces? ¿Nos llevamos una copa o te has traído la tuya de Nueva York?

Avery no responde, pero me da un empujón y se concentra en las baldas solo para fruncir el ceño y acabar cogiendo una caja de tampones.

—No hay copas —murmura.

—Una desgracia detrás de otra, ¿eh? —digo con ironía—. Si necesitas ayuda con eso, solo tienes que decírmelo.

—¿En serio, Asher? ¿Te das cuenta de que cuando use esto estaré sangrando?

—¿Y?

—Es asqueroso.

—Cuestión de perspectivas.

—Dios, eres… eres… ¡Arg!

Me quita el carro, empuja mi costado y camina con paso decidido por el pasillo mientras me río tras ella y pienso que así es como tiene que ser. Ella seguirá pensando que soy un mujeriego, porque lo soy, y que no hay mucho más en mí. Que no soy y nunca seré lo suficientemente responsable o maduro para que me tomen en serio, aunque todavía ni siquiera yo mismo sepa si eso es cierto o no.

Y no negaré que me desagrada. No me gusta que la gente piense que estoy prácticamente hueco por dentro y que en lo único en que pienso es en chicas y sexo, pero la otra opción es dejar ver parte de lo que siento. Cuando aprendes por las malas que mostrarle al mundo tus sentimientos no trae más que dolor, ya no vuelves a olvidar esa lección.

13

Avery

Miro a Asher comerse tres trozos de un pastel de nueces y jarabe de arce y me pregunto por qué demonios la vida es tan injusta. A mí me encanta comer, de verdad. Es uno de mis placeres favoritos y, aunque no hago grandes restricciones, sí que tengo que cuidarme. Me he comido un poco de su tarta y un batido, pero eso fue antes de que gruñera, literalmente, y engullera como si fueran a quitarle la comida un mes.

—No quiero imaginarme el pico de azúcar que va a darte eso.

—Buscaré cómo quemarlo, no te preocupes.

—No estoy preocupada, sino fascinada. No puedo dejar de mirarte. Es como…

—Lo sé, lo sé, como esos anuncios antiguos de los tíos sin camiseta bebiendo refresco *light*, ¿no?

—No, iba a decir que es como ver vídeos en bucle de osos panda devorando bambú. —Su cara me arranca una pequeña carcajada que me hace mirar en derredor de inmediato, porque no quiero que llamemos la atención más de lo que ya lo hicimos al entrar.

Es una cafetería pequeña, la decoración no es excesiva, si obviamos el enorme muñeco de nieve que hay en una esquina, ni está pensada para atraer a los más exigentes. Tampoco los cafés parecen ser de mil variedades distintas y no lo digo como algo malo. Pienso que en Nueva York y las grandes ciudades en general las personas nos hemos acostumbrado a tener tanto donde elegir que lo básico nos resulta fascinante. Aquí puedes pedir un tipo de café, el único que hay, y crema o leche para acompañar. Fin. Y está bien, no pretendo quejarme por eso porque entiendo que así son las cosas. Sin embargo, me pregunto si, cuando vayan transcurriendo los días, empezaré a sentir ansiedad por el cambio radical de vida. Sobre todo porque ahora mismo parece un poco irreal pensar que voy a estar aquí como mínimo un año y un mes, puesto que estamos en noviembre y no nos marcharemos hasta que no pase la Navidad del año que viene, contando que todo vaya bien.

A veces pienso que no soy realmente consciente del cambio tan brusco que hemos sufrido. Hablo con Olivia por mensajes, le mando algunas fotos de esto y le cuento lo bonito que es, pero siento que hasta que no pasen unos días ni Asher ni yo asimilaremos de verdad lo que hemos hecho.

Volviendo al tema, la cafetería no destaca demasiado por su decoración exclusiva ni su carta variada, pero tiene algo. Quizá es que, en el tiempo que llevamos aquí, la camarera ha llamado por su nombre a todos y cada uno de los clientes. O puede que sea la música baja y constante que sale por los altavoces, suave y reconfortante, con tonos de *bluegrass* que añaden un toque rústico y acogedor. O quizá sean las vistas, que, aunque sean a la calle principal, son bonitas, porque empieza a intuirse el alumbrado y la decoración navideña. No lo sé, lo que sé es que este sitio me gusta y quiero volver, sobre todo porque creo que no hay más cafeterías en Silverwood, así que más vale que Asher se comporte.

—Ni se te ocurra pedir un trozo más después de acabarte ese —le digo cuando está prácticamente rebañando los restos.

—¿Puedo lamer el plato?

—Dios, no.

—Eso me suponía. No puedo lamer esto, no puedo lamer…

—Asher —le digo con los dientes apretados, consciente de que podrían oírlo.

—¿Qué? Iba a decir que no puedo lamer el vaso y hay un poco de batido en el fondo que no consigo sacar con la pajita. ¿Puedo pedir una cuchara?

—No.

—No puedo hacer nada, joder. Pareces tú la jefa.

—¿Tú eres consciente de la cantidad de azúcar que acabas de ingerir?

—Ya van dos veces que me lo dices. Al final me vas a crear complejo de algo.

—¿Tú? ¿Complejos?

—Es verdad, no me pegaría nada. Lo retiro.

Intento controlarme, pero acabo riéndome. La verdad es que a mí debería darme igual lo que coma o no coma Asher, pero hay cierto placer insano en darle órdenes para ver hasta dónde aguanta sin quejarse. Así como dato: aguanta poco, pero eso es lo divertido.

—¿Crees que hoy nos enseñarán las cabañas? —le pregunto cambiando de tema mientras él, evidentemente, pide un trozo de tarta de calabaza.

—Pues no lo sé, pero si no es así, vamos a subir al apartamento, vamos a hacer la cena, vamos a comérnosla y vamos a ver una peli para olvidarnos del resto del mundo.

—Jo, ahora quiero que no nos las enseñen. Suena como un gran plan.

Se ríe y hablamos de todo lo que nos gustaría poder decirle a George cuando nos trata como si fuéramos dos inútiles. Cuando regresamos al hotel y empezamos a subir todas nuestras compras al apartamento, la cocina de Margaret vuelve a estar llena de gente y sus hijos, Luke y Violet, nos avisan de que tienen tiempo libre para mostrarnos las cabañas.

Me alegro, la verdad, porque por fin parece que voy a poder recabar toda la información necesaria para armar algunos vídeos y hacerme una idea de qué es lo que tengo que vender exactamente. Además, Luke hoy no parece tan serio. O quizá es que está muy dispuesto a guiarnos.

Salimos del hotel y nos dirigimos hacia el establo en el que están los huskies. Por un momento, me temo lo peor, que pretendan ir en trineo hasta las cabañas, pero por fortuna ni Violet ni Luke parecen muy interesados en los perros más allá de las carantoñas que les dedican en su paso hasta el fondo, donde él abre un armario y saca dos cascos de motocicleta.

—Vais a necesitar esto. —Frunzo el ceño, pero ellos no dicen nada mientras nos vuelven a sacar del establo. Esta vez sí, nos dirigen hacia una esquina en la que hay aparcadas varias motos de nieve.

—¿En serio? —pregunta Asher con una inmensa sonrisa—. ¿Vamos a ir ahí? ¡Genial!

Yo no lo veo así. Hay un millón de motivos por los que me parece mala idea subir en una moto de nieve. El principal es que no sé conducirlas, aunque cuando veo a Violet subir en una y señalarme su espalda, entiendo que tengo que ir detrás de ella. Eso sería bueno, pero es que confiar mi vida en una chica a la que apenas conozco tampoco es que me encante.

—¿Qué pasa, rubia? ¿Te da miedo? —pregunta Asher a mi lado al ver cómo me congelo.

—No tengo miedo —contesto en un estúpido intento por mantener intacto mi orgullo. Estúpido porque no gano nada mintiendo y, quizá, diciendo la verdad, me hubiese ahorrado el mal trago que creo que estoy a punto de pasar.

—Violet lleva conduciendo motos desde que era una niña —me dice Luke—. No tienes nada que temer con ella. Además, llevas el casco.

—Que no tengo miedo —contesto de un modo seco con el que solo consigo que Luke, Violet y Asher sonrían.

Mira, la primera sonrisa en grupo y es a mi costa. Maravilloso.

—Claro que no tienes miedo. Eres una barbie muy valiente —me dice Violet.

Podría molestarme por eso de «barbie», pero cuando la miro me doy cuenta de que su intención no es ofenderme. Y, si lo es, resulta tan sutil que no me doy cuenta. Más bien parece que esté intentando animarme, así que inspiro hondo para tratar de relajarme. Miro a Asher, que me guiña un ojo para infundirme ánimos, porque los dos sabemos que he mentido al decir que no estoy asustada, y me subo en la moto. Me pregunto si será mejor cerrar los ojos e intentar convencerme con todas mis fuerzas de que voy subida en un coche y noto el frío porque están las ventanillas bajadas.

¿Quién sabe? A lo mejor me sorprende mi propio poder de autoconvicción.

14

Asher

El paseo en moto de nieve podría haber sido brutal de no ser porque Luke y yo vamos detrás de Violet y Avery y, aún con el mal tiempo y la distancia, puedo darme cuenta de que mi amiga está tensa como una tabla. Intento mirar alrededor y disfrutar del paisaje, pero no lo consigo del todo porque, al final, siempre acabo mirando hacia delante para cerciorarme de que Avery va bien sujeta a Violet.

Es una estupidez. Es una mujer adulta y yo no tengo por qué cuidarla, sabe cuidarse ella solita, pero no puedo evitar que me preocupe. Eso sí, cuando por fin las motos paran frente a una valla de madera de media altura, me bajo, me quito el casco sonriendo y la miro como si no estuviera preocupado en lo más mínimo.

—¿Qué tal, rubia? ¿Quieres que te demos unos instantes para vomitar?

—Capullo —murmura ella por respuesta justo antes de quitarse el casco y que su larga melena rubia se esparza sobre sus hombros.

Pienso, no por primera vez, en el montón de pasta que podría ganar Avery haciendo anuncios de champús. Su pelo tiene ese movimiento que se ve en la tele. Joder, parece que se moviera a un ritmo distinto al del resto de los mortales.

—Esta es la cabaña más alejada de la casa y también de las pistas, pero es la más impresionante —dice Luke abriendo la puerta de la valla—. No es por la construcción. Las otras son exactamente iguales, todas tienen vistas al bosque, pero esta, además, está justo frente al lago.

Lo seguimos por un sendero curvado desde el que, en un principio, no se ve más que bosque, aun estando dentro de la zona vallada. Los árboles son altísimos y sus ramas están dobladas por el peso de la nieve. La luz del día está disminuyendo, pero eso no resta un ápice de belleza al lugar. Sobre todo cuando doblamos la curva y nos encontramos ante una cabaña que parece salida de una película. Construida con madera y con preciosos ventanales de cristal, me hace pensar en vacaciones de ensueño nada más verla. Ni siquiera necesito verla por dentro para pensar que, si las otras seis cabañas son parecidas, no entiendo cómo es que no hay lista de espera para reservar.

—¡Guauuu! —Avery parece tan fascinada como yo.

—¿Sorprendidos? —pregunta Violet.

—Sí. O sea… —Intento no sonar insultante al hablar, pero no sé si voy a conseguirlo—. Tal y como tu padre habla de las cabañas, las imaginaba mucho más… Menos…

—Te entiendo —dice ella, se está riendo—. Mi padre puede ser un poco ogro, pero se le da genial la construcción. A mi hermano, también.

—¿Las habéis hecho vosotros? —le pregunta Avery a Luke.

—¿No os lo contó el nuevo dueño?

Hay cierto resentimiento en su voz, pero Avery hace como si no lo notara.

—Nos habló del recinto y de lo que encontraríamos aquí, pero en persona todo es mucho más... imponente. Para bien, quiero decir. Este sitio parece increíble y, si lo habéis construido vosotros, tiene todavía más valor.

—Hemos tardado años y, obviamente, hemos necesitado ayuda en algunos aspectos, pero en su mayoría las hemos construido los dos, sí.

—El diseño es idea de Luke —sigue Violet—. Mi padre quería que fueran un poco más robustas y sin tantas cristaleras.

—Seguramente a estas alturas ya le ha dado la razón a Luke —digo mirándolo.

Toda su respuesta es un bufido. Se gira y camina hacia la entrada de la cabaña, así que entiendo que no, su padre no ha reconocido el mérito que tiene haber ideado algo así.

Y, si la cabaña impone por fuera, por dentro mucho más.

Entramos a un salón recubierto entero de madera: suelo, techo, atravesado por vigas y paredes. La estancia es tan acogedora y tan preciosa que no necesita más decoración que la enorme chimenea de piedra que domina el ambiente.

Tiene un sofá, una alfombra gigante justo delante y una pared cristalera con vistas a una pequeña terraza y, más allá, al lago y el bosque. Es un puto sueño de cabaña, de verdad. Detrás del sofá, está la cocina con isleta. No es grande, pero parece tener todo lo necesario para cocinar. A un lado de la cocina, se encuentra el baño, con ducha adaptada para minusválidos y sistema de hidromasaje. Al otro lado, hay una habitación no muy grande, pero que tiene todo lo necesario para estar cómodo: un gran armario de madera, una colcha en tonos verdosos perfectamente integrada en el paisaje y unos almohadones que invitan a tumbarse. Sinceramente, a mí me encantaría alojarme en un sitio como este, así que, de nuevo, me resulta inexplicable que este hotel no vaya mejor.

Volvemos al salón y nos muestran una escalera de madera muy estrecha que conduce a una habitación más. Es abuhardillada, pero tiene cristaleras prácticamente en todas las paredes para ver el bosque desde la cama.

—Todas las cabañas tienen una habitación abajo, por si hay personas que no pueden subir las escaleras. Luego está la de arriba, que tiene vistas trescientos sesenta grados y también puede servir para niños, en caso de que vengan familias.

—Es… es increíble —dice Avery—. De verdad, estoy deseando grabar este sitio con suficiente luz. Estoy segura de que solo es cuestión de tiempo que la gente se pelee por venir.

—Suerte con eso —dice Luke—. Aunque las cabañas son bonitas y funcionales, en pleno invierno la única manera de llegar es con motos de nieve o dando un paseo a través del bosque. Las motos se alquilan sin problema, pero no a todo el mundo les gusta. —Mira a Avery a conciencia, que se ruboriza un poco dándose por aludida—. También están los trineos tirados por huskies, pero para eso se necesita personal y no lo tenemos. Violet y yo podemos transportar gente, pero no durante todo el día: ella da clases de patinaje y yo me encargo del mantenimiento. Y también doy clases cuando hay demasiada gente o más de un grupo. En resumen: somos pocos trabajadores, siempre hay mucho que hacer y el acceso, por más que lo hemos intentado, no es fácil.

—¿Se decoran? —pregunta Avery. Cuando la miramos, se explica más—. Las cabañas. ¿Las decoráis por Navidad?

—Ponemos luces exteriores y una corona de pino en la puerta de todas, pero no hacemos nada por dentro —dice Luke—. Sí que ofrecemos la posibilidad de cortar un abeto y ponerlo, si así lo solicitan y pagan por él. Hay una zona del bosque que pertenece a un vivero local. Se ocupan de plantar y abastecer el bosque para que podamos cortar cada año. Así controlamos la deforestación y, de paso, podemos ofrecer este servicio, pero sin huéspedes que lo pidan, no hay nada que hacer.

—Me parece una idea fantástica. ¿Se le ha hecho promoción de algún tipo? —Violet y Luke guardan silencio. Avery sonríe con dulzura, como hace siempre que está segura de sí misma porque va a ocuparse de algo que sabe hacer más que de sobra—. Pondremos un árbol en esta cabaña, la decoraremos y haré vídeos en el proceso para poder venderla a través de internet. ¿Os parece?

—¿Vamos a poner un árbol en una cabaña que no está ocupada? —pregunta Violet.

—Noviembre recién está empezando. La cabaña estará ocupada antes de una semana, te lo aseguro.

—Tienes mucha confianza en ti misma —murmura Luke—. Esto no es Nueva York. La población aquí es inferior.

—Pero la gente vendrá de vacaciones.

—Sí, pero a estas alturas todo el mundo tiene contratado un sitio y en esta misma zona hay hoteles más lujosos.

—Siempre hay huéspedes sin un plan, Luke —insiste Avery—. Mi trabajo es llegar hasta ellos y el vuestro, confiar en mis métodos. De momento solo os pido un árbol y algunos adornos navideños. ¿Podré conseguirlo?

—Te lo prepararé mañana a primera hora —murmura Luke.

Su tono es receloso, pero Avery habla con tanta seguridad y motivación que es imposible no hacerle caso y creer que puede que tenga razón. Entiendo las dudas de Luke y Violet, de verdad, pero he visto a mi amiga en acción. Sé el carisma que tiene y soy mucho más consciente que ellos del alcance que tiene su fama a estas alturas. Hay gente que vendría aquí incluso sin adornos, solo porque ella lo ordenara, estoy seguro.

Acabamos de ver la cabaña, salimos a la terraza para contemplar las espectaculares vistas del lago. Cuando Violet nos dice que siempre ha querido ofrecer patinaje sobre el lago, pero, de nuevo, están faltos de personal, miro a Avery enarcando una ceja. Ella odia patinar y, además, se le da como el culo. De verdad, se le da tan mal que te partes de risa con ella, así que no me extraña que me taladre con la mirada.

—Hablaré con Noah, le explicaré la situación y veremos si es posible que oferte al menos un puesto de trabajo para alguien que dé clases de patinaje sobre hielo —le digo.

—¿Podéis hacer eso? —pregunta Violet con entusiasmo.

—Sí, puedo intentarlo. Es evidente que hay poco personal y parte de mi trabajo es organizar esto. Una persona no puede estar haciendo el trabajo de tres, eso es inviable. No digo que vayamos a tener una plantilla inmensa de pronto, pero necesitamos, como mínimo, dos o tres trabajadores más para poner este sitio en marcha.

—Eso cuesta dinero —dice Luke.

—Sí, claro, habrá que invertir, pero confío en que lo recuperemos con los beneficios de las reservas.

Luke dedica una mirada a Violet que me hace fruncir el ceño, no porque me parezca que conlleva algún tipo de crítica hacia nosotros, sino porque es evidente que están manteniendo una conversación silenciosa. Hago como que no me doy cuenta y me preparo para salir de la cabaña y enfrentarme al frío.

El viaje de vuelta es más tranquilo. Avery parece más relajada y creo que es porque va pensando en trabajo. Siempre le ocurre, se evade de tal modo que su cuerpo se relaja sin darse cuenta. Llegamos a la casa y la sigo de vuelta al apartamento.

—Necesito hacer un directo. Llevo desde que vinimos sin conectar y creo que es hora de mostrar nuestro apartamento, aunque no digamos aún dónde estamos.

—¿Quieres que me vaya? —pregunto.

—Si te quedas, mejor. A la gente le encanta verte.

—Claro que le encanta, mira esto. —Levanto los brazos para marcar bíceps y Avery pone los ojos en blanco antes de reír y señalarme.

—Bien pensado… ¿Puedes quitarte la sudadera? Eso aumentaría mi público considerablemente.

—¿Estás tratándome como a un trozo de carne para tener más repercusión?

—Sí.

—Vale.

Me quito la sudadera ante su risa y me quedo solo con una camiseta térmica que, tras una mirada de Avery, desaparece. Me siento en el sofá, enciendo la tele por primera vez desde que llegué e ignoro por completo a mi amiga mientras conecta con miles de personas y les muestra la que ahora es nuestra casa y mi cuerpo sin ningún tipo de pudor.

La oigo reírse de cosas que le comentan y me imagino que habrá gente diciendo de todo, pero no me importa.

En realidad, usar mi cuerpo a mi antojo y conveniencia no es algo que haya inventado Avery. Yo mismo lo he hecho para distraerme en infinidad de ocasiones, claro que, cuando lo hago, por lo general hay otra persona desnuda en la sala y la cosa acaba con un orgasmo que pone la guinda al pastel, pero supongo que puedo hacerle este favor a mi gran amiga.

—No, @fríolujo, no me acuesto con Asher. Solo es un amigo y compañero de trabajo. —Se sienta a mi lado, sin enfocarme, y sigue hablando a cámara y riéndose—. No, no lo haría ni siquiera una vez.

Se retrepa en el sofá y la miro. Tiene el pelo esparcido, los ojos cansados, la sonrisa impecable y el cuerpo relajado. Es una verdadera lástima que afirme algo así con tanta seguridad, porque bien sabe el cielo que a mí no me importaría hacerlo aunque solo fuera una vez…

15

Avery

Me despierto antes de que suene el despertador. Ojalá pudiera decir que eso es bueno, porque así tengo tiempo de prepararme con calma. Me encantaría, pero es que me despierto porque he tenido una pesadilla brutal. En serio, tan mala como para estar sudando y que mi respiración esté acelerada.

Me quito el pelo que se me ha pegado a la cara con el sudor y enciendo la luz de la mesita de noche mientras miro al techo y recuerdo cómo debo respirar para recuperar la calma.

Ha pasado algo más de una semana desde que llegamos y, a estas alturas, la localización del nuevo Hotel Merry ha dejado de ser una incógnita. Puedo decir con orgullo que el *house tour* del apartamento fue un completo éxito, pero los primeros vídeos del hotel aún más. La gente se ha enamorado del lugar y, sobre todo, de que Asher y yo estemos viviendo juntos. No hay directo en el que no pregunten por él o exijan verlo y que les dedique unas palabras. Por suerte, mi amigo tiene tanto carisma que no se niega a aparecer ante la cámara de mi móvil. Todo va como tiene que ir. O casi. Porque toda la repercusión que han tenido los nuevos vídeos también ha traído algo malo.

Cojo mi teléfono, abro la aplicación de TikTok y, aunque no debería, vuelvo a leer uno de los mensajes que recibí hace un par de días.

Userdreamer3993522

Me encanta tu nueva casa. Me imagino mirándote
a través de la cristalera del baño. Seguro que estás muy sexy
en la ducha. Podría mirarte mientras te enjabonas y luego subir
por el balcón de tu habitación como si fuera Romeo.
¿No sería romántico?

Trago saliva. Ni siquiera recuerdo cuántas veces he bloqueado las distintas cuentas que se va abriendo. Ya no se excusa ni vuelve a presentarse. Sabe bien que voy a reconocerlo porque nadie más me habla de ese modo. De alguna forma retorcida y macabra, ha conseguido que, aun estando bloqueado, me sienta como si lo tuviera justo a mi lado mientras escribe de un modo que él considera romántico y yo, escalofriante. Eso es lo peor de todo: puedo con los *haters*. He tenido mensajes de gente muy crítica conmigo solo porque sí, porque me he convertido en alguien público y, aparentemente, eso da el derecho a los demás de insultarme si así lo quieren. Pero incluso eso es mejor que esto. Puedo con el odio, pero no puedo con la adoración enfermiza.

Dejo el teléfono en la mesilla y me voy al baño para darme una ducha y despejarme. Tengo que comenzar el día, hoy por fin podré grabar la cabaña principal con todos los adornos y no puedo lucir como un maldito conejo deslumbrado por los focos de un coche en mitad de la noche. Mi pelo es un desastre, así que entro en el baño y, cuando enciendo la luz, mis ojos se fijan irremediablemente en la cristalera del baño.

El miedo que recorre mi espina dorsal es absurdo. La cristalera da al bosque, estamos en una segunda planta y, aun así, Luke y Violet me explicaron el otro día que todas las zonas acristaladas tienen un tratamiento para que desde fuera haga efecto espejo y no se vea el interior con facilidad. Pero de todas formas me siento acelerada e insegura, así que apago la luz y voy a tientas hasta la ducha. No veo nada y tropiezo un par de veces, pero no me importa. Me quedo helada cuando abro el grifo y me cae el agua fría porque, a oscuras, no manejo bien los espacios para apartarme, pero tampoco me importa. Cojo a ciegas un bote de champú, lo abro y lo huelo para cerciorarme de que es el mío. Me enjabono el pelo y, cuando siento el olor a vainilla tan familiar y el agua caliente me cae encima, consigo relajarme lo suficiente como para ser una persona funcional y razonable.

No importa lo amenazador que parezca, nada más es alguien que posiblemente esté muy solo y no tenga recursos para venir a acosarme en persona. Llevamos meses con esta dinámica; si quisiera, ya se habría acercado. En su retorcida mente, seguramente solo intenta ser adulador. Es uno de los motivos por los que no lo he denunciado. El otro motivo es que, cada vez que lo bloqueo, se abre una cuenta falsa y estoy convencida de que la policía se reirá de mí si intento convencerlos de que es amenazante. Ni ha intentado atentar contra mi seguridad ni se ha acercado en meses. No me harían caso porque no es tan importante. Me lo repito muchas veces para intentar convencerme, pero cada vez es más complicado.

Inspiro con fuerza y, con cada exhalación, me convenzo más de que tengo razón y de que entrar en pánico no va a servirme de nada. Cuando acabo de lavarme el pelo y el cuerpo, estoy mucho más calmada. Me enjuago con brío y estoy a punto de cerrar el grifo cuando la puerta del baño se abre y la luz se hace de pronto, deslumbrándome y dejándome desorientada durante unos segundos.

Grito. Sé que grito porque Asher ha gritado primero.

—¿Qué cojones haces duchándote a oscuras?

Tardo unos segundos en comprender la situación. Va sin camiseta, con un simple pantalón corto de deporte y descalzo y me mira como si hubiera visto un fantasma. No aparta la vista y quizá por eso me lleva más tiempo del deseado darme cuenta de que estoy completamente desnuda y mojada. Me tapo mis partes íntimas todo lo rápido que puedo, pero los dos sabemos que me ha visto por completo.

—¡Sal de aquí ahora mismo! —exclamo.

—¿Por qué demonios...?

—¡Que te largues! —grito sin dejarle acabar.

Asher me mira como si estuviera completamente loca, pero sale y cierra la puerta tras él. Mis ojos se cierran mientras me apoyo en los azulejos y suelto el aire que había contenido hasta ese momento. Joder, estoy agotada y el día recién está comenzando. Apenas he dormido en las últimas noches y, cuando lo consigo, es por pura extenuación y con pesadillas. Tengo la claridad mental justa para darme cuenta de que fingir que todo va de maravilla se me está haciendo cada vez más difícil. Sé que Asher va a preguntarme por qué me ducho a oscuras, lo que me llevará a inventar una mentira que tendré que mantener de aquí en adelante, lo que a su vez significa que, como vivimos juntos, tendré que ducharme más veces a oscuras para no delatarme y que crea que esto es una especie de costumbre que tengo.

Me precipité al aceptar este trabajo. Me dejé llevar por la ilusión de alejarme de Nueva York y que eso me diera cierta seguridad, cuando lo cierto es que no sé si mi admirador tenebroso es de allí, aunque haya insinuado alguna vez que sí. Y, de todos modos, ya he dado mi localización exacta. Si ese tipo quisiera, le sería tan fácil como reservar una cabaña y...

Pero eso no va a pasar. También estaba en un hotel en Nueva York, con muchas más habitaciones donde pasaría más desapercibido y no lo hizo.

Me consta que mucha gente averiguó dónde vivía en la gran ciudad, pero nunca tuve un susto real.

Calma. Tengo que mantener la calma.

Además, debería concentrarme en la parte buena. Las reservas han subido muchísimo desde que anuncié dónde estamos Asher y yo. Luke, Violet, Margaret e incluso George parecen sorprendidos para bien. Tengo que seguir transmitiendo seguridad, positivismo y cercanía en mis redes para demostrar, no solo a Noah o a los antiguos dueños de este hotel, sino a mí misma, que puedo hacer lo que me proponga y que el miedo no me impide seguir adelante. Es una cuestión personal.

Salgo de la ducha, me envuelvo en una toalla y voy a vestirme a mi dormitorio, porque es allí donde dejé la ropa. Obviamente, me doy cuenta de que esta mañana ninguna de mis ideas ha sido buenísima, pero ya no me queda otra que seguir adelante.

No me pasa inadvertido que Asher está en la cocina preparando café y me mira de reojo, con el ceño fruncido y una expresión que no sabría descifrar. Abro la boca para decir algo, pero él me interrumpe.

—Date prisa. Haré tortitas para desayunar.

Asiento una sola vez y me meto en mi habitación. Es evidente que piensa hacer como si no hubiera pasado nada y, sinceramente, me parece que es una muy buena idea. Si ninguno de los dos habla nunca, jamás, del hecho de que me haya visto completamente desnuda mientras él estaba semidesnudo, mucho mejor.

16

Asher

Algo está pasando. No sé qué es, pero hay algo en todo esto que pone cada músculo de mi cuerpo en tensión.

Estoy sentado en la gran mesa de cocina de Margaret mientras ella me pone delante unas galletas hechas con canela, jengibre y manzana. Se podría decir que nosotros ya hemos desayunado en el apartamento, pero Avery apenas ha probado las tortitas que he cocinado y yo he engullido más que comer porque no sabía qué decir para cortar la tensión que reinaba en el ambiente.

No es de extrañar que, al bajar, cuando Margaret se ha empeñado en hacernos probar las galletas, ninguno de los dos nos hayamos negado. Ella está frente a mí, evitando mi mirada por todos los medios, así que me concentro en la comida, que es espectacular, pero ni siquiera eso consigue calmarme lo suficiente como para sentirme cómodo.

Tengo una sensación desagradable alojada entre el pecho y la garganta. Como una estaca que no consigo mover del sitio. Una especie de nudo que se niega a deshacerse y no entiendo bien por qué.

La primera semana como gerente ha ido bien y debería estar contento por eso. Tengo ropa nueva, toda deportiva o informal, apta para la nieve, así que me alegra muchísimo no tener que llevar trajes.

La relación con Luke y Violet, que resulta que son mellizos, es buena. Hay cordialidad entre nosotros, bromeamos de vez en cuando y se llevan fatal con su padre, lo que los pone automáticamente en mi barco.

Con Margaret también marchan bien las cosas, pero es que no creo que exista una sola persona en el mundo capaz de llevarse mal con esta mujer.

Y con George... Bueno... Sigue siendo un poco ogro, pero ayer me dijo que ya no soy una maldita tortuga cortando leña y creo que eso es una especie de halago. Claro que luego me dijo que ahora solo soy un caracol intentando darse prisa...

Sea como sea, las cosas van bien. Más o menos. Lo irían si pudiera dejar de pensar en alguna de las tres cosas que me atormentan:

La primera es que ayer llegó un perro a la casa, así, por las buenas. No me preguntes qué raza es. En mi opinión se parece más a un lobo que a un perro, pero es que a mí los chuchos me ponen nervioso cuando se me acercan demasiado y este, desde que llegó, no deja de arrimarse. No es que yo sea un ogro que odia a los animales, es que no tengo mucha experiencia con ellos. Lo que sí tengo es una especie de trauma con los perros desde que, de niño, me atacó uno en plena calle. Estuve bastante grave porque mi adorado padre no tuvo a bien llevarme a un hospital, pese a la herida abierta del muslo, así que... Bueno, digamos que no me siento muy tranquilo cuando estoy cerca de un chucho. Están los huskies del establo, claro, pero están allí, en su establo. Ellos tienen su zona perfectamente delimitada y yo, la mía. En cambio, el perro de pelo gris, mirada azulada y colmillos afilados que entró ayer en casa…, ese tiene toda la pinta de que va a quedarse mucho tiempo, para mi desgracia, y todavía estoy intentando manejar la angustia que la noticia me provoca.

La segunda cosa en la que no puedo dejar de pensar, y no por ello es menos importante que la primera, es que llevo dos semanas sin sexo, lo que hace que mi ánimo no sea ni de lejos el mejor.

La tercera es nueva y apareció esta misma mañana. Y es que he visto a Avery desnuda. Desnuda por completo y, joder, es aún más espectacular que vestida.

No debería haberme afectado así, porque la he visto en un sinfín de ocasiones en la vida real y en vídeos de internet en los que se ha probado trajes de baño, por ejemplo, y eso es casi como verla desnuda, pero…, pero no. No es lo mismo. He visto su cuerpo en otras ocasiones, pero no así. Nunca enjabonado y tan… así.

Puede que fuera un maldito segundo, pero lo vi todo y, créeme, saber de qué color son sus pezones hace que mirarla, de pronto, sea insoportable porque no dejo de pensar cosas que no debería pensar.

El único modo que encuentro para desviar mi pensamiento es concentrar mi atención en lo raro que es que se duche a oscuras. Tengo que investigar acerca de este tema, porque no me cuadra. Y tampoco me cuadra su actitud. Necesito averiguar más, pero para eso debería dejar de evocar su maldito cuerpo mojado y desnudo. Y también debería dejar de empalmarme por todo, joder. Llevo dos semanas sin sexo, sí, ¿y qué? No es tanto. Hay gente por ahí que pasa meses sin follar. En mi opinión, es algo completamente insano y contraproducente, pero ocurre.

Savannah entra en la cocina para desayunar y me quedo observando cada uno de sus movimientos. Lleva un pantalón vaquero y un jersey verde musgo que hace juego con sus ojos. Por lo general, desayuna en su casa, pero a veces se suma a la familia antes de empezar su jornada de trabajo. Es espectacular, no solo por sus ojos, sino por su cuerpo, su sonrisa y su... Bueno, toda ella. En otro momento de mi vida, me encantaría meterla entre mis sábanas, pero cada vez que lo pienso, acabo recordando que soy su jefe y sería injusto por esa mierda de las relaciones de poder y todo eso. Una cosa era saltarme las normas en Nueva York, donde mis compañeras eran mis iguales, y otra cagarla tanto como para decepcionar a Noah. Ni siquiera yo soy tan cretino. Y eso que, bien pensado, Noah se lio con Olivia cuando ella era trabajadora suya, claro que se conocían desde niños y la relación no era estrictamente profesional. Aparte, mi amigo estaba enamorado, yo creo que lo estaba desde que los tres éramos adolescentes, pero en cualquier caso es evidente que yo no tengo ningún interés romántico en Savannah. Ni en nadie. Básicamente, porque estoy convencido de que no puedo sentir amor por nadie. Mi familia se encargó de mermar esa capacidad, así que ese es un problema al que no voy a tener que enfrentarme nunca.

Observo a Savannah, su jersey se ciñe sobre su pecho cuando se estira para alcanzar una galleta. Sería demasiado hipócrita decir que no pienso qué esconderá bajo la ropa.

Mierda. Tengo que dejar de pensar en eso.

En realidad, tengo que aliviar tensiones físicas. Dicho así queda mejor que decir que necesito echar un polvo.

Tengo que ir al pueblo más grande que haya cerca de Silverwood, buscar un lugar en el que tomar algo, disfrutar de buena música, tomarme unas copas y, con suerte, acabar teniendo sexo. Y eso no me hace un enfermo, sino una persona preocupada por sus necesidades más básicas.

Sonrío para mí mismo. ¿Ves? Por fin empiezo a tener buenas ideas. Todo lo que necesitaba era un buen café y galletas caseras.

Ahora sí estoy listo para afrontar la jornada laboral de mucho mejor humor.

Horas después, entro en el apartamento lo bastante cansado como para que una parte de mí esté deseando acabar la jornada, darme una ducha y tumbarme en el sofá. No sé si George me enseñará a llevar este hotel, pero va a enseñarme a ser un hombre de provecho. Palabras suyas, no mías. He aprendido más cosas de jardinería, nieve y arreglos que en toda mi vida. Estoy realmente agotado, pero apenas he empezado a plantearme quedarme en casa cuando me encuentro con Avery saliendo de su habitación y recuerdo todos los motivos por los que necesito destensarme físicamente cuanto antes.

—Oh, menos mal que estás aquí. ¿Tienes tiempo para ayudarme con algo?

—Mmm.

Al parecer ha tomado mi respuesta como un sí, porque sonríe y se acerca como siempre, como si no hubiera pasado nada fuera de lo normal.

—Han decorado la cabaña principal y quiero ir a hacer algunos vídeos con el atardecer, pero Luke y Violet no pueden llevarme.

—Yo no he llevado nunca una moto de nieve —murmuro.

—Bueno, alguna vez tiene que ser la primera. —Tardo unos segundos en responder, quizá demasiados, a juzgar por el modo en que su sonrisa se tensa y hace un gesto con la mano, como desechando la idea—. ¿Sabes qué? Eso también se aplica a mí. Iré yo misma y…

—No, yo te llevo.

Avery entrecierra los ojos y me mira un poco mal.

—Tu poca confianza en mi capacidad para conducir es insultante, ¿sabes?

—No es poca confianza, es que he acabado mi trabajo por hoy. Te llevo, espero a que grabes y te traigo de vuelta antes de salir.

—¿Salir?

—Sí. Eh… Voy a salir esta noche. —Ella me mira, pero no puedo detectar qué significa su expresión, así que sigo hablando—. Llevamos una semana aquí, mañana es nuestro día de descanso y siento que me lo merezco. —Sigue mirándome, lo que hace que me ponga un poco tenso—. En fin… —carraspeo—. ¿Vamos?

Asiente y sonríe de nuevo. Bajamos a la casa con rapidez, yo más que ella, porque el nuevo miembro de la familia está por aquí y no me apetece cruzarme con él. Llegamos al establo, cojo la llave de una de las motos del cajón en el que Luke y Violet me dijeron que están y arranco.

Y es ahí, justo en ese preciso instante, mientras observo a Avery ponerse el casco, que me doy cuenta de que ella se sentará detrás de mí. Y que irá agarrada a mí.

Trago saliva mientras sube a la moto y sé que estoy muy pero que muy jodido cuando sus manos se posan en mi cintura y mi cuerpo responde como si se hubiese sacado la ropa de un tirón.

Arranco y acelero hasta la cabaña. Debería ir más despacio porque sé que a Avery no le encantan las motos, pero necesito acabar con esto cuanto antes.

Al llegar, ella tiene la respiración un tanto acelerada, pero no dice nada.

—¿Estás bien?

—Sí, genial, ¿por?

—Por nada. ¿Necesitas que te ayude a grabar?

—No te preocupes. Solo quiero ver los adornos y…

—Genial, entonces te espero aquí.

—¿Aquí? —Avery se arrebuja en su abrigo, como si la simple idea le pareciera rara—. ¿No quieres entrar? Hace frío.

Dentro hay una cama. Y un sofá. Y una chimenea frente al sofá y la alfombra del suelo.

Cama. Sofá. Alfombra. Demasiados lugares en los que imaginar cosas que no debería imaginar.

—Aquí estoy bien. —Sonrío—. Dale caña, rubia. Tengo un poco de prisa.

Ella no responde, pero entra en la cabaña mirándome un poco extrañada. Sé que no entiende mi comportamiento, pero eso no es tan raro. He hecho cosas mucho más raras en el pasado.

Aprovecho que está dentro para bordear la cabaña y acercarme al lago congelado. En algún momento, me encantaría coger un par de patines y deslizarme por él, pero llevo una semana aquí y apenas he tenido tiempo para nada que no sea trabajar, ducharme, dormir y volver a empezar. Al parecer, George piensa que el ocio es una forma de hacer el vago y, por alguna extraña razón, estoy empeñado en demostrarle a ese viejo gruñón que soy digno del puesto que desempeño.

Saco mi teléfono para hacerle una foto al lago y me encuentro con un mensaje de Noah.

Noah
¿Cómo va todo?

Sonrío un poco por inercia y otro poco porque lo conozco tan bien como para saber que, en realidad, está preguntándome si su hotel no se está cayendo a pedazos. Me hago un selfi con la cabaña de fondo. El sol ha caído lo bastante como para que las bombillas navideñas que han puesto en la baranda de la terraza estén iluminadas. Se la envío y respondo.

Asher
Este hotel nunca ha ido mejor.
Deberías levantarte cada día agradecido
por tenerme en tu vida.

Noah
Créeme, lo hago.

Puto Noah Merry. Sabe muy bien cómo responder para bajar las defensas que alzo en torno al humor. Apenas he tenido tiempo de pensar qué contestar cuando me llega otro mensaje.

Noah

> Pareces cansado. Avery le ha dicho a
> Olivia que estás trabajando más que nunca.
> No te olvides de disfrutar.

Me muerdo el moflete interno y sonrío mirando la pantalla como un imbécil. Durante mucho tiempo, Noah fue la única persona en mi vida que se preocupó por mí en cualquier sentido. Y cuando digo la única, no es algo metafórico. Crecí con unos padres a los que les importaba lo bastante poco como para dejarme robar comida en la calle si tenía hambre, e incluso me llegaron a pegar para quitármela si ellos querían comer, así que el hecho de que Noah y sus abuelos se cruzaran en mi camino puede considerarse la suerte de mi vida. Después se sumó Avery, que poco a poco se convirtió en una gran amiga. Es verdad que no sabe de mí tanto como Noah, pero también es cierto que, a nuestra forma, hemos estado el uno para el otro ahí desde hace años. Aunque no lo diga en voz alta, la presencia de Noah, sus abuelos y Avery en mi vida lo considero el pago que el karma me debía por tantos años de mierda.

Noah no lo sabe, porque he sido un cretino durante mucho tiempo incluso con él, pero en algún punto, escalar puestos en el hotel a base de esfuerzo y hacer que se sintiera orgulloso de mí se convirtió en una de las metas de mi vida. No puedo fallarle ahora. No cuando ha confiado en mí de ese modo.

Eso sí, cuando de contestar se trata, me limito a escribirle un mensaje en el que le cuento de un modo muy explícito lo que pienso hacer esta noche. Su respuesta es un *sticker* de un señor sufriendo una arcada.

—¡Lista!

Me giro y veo a Avery asomada al balcón, con los brazos apoyados en la barandilla y sonriéndome de un modo que, unido a las luces que parpadean a su alrededor y al paisaje que nos rodea, hace que parezca una maldita postal.

—Bien, vámonos entonces.

El camino de vuelta lo hago más tranquilo. Cada vez veo más cerca la meta, así que intento disfrutar del paisaje y el frío en la cara y pienso en la diversión que me espera en las próximas horas.

El problema es que, nada más llegar, Avery baja, se quita el casco y sonríe de oreja a oreja mientras me mira y lanza su última y brillante idea.

—He decidido que también quiero divertirme.

—Ah, ¿sí?

—Sí, así que me voy contigo.

—¿Conmigo?

—Sí, contigo. Me irá bien tomar una copa, bailar un poco… divertirme.

—¿Divertirte?

—¿Estás sordo?

—Pero… pero es que yo me iba ya.

—Tardo solo cinco minutos en arreglarme. Por favor, Asher, déjame ir contigo.

Hace morritos y todo la muy… Es lista, es muy lista, y sabe que no voy a negarme. Asiento de un modo un tanto brusco y subo al apartamento con ella. Me siento en el sofá y tamborileo mis dedos contra el reposacabezas todo el tiempo que ella tarda en arreglarse, que, para ser justos, no llega a diez minutos.

Cuando sale de la habitación, lo hace con un vestido negro, corto, muy corto, despampanante y que la va a hacer pasar un frío inmenso. Se ha soltado la melena rubia y se ha puesto unas botas vaqueras rojas con tacón que no le había visto antes. Camina hacia la puerta mientras va colocándose el abrigo y yo me quedo aquí, sentado, con los dedos congelados en el aire, porque ni tamborilear me sale, mirándola completamente idiotizado.

En un momento dado, Avery se para, me mira por encima del hombro y sonríe.

—¿Qué pasa? ¿Has visto un fantasma?

—Casi —murmuro justo antes de obligar a mi cuerpo a levantarse y hacer como si no pasara nada.

Como si no acabara de multiplicar mi tensión corporal por mil.

17

Avery

Llegamos a Stowe después de un buen rato, porque no para de nevar y el camino se hace un poco largo. O quizá es que el ambiente está enrarecido.

Estoy intentando convencerme de que no pasa nada, de que lo de esta mañana está olvidado y no hay ningún tipo de tensión entre Asher y yo, pero lo cierto es que, para como es él, hoy no está bromeando en exceso. Más bien se limita a poner música en el coche y a guardar silencio casi todo el camino.

Aparcamos frente a un pub que parece una casa enorme con un tejado a dos aguas y varios merenderos justo delante. Merenderos que ahora, obviamente, están vacíos. Estamos justo en el llano que hay enfrente y juraría que hay más coches aquí que en todo Silverwood.

—Según internet, es un gran sitio para oír música en directo y tomar algo —murmura—. Vamos a comprobar si es cierto.

Bajamos del coche mientras pienso que eso es justo lo que necesito. Distraerme, despejar mi mente y disfrutar de una noche sintiéndome guapa, bailando con botas de tacón hasta no soportar el dolor de pies y olvidándome de todo lo que martillea mi cabeza desde que llegué aquí. Sin embargo, nada más atravesar las puertas que dan al interior, sé que mi opinión de «gran sitio» es distinta. Muy distinta a esto.

—Dime, por favor, que eso que cuelga de la pared no es la piel de un oso —murmuro sujetándome al brazo de Asher por inercia.

Él se tensa a mi lado, quiero pensar que más por el oso muerto y despellejado que por el hecho de que yo me haya agarrado a él.

—Joder —dice justo antes de mirarme—. Tus manos están heladas. ¿Tienes frío?

—No he acertado con la ropa, desde luego —susurro intentando dejar de mirar al oso y dándome cuenta de que todas las mujeres del lugar van con vaqueros y botas mucho más prácticas que las mías.

Me doy cuenta de eso y de que muchas de ellas tienen sus ojos puestos en mí, y no de un buen modo.

—No hagas ni caso —me dice Asher, dándose cuenta de que me siento un poco intimidada—. Estás preciosa.

—¿De verdad?

El ataque de inseguridad me pilla desprevenida incluso a mí. Asher frunce el ceño, retira un mechón de pelo de mi cara y lo coloca tras mi oreja en un gesto casual que ha hecho más veces antes, pero hoy, por la razón que sea, provoca que mi corazón se desboque de un modo que no me gusta nada.

—Siempre estás preciosa, rubia, y lo sabes. ¿O vas a decirme que este sitio está minando tu autoestima en solo una semana?

—¿Qué pasaría si así fuera?

—Te llevaría a rastras a Nueva York en un abrir y cerrar de ojos.

Sus ojos azules parecen hoy más profundos. Como si hubiera en ellos algún tipo de vida que antes no estaba, o quizá es que nunca me había parado a mirar atentamente los ojos de Asher Brooks, al menos no lo suficiente como para darme cuenta de lo increíbles que son. Es curioso, desde hace años, forma parte de mi día a día como compañero y, además, como buen amigo.

Estoy tan ensimismada que no me doy cuenta de que seguimos en la puerta hasta que esta se abre y alguien entra gruñendo para que nos apartemos. Eso provoca que caminemos hacia el interior.

Una vez superado el susto inicial con el oso despellejado, consigo fijarme en que no han decorado el bar solo con cadáveres, lo que es de agradecer. Tienen algunas raquetas de nieve antiguas colgadas en las paredes, una barra de madera robusta, mesas por todas partes y, al fondo, una zona recreativa con billares y máquinas de videojuegos.

Nos sentamos en una mesa junto a una pared, lo más alejados posible del ruido. Eso incluye el escenario sobre el que ahora mismo no hay nadie, pero en el que empezará la música en algún momento. Abrimos la carta y me doy cuenta de que Asher casi murmura de placer mirando las fotos.

—Dime que vas a controlarte, por favor. No pidas toda la carta sin saber siquiera cómo es el tamaño de las raciones.

—¿Por quién me tomas? —pregunta ofendido, pero entonces la chica que nos atiende llega y él comienza a hablar, haciendo que me resulte imposible no poner los ojos en blanco—. Quiero una hamburguesa con queso, patatas fritas, alitas de pollo y cerveza. —Me mira y sonríe, pagado de sí mismo—. ¿Y tú?

—Unos *nuggets* estarán bien, gracias —murmuro.

—¿Y para beber?

—Cerveza también.

—Genial, enseguida vuelvo.

La chica se va y Asher se queda mirándole el trasero sin ningún disimulo.

—Si vas a mirarla así toda la noche, acabará desgastada.

—Créeme, cielo, si acaba desgastada no es por mis miradas, sino por…

—Para.

Se ríe y se retira el pelo de la frente. Empieza a tenerlo más largo de lo que siempre ha sido normal en él. En algún momento, encontrará un peluquero o se rapará al cero. Lo he visto hacer las dos cosas, así que ninguna me sorprendería.

—He venido con una misión, Avery —me dice.

—¿Comerte todo lo que la cocina sea capaz de generar?

—He venido con dos misiones —se corrige riendo—. Esa es la primera.

—¿Y la segunda? —La pregunta es absurda porque sé de sobra cuál es la respuesta.

Asher no se corta y sonríe como si fuera un lobo a punto de atacar en mitad del bosque.

—¿Tú qué crees?

—Dos semanas sin sexo y ya estás pensando que tus partes nobles peligran, ¿eh? —pregunto con malicia.

—Les he dado uso —dice él de mala gana—. Pero mi mano no me hace disfrutar igual que una chica.

—Arg. Demasiada información.

—¿Por qué? No me digas que no te masturbas. —No contesto y él se pica más. Su sonrisa se vuelve más amplia y peligrosa—. ¿Acaso no has oído nada acerca del autocuidado?

—El autocuidado no es matarse a pajas.

—Eso lo dirás tú. El autocuidado es hacer cualquier cosa que te haga sentir bien. Y a mí me hace sentir bien tener orgasmos.

—¿Es que solo piensas en eso?

Asher guarda silencio mientras la camarera nos deja las cervezas y unas patatas fritas en la mesa. En cuanto se aleja un poco, responde.

—No, mujer, ni que fuera unineuronal. También pienso en comer. —Coge una patata y la muerde con chulería. Demasiada chulería incluso para él.

Pongo los ojos en blanco, pero acabo riéndome.

—Eres un idiota pervertido.

—Pero a ti te caigo bien.

—Lo cual tampoco dice mucho de mí.

Asher se ríe. No es nada nuevo. Asher se ha reído un millón de veces en mi presencia, pero hoy, por lo que sea, el sonido de su risa hace que sienta cosquillas en sitios indebidos. Muy muy indebidos.

Me pongo a comer patatas como si llevara una semana sin ingerir ningún alimento solo para intentar calmar esta sensación tan desagradable. Es hambre, tiene que ser hambre.

En algún momento, me doy cuenta del modo en que me mira Asher y le increpo.

—¿Qué?

—Nada, es que hace años que te conozco y aún me sorprende que parezcas una barbie, pero comas como una ballena.

—Si eso pretendía ser un halago, prueba otra vez —murmuro mojando las patatas en salsa barbacoa porque, al parecer, ya no me sirven solas.

Él se ríe, lejos de arrepentirse, y estira su brazo para limpiarme la comisura del labio de un modo tan natural que no debería haber hecho que me sobresaltara, pero lo hace.

Maldita sea.

—Era un halago. —Asher se retrepa en su silla y mira en derredor, ajeno al hecho de que ha puesto mi corazón al galope sin el más mínimo esfuerzo—. La cuestión aquí es: ¿crees que todas estas mujeres vienen con acompañante?

Paseo mi mirada por el bar y encojo los hombros con fingida indiferencia.

—Creo que todas son mayores que tú.

—Si no tienen al lado a alguien que vaya a ponerme un ojo morado por atreverme a acercarme, eso no es un impedimento.

—¿Por qué no te fijas en la que más te guste y lo averiguamos? Vamos, sé un chico valiente.

—Todo por un polvo.

Se retrepa de nuevo en la silla y mira alrededor de un modo tan serio que me río un poco de él, porque parece un cazador buscando una buena presa. Además, reírme de él me ayuda a ignorar la molestia que siento porque, sinceramente, no está justificada con nada. Asher es un mujeriego, siempre lo ha sido y lo he visto ligar un sinfín de veces, porque en el hotel de Nueva York no eran pocas las veces que salíamos de copas después de acabar un turno.

Lo he visto liarse con compañeras, desconocidas, conocidas y, en una ocasión, incluso con una actriz medio famosa. He visto todas sus facetas, o casi. Lo he visto tontear con chicas y, en alguna ocasión, también con chicos. He sido testigo de cómo se iba de algún pub no con una persona, sino con dos. Joder, si hasta lo he visto liarse con muchas chicas en público. Asher lleva años siendo una constante en mi vida. Me ha llevado borracha a casa. Lo he llevado borracho a casa. He dormido con él después de una noche de fiesta. Ha dormido en mi casa después de acompañarme más de una vez. Y nunca, ni una sola vez, eso ha despertado sentimiento alguno en mí. Ni para bien ni para mal. Pero, de pronto, pensar que esta noche va a irse con cualquiera de las mujeres que hay en este sitio para echar un polvo mientras me quedo aquí sola me hace sentir... mal.

Trago saliva y me obligo a olvidar toda esta reflexión. Todo esto es absurdo y no tiene ningún sentido. Tengo que demostrarme a mí misma que lo que siento no es más que un efecto producido por el hecho de que somos nuevos en Vermont y Asher es mi única figura de apego aquí. En estos días, me he refugiado en él más de lo necesario y eso no es bueno. Estoy confundida, eso es todo.

Asher puede liarse con una, dos o mil mujeres y eso no tendría que afectarme para nada. Por eso hago el esfuerzo de sonreír, guiñarle un ojo y preguntar con toda la indiferencia que soy capaz de reunir:

—¿Has visto ya alguna chica que te guste?

Él me mira y, por un instante, apenas un segundo, soy consciente del modo en que sus ojos se desvían hacia mi escote antes de alzar la vista, carraspear y negar con la cabeza mientras observa el resto del local.

—Estoy en ello, rubia. Estoy en ello.

18

Asher

Es demencial. ¿Cómo se supone que voy a fijarme en ninguna mujer si Avery está delante de mí con ese vestido tan... tan...? ¿Y ese escote tan... tan...? Joder, su simple presencia sirve para recordarme cómo la vi esta misma mañana. Estoy intentando ser un buen chico porque somos amigos, de verdad, pero:

Uno: ser un buen chico nunca se me ha dado especialmente bien.

Dos: después de estar frente a Avery desnuda, la vida se ve distinta.

Procuro concentrarme en cualquiera de las mujeres presentes. ¡Si es que hay muchas, además! Y sí, casi todas parecen estar acompañadas y no me apetece ir mañana a trabajar con un ojo morado, pero nunca antes había sentido tantas trabas a la hora de ligar.

La comida llega y Avery se pone a morder sus *nuggets* con calma, como si no estuviera echando por tierra mi plan simplemente por estar ahí, frente a mí.

—¿Y tú? —pregunto.

—¿Yo qué? —responde dando un sorbo a su cerveza.

—¿No vas a fijarte en ningún chico? Aquí hay muchos.

Ella mira en derredor y de pronto, no sé por qué, me odio a mí mismo por haber sugerido algo así. ¿A mí qué me importa lo que haga? ¿Quién soy yo para sugerir nada? ¿Y por qué me cabrea que esté mirando a otros tíos? La he visto con otros tíos antes. Bueno, no tanto como ella me ha visto a mí con tías, pero la he visto tontear y coquetear. No entiendo a qué viene esta tensión que siento ahora.

—Los rollos de una noche no van conmigo, ya lo sabes.

—Puede que no vayan contigo, pero hay necesidades que...

—No todos tenemos la necesidad de acostarnos con alguien constantemente —me dice con una sonrisa tan dulce y paciente que me hace fruncir el ceño.

—No seas sabelotodo conmigo. Y no me hables así. Me haces parecer un enfermo.

—Bueno... —La miro mal y se ríe—. Es que, simplemente, yo no tengo tanta necesidad de sexo como tú. No es malo ni bueno. Es así y ya está.

Quiero responder algo a eso, pero no lo hago porque lo primero que me nace decirle es que seguramente no ha disfrutado nunca del buen sexo. De ese que hace que solo pienses en repetir cuanto antes. No lo hago, porque estoy intentando, de nuevo, no desviar la conversación hacia temas que puedan volverse peligrosos.

Por suerte, la música empieza a sonar en directo y, para nuestra alegría, es bastante buena, aunque ninguno de los dos nos levantamos para bailar.

Al final, nos acabamos la cena y Avery pide otra ronda de cervezas. Y luego otra más. Cuando pide la cuarta, yo me niego porque tengo que conducir de vuelta y porque aún no he conseguido fijar un objetivo. Ella, en cambio, se la bebe como si fuera agua y pide una quinta. En este punto empieza a reírse por todo y nada sin ningún orden concreto.

—Más despacio, cielo. No es agua bendita.

—¡Pues lo parece! Porque me siento maravillosamente bien.

Sus ojos tienen el brillo especial que da ese puntito de alcohol que hace que navegues entre la borrachera y la consciencia plena. Está justo en el límite, donde todavía es una chica achispada graciosa, pero se acerca peligrosamente a ser una chica borracha y no tan graciosa. Sé de lo que hablo. Pocas veces he visto borracha a Avery, pero todas y cada una de ellas le acaba dando un bajón tremendo justo antes de vomitar, así que cuando llega la nueva ronda le quito el vaso y hago que me mire porque, cuanto más borracha está ella, más tenso me siento yo.

Joder, estoy siendo tan responsable que me doy asco a mí mismo.

—¿Lista para volver a casa?

—¿Qué? Pero… ¿no vas a buscar una amiguita?

—Creo que es mejor dejarlo para otro día —intento que no se me note la frustración—. Y, por favor, no las llames «amiguitas». Además, ¿qué harías tú mientras tanto?

—No sé. ¿Beber?

—Has cubierto tu cupo de bebida para todo el invierno, rubia. Y dejarte aquí sola, en tu estado y con ese vestido, no me parece buena idea.

—No seas cromañón. La gente de este pub es bastante amable. ¿Quién lo diría viendo que tienen cadáveres de osos colgando de las paredes?

Tengo mi propia teoría acerca de los motivos por los que varios tíos han sido tremendamente amables con ella cuando se la han cruzado yendo al baño, pero me callo, porque decirlo en voz alta me hará quedar como un imbécil.

Me cuesta un poco, pero al final consigo convencerla diciéndole que me aburro sin poder beber porque estamos lejos de casa y tengo que conducir de vuelta. Avery cede a ponerse el abrigo, aun sentada en la silla. Me mira enfurruñada, como si acabara de arruinarle la noche yo a ella y no al revés.

Era yo el que tenía que estar bebiendo y, a poder ser, follando contra la pared del baño, pero solo he conseguido volver a casa con una mujer preciosa e inaccesible que está como una cuba.

—¿Sabes que una vez me compré algo así como un pene de silicona para hacer pis de pie? —me suelta de la nada.

—Bien. Hora de irse.

—Es verdad. Es fucsia, te lo pones aquí, mira, así. —Se levanta de repente y simula cómo se coloca justo cuando me pongo en pie, dejo dinero en la mesa para pagar lo que hemos tomado y la sujeto del codo para salir del local—. ¡Eh!

—Créeme, mañana me agradecerás que interrumpa tu clase magistral.

—¿No te gusta que te hable de mi pene de silicona?

—Ni me gusta ni me disgusta. Simplemente lo considero demasiada información.

—Me lo compré junto con un estimulador de clítoris.

—La que no necesitaba ese tipo de autocuidados, ¿eh?

—Mentí —dice con una sonrisa que me hace apretar la mandíbula.

La guío hasta el coche, la ayudo a subir y doy la vuelta mientras pienso en lo larguísimo que va a ser el camino. Y lo peor es que vivo con ella, así que toda esta tensión no disminuirá ni un poquito. Miro a Avery, que se retrepa en el asiento y cierra los ojos un instante antes de abrirlos, posarlos en mí y sonreír de un modo que podría hacer que un hombre, cualquier hombre, cayera de rodillas.

—Tiene forma de pintalabios.

—¿Mmm?

—El estimulador de clítoris. Tiene forma de pintalabios. Si quieres, te lo enseño.

Cierro los ojos y apoyo la frente en el volante con un gemido.

Al parecer, el karma ha decidido que es hora de hacerme pagar por todo lo malo que he hecho en esta vida.

19

Avery

El camino de vuelta a casa es divertido. Al menos la parte en la que vuelvo loco a Asher poniendo música que no le gusta, hablándole de mi pene de silicona y dándome cuenta de que es realmente adorable que un chico que vive intentando tener sexo sea capaz de ruborizarse si le nombro un juguete sexual. Sobre todo porque, al empezar la noche, era él quien bromeaba con el exceso de masturbaciones que tiene desde que llegamos a Silverwood.

Me pregunto cuánto de broma habrá en eso, por cierto. ¿De verdad se masturba tanto? ¿Eso es sano? Sé que Asher es muy sexual, siempre lo ha sido, pero… ¿tanto?

—¿Cuántas veces te masturbas a la semana?

Asher ni siquiera me mira, pero me fijo en el modo en que sus manos se aferran al volante con más fuerza, justo antes de que una de ellas se suelte y le dé más volumen a la música. Frunzo el ceño, porque se ha notado mucho que no quiere hablar del tema y eso me molesta. ¿Él puede hacer todas las referencias sexuales que quiera y yo no?

Apoyo la cabeza en el asiento y miro por la ventanilla. Si no me quejo, es porque la música está demasiado alta y porque, por primera vez en muchos días, me siento bien. Liberada, desinhibida, alegre… Justo como era antes de que las redes sociales pasaran de ser un pasatiempo a convertirse en una obligación más.

Quizá por eso, al llegar a casa, se me ocurre que debería hacer un directo para demostrarme a mí misma que todavía puedo disfrutar de esa parte de mi trabajo. Que puedo reconectar con la parte de mí que adora darles a mis seguidores un espectáculo constante.

El problema es que Asher averigua mis intenciones nada más entrar en casa y atravesar la galería, justo antes de subir las estrechas escaleras que llevan a nuestro apartamento.

—¡Eh! —me quejo cuando me quita el teléfono, pero eso no le impide alzar el brazo y dejarlo fuera de mi alcance.

—Créeme, mañana me lo agradecerás.

—Dame mi teléfono, no quiero que lo mires.

—No vas a hacer un directo ahora, Avery.

Que le haya resultado tan sencillo averiguar mis intenciones me ofende muchísimo, porque me da a entender que soy un libro abierto para él, y eso no me gusta.

No me gusta nada.

—Tú no eres mi padre, no puedes decirme lo que tengo que hacer.

—Hazme caso, no estás pensando con claridad.

—¡Que me des el teléfono!

Él me mira frunciendo el entrecejo. Supongo que piensa que todo esto es porque me lo ha quitado, pero no es solo eso. Es que ¿qué pasaría si descubriera los mensajes que me llegan? ¿Y si supiera de algún modo que hay alguien obsesionado conmigo hasta el punto de hacerme pasar miedo? Conozco a Asher, no se quedaría de brazos cruzados.

Estoy intentando pensar con claridad, pero el alcohol no ayuda. Tampoco que Asher esté reteniéndome con una sola mano sobre mi abdomen mientras intento, sin éxito, llegar hasta él.

—¡Que me lo des, Asher! —exclamo.

—Chisss… ¿Quieres despertar a George? —Me dice en tono de regaño—. Como baje y te vea así, vamos a perder el poco terreno que hemos ganado con él.

En eso tiene razón, pero aun así arremeto contra él para recuperar mi móvil, con tan mala suerte que tropiezo. Asher intenta cogerme, pero entonces aparece Frosty, el perro que Margaret ha adoptado, y mi amigo me deja caer al suelo sin miramientos mientras da un paso hacia atrás.

—¡Eh! —exclamo justo antes de mirarlo mal.

Frosty lame mi cara mientras se agita nervioso, seguramente porque cree que estoy jugando, pero no es eso lo que me importa. El perro puede ser enorme e imponente, pero no me da miedo. Asher, en cambio, parece un tanto petrificado mientras nos mira. Sigue con el teléfono en una mano, pero ya no está atento a él ni a mí. Sus ojos no se mueven de Frosty, al que sujeto por el collar mientras me levanto. Me acerco a él sin soltar al perro y, cuando le quito el teléfono de la mano sin que mueva un solo músculo, me doy cuenta, incluso borracha, de que aquí está pasando algo.

—¿Te da miedo?

—No digas tonterías —murmura, pero no me mira, porque sus ojos siguen puestos en la mascota.

—Frosty es muy noble.

No responde y el perro, como si entendiese que es su momento de brillar, alza las patas para ponérselas a Asher en el pecho.

Puede que esté un poco borracha, pero no lo bastante como para no ver el modo en que Asher se paraliza y es incapaz de reaccionar. Nunca lo he visto así y, créeme, he visto a mi amigo en situaciones muy complejas. Tiro con más fuerza del collar de Frosty, lo obligo a bajar las patas y luego lo saco de la galería, no sin esfuerzo, porque mantener el equilibrio me cuesta un poco.

Al final, cuando el perro por fin se va, me giro hacia Asher y me acerco a él un poco preocupada.

—Eh, ¿estás bien? —acaricio su mejilla para que me mire.

Él lo hace, sus ojos se posan en los míos y, por primera vez, veo en Asher Brooks algo más que a un chico seguro de sí mismo, mujeriego, inmaduro y fiestero. Está… vulnerable. Algo que no creí ver nunca y me impacta tanto que trago saliva. Me doy cuenta de que Asher es uno de mis mejores amigos. Sé que ha pasado por mucho en el pasado, aunque nunca me haya hablado de eso, pero empiezo a preguntarme cuánto de ese pasado sigue perjudicando su presente.

Él aprieta la mandíbula, me sujeta del codo y me mete en el rellano de nuestro apartamento.

—Estaré bien cuando consiga meterte en la cama.

—Eso ha sonado un poco sucio. —Él aprieta más la mandíbula y a mí me da la risa porque, ya que he recuperado mi móvil, vuelvo a sentirme muy relajada—. Además, necesito una ducha. Me siento sucia.

—No estás en condiciones de ducharte sola —murmura mientras subimos los escalones, no sin esfuerzo, sobre todo porque la escalera es tan estrecha que yo tengo que ir delante y él detrás, sujetándome por los costados para que no tropiece.

—Pues dúchate conmigo.

Por un instante, sus pasos se paran y sus manos se afianzan más en mis costados.

—Eso no va a ser posible.

—¿Por qué no? Total, me has visto desnuda hace solo unas horas, ¿no?

Los últimos escalones los subo rápido, no porque quiera, sino porque Asher prácticamente me sube en volandas. Cuando por fin estamos en el salón, se aleja de mí tanto como el espacio lo permite.

—No me he fijado, si eso te preocupa —dice sin mirarme.

—Mentiroso.

—No miento.

—Claro que sí, arrugas la nariz de un modo casi casi imperceptible cuando mientes —contesto riendo.

—Que no miento —me dice molesto—. Estabas duchándote a oscuras, Avery. Ni yo ni nadie podría ver nada.

—Esa es la idea.

—¿Qué?

—Nada. ¿Te duchas conmigo o no?

—No.

—Pues me ducho sola.

—Ni hablar, podrías resbalarte y hacerte daño.

—Pues ven conmigo.

Ni siquiera yo entiendo esta insistencia. Dios, en realidad hay muchas cosas de mí misma que no entiendo esta noche y en mi interior oigo no una sino varias voces que me gritan que voy a arrepentirme de todo esto mañana, cuando el alcohol ya no me sirva como excusa, pero en este instante no me importa. Ahora mismo todo lo que quiero es ducharme con Asher porque… Bueno, porque sí y punto.

—Avery, ha sido un día increíblemente largo, así que, por favor, metete en tu maldita habitación y vamos a dormir.

—No.

—¿No? —Su ceja se eleva de un modo que me resulta realmente sexy.

Mierda. No debería pensar eso.

—Eso he dicho, que no —insisto.

Él abre la boca para quejarse, pero, al parecer, no he acabado de dar la nota, porque en un impulso me alzo el vestido y me lo quito de un solo tirón. Para estar tan achispada, tengo un dominio de mis reflejos sorprendentemente bueno. O tal vez sea que el vestido era elástico. Sí, eso tiene más sentido. El caso es que miro a mi amigo sonriendo, consciente de que estoy en ropa interior y botas frente a él. Ropa interior de encaje. Ropa interior que hace que Asher abra la boca de par en par antes de cerrar los ojos con fuerza.

—Joder, Avery.

—Mira, yo voy a ducharme. Podría caerme y abrirme la nuca, pero quedará en tu conciencia, no en la mía.

Camino hacia el baño mientras él aún tiene los ojos cerrados. Me apoyo en el quicio de la puerta lo justo para quitarme las botas y las medias. Entro y estoy a punto de desabrocharme el sujetador cuando oigo su voz.

—Eso se queda. —Me giro, lo miro y veo que está en la puerta, agarrando el marco con las dos manos como si fuese él quien estuviera intentando mantener el equilibrio. Su expresión es tan seria que temo que esté enfadado, pero entonces se quita el jersey que lleva puesto y da un paso hacia mí—. Te lo advierto, como ese sujetador se mueva un solo milímetro de su sitio, mañana tú y yo tendremos un gran problema.

Sonrío, pero es solo hasta que se desprende del pantalón y termina de acortar la distancia entre nosotros. Su cuerpo es firme, fibroso en las zonas en las que debe y musculoso en otras. Lo he visto antes muchas veces, pero no así. No desde esta perspectiva. Trago saliva antes de mirarlo a los ojos y darme cuenta de que sus pupilas parecen dilatadas.

He bebido mucho alcohol, eso es innegable, pero la cordura vuelve con la fuerza suficiente como para que el pulso se me acelere al tomar conciencia de que, con toda probabilidad, acabo de tener la peor idea de mi vida.

20

Asher

Algo que aprendí desde bien pequeño es que la vida está hecha a base de pruebas y que la gran mayoría de ellas solo tienen un fin: amargarte la existencia.

Esas pruebas pueden venir en forma de infancia de mierda. A mí me tocó.

También pueden venir en forma de padres de mierda. También me tocó.

En forma de enfermedad jodida. De momento, me libro de eso.

Y luego están las pruebas que vienen en forma de tentación.

Superé lo de la infancia y los padres de mierda. En la adolescencia, tuve unas cuantas pruebas que también fueron una mierda, pero como me crucé con Noah, lo dejo en un empate, porque ahí la vida me quitó y me dio a partes iguales.

Pero ¿lo de tener a Avery medio en pelotas, mojada y oliendo a vainilla mientras le froto la espalda? Esto más que prueba es una puta tortura para la que no estoy listo.

Y, aun así, me porto como un santo. Un santo empalmado, pero santo, al fin y al cabo.

—Deberíamos hacer esto todos los días, porque es un rollo no saber si te has enjabonado bien toda la espalda, ¿verdad?

Aprieto los dientes para no responder lo primero que me viene a la cabeza, que es que prefiero cortarme los brazos antes que someterme a este suplicio cada día. ¿Por qué he accedido siquiera? Ella está borracha, pero yo ¿qué excusa tengo? Sí, Avery se ha puesto a insistir, pero no es la primera vez que la veo borracha. Podría haberla convencido de ir a su habitación, incluso después de que se hubiera quitado el vestido. Lo que pasa es que hay algo en mi cerebro que, en cuanto ve a una tía sin ropa, se apaga. De verdad, se desconecta y da igual lo que haga, porque no vuelve a conectarse hasta un tiempo después.

Esa es la razón de que esté aquí, con las manos llenas de espuma y pasándolas por la espalda de Avery. Y joder, qué espalda. Y qué culo. Y qué piernas.

Es que no hay derecho a esto.

—Lista —murmuro—. Enjuágate y vamos fuera.

—No, ahora te toca a ti. —Se gira y, pese a tener el rímel corrido por las mejillas y estas rojas por el calor del agua, no puedo dejar de pensar en lo preciosos que son sus ojos. Y su nariz. Y toda ella. Menuda mierda todo—. Gírate para que pueda enjabonarte.

—No hace falta.

—Claro que sí, venga. Deja de ser un gruñón y gírate.

Discutir no es una opción, sobre todo porque, si le doy la espalda, al menos evitaré que baje los ojos y se dé cuenta de que mi bóxer está a punto de reventar. Así que, en un intento de terminar cuanto antes, me giro sin pensar que, evidentemente, va a tocarme. Y cuando me toca... Bueno, digamos que hay cosas que ya estaban tensas y ahora están a punto de partirse.

Es insoportable todo. El olor, sus manos y mi imaginación. Estoy tan excitado que tiemblo y, por mucho que intento controlarme, cuando Avery acaba y me giro, no hay forma de disimular todo lo que siento porque la evidencia física es tal que ella mira abajo, como atraída por un imán. Quiero morirme.

«Oye, Dios, hace mucho que dejé de creer en ti, pero si mandas un rayo a esta ducha me replantearé todo eso de tu existencia, ¿vale?». No ocurre nada. Claro, ¿por qué iba a salirme a mí algo bien a la primera?

Lo que sí ocurre es que Avery se ruboriza y eso, lejos de calmarme, contribuye a ponerme peor. Estoy a punto de disculparme, pero entonces una pequeña vocecita de mi cabeza me grita que me detenga. En realidad, ¿por qué debería hacerlo? Llevo dos semanas sin follar, ella lo sabe y, aun así, me ha hecho meterme en esta ducha, tocarla semidesnuda y luego recibir un masaje suyo. Sinceramente, me preocuparía más que mi cuerpo no reaccionara ante algo así.

—Vaya, sí que estás contento.

Si lo que pretendía era aligerar la tensión, el fracaso es estrepitoso.

—Avery...

—¿Sí?

—Vámonos a dormir.

Incluso yo me doy cuenta de lo grave y ronca que suena mi voz. Ella, en cambio, lo encuentra supergracioso porque suelta una risita tímida al principio, pero en cuestión de segundos las carcajadas brotan de su garganta mientras yo salgo, me envuelvo en una toalla, le tiro a ella otra y me voy a mi habitación, donde me quito el bóxer a tirones, me tumbo en la cama desnudo y mirando lo que esta situación ha provocado y luego miro al techo con la respiración agitada y sabiendo que tengo que hacer algo con esto o no conseguiré conciliar el sueño.

Era mi noche, joder. Era mi oportunidad para salir a desquitarme y se ha convertido en la noche en la que he tenido que poner mi autocontrol más a prueba que nunca.

Acaricio mi vientre y mis abdominales mientras bajo buscando ponerle fin a este problema y me pregunto, no por primera vez, si un hombre puede morir de contención sexual no resuelta.

21

Avery

Me despierto con el sonido estridente del despertador. Siento que podría estallarme la cabeza con el más mínimo movimiento y lo peor es que, cuando apago la alarma y me siento en la cama completamente desnuda, me viene a la mente lo que ocurrió anoche porque, para mi desgracia, lo recuerdo todo.

Todo. Todo. Todo.

Incluyendo el momento en el que yo solita me quité el vestido y obligué a Asher a ducharse conmigo y frotarme la espalda.

¿En qué demonios estaba pensando? Primero, no debería haber bebido más de dos cervezas porque sé, desde hace mucho, que es mi límite y que justo después lo único que se me ocurren son tonterías. Y, segundo, sé que el alcohol desinhibe, pero al final solo es un potenciador, siempre lo he dicho. El alcohol te da valor para llevar a cabo cosas que, de otro modo, no harías, pero ya están en tu cabeza.

Es un valor estúpido, pero valor, al fin y al cabo.

Y lo peor es que tengo que vestirme y salir, porque es mi día libre, en teoría, y no puedo pasarlo encerrada entre estas cuatro paredes.

Elijo un pantalón térmico y el jersey más grueso que tengo, no tanto por el frío, sino para sentirme a salvo de la desnudez que mostré ayer. Es una tontería, porque nunca he sido tímida y menos con Asher, pero es que una cosa era vivir una situación embarazosa en Nueva York, donde cada uno volvíamos a nuestra casa, y otra compartir apartamento y tener que encontrármelo en cuanto salga.

De lo de obligarlo a ducharse conmigo ni hablamos...

Me cepillo el pelo y me paso la plancha a ciegas, aguantándome las ganas de hacer pis y sin querer reconocer que todo esto es porque aún no quiero salir.

Tanto es así que, cuando ya estoy vestida y peinada, me pongo a ordenar la habitación. No es que no haga falta, porque hay ropa por todas partes. Al principio de mudarnos aquí pensé que Asher sería el más desordenado de los dos, por su naturaleza caótica y porque Noah se quejaba constantemente de él cuando vivía en su piso, pero después de pasar unos días con él he descubierto que yo soy más desordenada y que, de hecho, es muy fácil convivir con él, lo que significa que, casi con toda probabilidad, lo que sacaba a Noah de sus casillas era lo descontrolado que Asher estaba en otros aspectos.

Su cambio desde que subió puestos en el hotel, ya en Nueva York, ha sido evidente. No en el aspecto personal, donde ha seguido siendo caótico y mujeriego, pero sí en lo profesional. Se ha revelado como un pilar muy valioso para el Hotel Merry, no solo por ser amigo del dueño, sino porque de verdad entiende el funcionamiento del negocio y tiene muy buenas ideas a la hora de gestionar.

Inspiro hondo y salgo del dormitorio armándome de valor. Su abrigo, que es lo único que deja siempre sobre el sofá, no está. Lo que significa que ha salido. Respiro con alivio y me doy cuenta de que ha dejado café hecho, lo que me hace sonreír. Desde luego, descubrir que Asher, además de un mujeriego empedernido, es un chico aseado, ordenado, que sabe cocinar y no va dejando pelos en el baño ha sido toda una sorpresa. Y peligroso. Porque eso, unido a su faceta de jefe responsable y al hecho de que siempre huela tan bien...

Y esos abdominales...

No. No puedo hacer esto. ¿Qué demonios me pasa? ¡No puedo fantasear con Asher! ¡Es Asher, por el amor de Dios! No tendría ni que pasárseme por la cabeza la idea que se me está pasando.

Me sirvo una taza de café y me apoyo contra la encimera, frustrada. Desde luego, es mucho mejor que no esté. El problema es que no he acabado de pensar eso cuando la puerta de su habitación se abre y Asher sale despeinado y con un pantalón de chándal. Y nada más.

Trago saliva y lo miro mal.

—¿Por qué no está tu abrigo tirado en el sofá como siempre?

Como saludo mañanero, igual no es el mejor.

—Porque lo dejé en el perchero para que no me riñeras como cada maldito día, pero al parecer vas a reñirme de todos modos, así que...

—Oh. —Trago saliva e intento ignorar lo ridícula que me siento—. Pensé que no estabas.

Asher me mira serio. Tan serio que me pregunto qué estará pensando, porque no soy capaz de descifrarlo o intuirlo. Durante un segundo, creo que vamos a pelearnos y al siguiente lo imagino pasando de mí sin más.

—Mira, Avery, he pasado una noche de mierda, así que solo quiero tomarme una taza de café y volver a la cama.

Me doy cuenta entonces de que el café que acabo de servirme es suyo y le ofrezco la taza, incómoda.

—Solo le he dado un sorbo.

Lanza algo parecido a un gruñido, coge la taza y bebe. Y atención, tengo una estúpida regresión a la adolescencia y me encuentro preguntándome si el hecho de que compartamos taza es, en cierto modo, como si nos hubiéramos besado.

Cuánto odio a mi mente algunas veces.

—¿Estás bien? —pregunto, pero la respuesta es otro gruñido—. Sí que ha debido de ser una mala noche.

—De las peores.

—¿Pesadillas?

—Ojalá hubieran sido pesadillas —murmura mientras me mira. Solo hace eso: mirarme. Así que no tiene mucho sentido que mi corazón se ponga a latir como un loco. Otro órgano que se va a mi lista negra, junto a mi mente—. Estás muy abrigada. —Intento responder, pero no me da tiempo—. Mejor. Mucho mejor.

Se va al baño y me deja un poco pasmada y con la seguridad de que no voy a poder calmar con facilidad los latidos desenfrenados de mi maldito corazón.

22

Asher

Hay gente que afirma que cortarse el pelo en momentos estresantes de la vida ayuda a sobrellevar la situación, sea la que sea. En mi caso, no es así.

Encuentro la peluquería que me ha indicado Margaret más o menos rápido. Es un local pequeño, pero cuando abro la puerta y entro, me doy cuenta de que clientela no le falta. Hay como cinco mujeres de distintas edades y en distintos procesos de corte, tinte o secado de pelo.

—Buenos días —murmuro.

Todos los ojos se centran en mí. No tengo cita, pero, aun así, cuando la mujer que se ocupa de este sitio me pregunta qué quiero, me señalo el pelo.

—Necesito un corte y Margaret, del Hotel Silverwood, me ha dicho que este es el mejor sitio.

Y el único, pero eso no lo digo por razones obvias.

—Margaret siempre ha sido una mujer inteligente —me dice Shirley.

Sé que es Shirley porque ya la antigua dueña del hotel me dijo que se llamaba así y no hay nadie más trabajando aquí. Lleva el pelo peinado como si tuviera un globo alrededor de la cabeza. Me pregunto cuánta laca necesita para cardar todo eso a diario, pero mis pensamientos se cortan en seco cuando ella hace que una señora de mediana edad se levante del lavacabezas y me indica que me siente.

—Ven, cielo, veamos qué hacemos con ese pelo. ¿Cómo te lo quieres cortar?

—Corto. —Ella me mira, como esperando más indicaciones—. No sé, ¿normal?

Varias de las clientas que hay en el salón se ríen, lo que hace que Shirley tire de uno de mis mechones ondulados y suspire.

—Déjalo en mis manos, cariño. Voy a dejarte aún más precioso de lo que eres.

Es una verdadera lástima que esté cerca de la edad de jubilación, porque una mujer con ese carácter y algo más joven me iría muy bien para coquetear y destensarme. No tiene que ser más joven que yo, he estado con mujeres que me sacaban unos años, pero Shirley… Bueno, no es mi tipo.

Me lava la cabeza y luego me hace pasar a un sillón frente a un espejo en el que me corta el pelo con tijeras y luego maquinilla. Me lo deja un poco más largo arriba, lo bastante como para poder revolverlo, pero no tan largo como para que me caiga sobre los ojos, como estaba antes. Mientras Shirley trabaja en mí, el resto de las clientas me acribillan a preguntas.

Para cuando salgo del salón, doy por hecho que estas mujeres se encargarán de contar con detalle lo que han averiguado a toda la población de Silverwood. Tampoco es que me importe. El problema es que de verdad llegué a creerme eso de que ir a cortarme el pelo me ayudaría a dejar de pensar en cosas en las que, desde luego, no debería pensar, pero no.

Vuelvo al hotel pensando qué demonios hacer con mi tiempo libre. Llevo días esperando poder descansar y, cuando por fin ha llegado el momento, lo único que quiero es mantenerme ocupado para no volver al apartamento en el que estará Avery. No quiero mirarla. No porque esté enfadado por lo que pasó, sino porque verla después del día de ayer se me va a hacer duro en muchos sentidos, incluido el físico.

Por suerte o por desgracia, veo a George cortando leña delante del establo y decido que ese es un ejercicio que he hecho lo bastante esta semana como para saber que ayuda a reducir el estrés y la tensión. Y, si no es así, al menos me dejará tan cansado como para no darle tantas vueltas a la cabeza.

—¿Tienes algo que pueda cortar? —pregunto acercándome.

—¿No se supone que hoy era tu día libre? Eso me dijiste, que el personal necesitaba descansar al menos un día, ¿no?

Está sudando, pese a la nieve, lo que me indica que lleva aquí bastante tiempo.

—¿Y tú no dijiste que era una tontería y que no habías descansado un solo día desde que heredaste este hotel?

—No seas impertinente, muchacho.

—No seas tú tan gruñón. Y no soy un muchacho, soy tu jefe.

George bufa y frunzo el ceño en respuesta. El hecho de que me sienta siempre como si él fuera mi jefe o un padre autoritario me enferma, pero hay una verdad indiscutible: en cuestiones prácticas, George sabe muy bien lo que hace. El hotel necesita muchas mejoras y un trabajo de marketing y difusión en redes es importante, sin contar con la gestión a nivel informativo, pero en lo que a arreglar cabañas, desperfectos, roturas y abastecimiento se trata, George es el mejor.

Me deja cortar un poco de leña a su lado mientras él se queda mirándome y se mete con mi técnica, mi ropa y mi nuevo corte de pelo. El frío es intenso y, cada vez que mi respiración se acelera, el vaho que sale de mi boca forma una nube frente a mis ojos.

Después de una hora, estoy harto de escuchar a George, helado y cansado, pero al menos no he pensado en Avery, así que supongo que, después de todo, tengo que sentirme agradecido.

—¿Dónde hay más leña? —pregunto en un momento dado.

—Por ahora tenemos suficiente.

—Vale, ¿qué más puedo hacer?

—¿A qué vienen esas ganas de trabajar de verdad de pronto, muchacho?

Aprieto la mandíbula y estoy a punto de responder mal, cuando algo en él cambia. Quizá sea mi tensión, o el hecho de que es muy evidente que estoy buscando entretenerme a toda costa. O puede que simplemente se haya dado cuenta de que hoy puede aprovecharse de mí en muchos sentidos. El caso es que al final señala hacia el bosque.

—¿Quieres aprender a cortar y fijar un abeto? Imagino que este año no se llenarán las cabañas, pero ofrecemos el servicio de cortar y poner un abeto en el salón de quien lo desee por Navidad, así que, si quieres, puedes aprender hoy.

—Me parece perfecto.

George me mira raro. Otra vez.

—Estás distinto hoy. Demasiado trabajador.

—¿Y eso también es un problema?

—No he dicho que sea un problema, no seas tan sensible como mi hijo, ¿quieres?

—Tu hijo es de todo menos sensible.

De hecho, Luke se esfuerza bastante por mantener a flote este sitio. Tanto él como su hermana tienen un montón de buenas ideas, pero no cuentan con los medios. Ahora ya no son los dueños del hotel, pero no puedo evitar pensar que, con los medios suficientes y el apoyo de su padre, lo habrían hecho bastante bien. En más de una ocasión, los hermanos me han dejado caer que este sitio se vendió sin que lo supieran, así que imagino que el drama familiar que tienen es importante. Quizá por eso George se mantiene ocupado con tantos trabajos físicos. A lo mejor es su modo de dejar la mente en blanco y, en realidad, ¿acaso no es lo que estoy haciendo yo hoy?

Decido así, sobre la marcha, que no voy a juzgarlo. No demasiado. Después de todo, estoy seguro de que este hombre tendría sus razones para vender el hotel, aunque ahora esté empeñado en ser un grano en el culo.

Vamos a la zona del bosque que pertenece al vivero de Silverwood. Hace tanto frío que me pongo el único gorro de lana que tengo. Debería comprar un par más porque, visto lo visto, aquí son una buena inversión.

Llegamos y observo el vivero un poco fascinado con lo bien que lo tienen montado. Creo que Avery tiene razón cuando dice que hay que explotar también esto: el hecho de que mantengan una zona acotada en la que se cortan los mismos árboles que se replantan para mantener a raya la deforestación.

Cortamos un abeto, o más bien lo corto yo con las indicaciones de George, y no es hasta que está tumbado sobre el suelo que nos planteamos el hecho de que ahora debemos colocarlo en algún lugar.

—La casa grande ya tiene —me dice George—, porque Margaret es la primera en elegir cada año. Y puse uno en la cabaña del lago para que Avery pudiera hacer sus vídeos, así que este irá en vuestro apartamento.

—¿Qué?

—¿Estás sordo, chico? —Su paciencia, una vez más, brilla por su ausencia—. Pondremos este abeto en vuestro apartamento. Aún no lo habéis decorado para Navidad, ¿no?

Me guardo para mí el pensamiento de que, en realidad, yo no pensaba decorarlo. En mi casa no lo hacía. Sí, participaba en la decoración del Hotel Merry, pero eso era distinto: era una acción comercial, sobre todo. Y sabía que a los abuelos de Noah les hace ilusión. Ni siquiera he hablado con Avery sobre el hecho de tener un abeto, pero George parece decidido, así que creo que no puedo negarme.

Aun así...

—¿Y cómo demonios se supone que vamos a subir un abeto de estas medidas por unas escaleras tan estrechas?

—No vamos a subirlo por las escaleras, sino por el balcón.

—¿Por el balcón?

—Repito: ¿es que estás sordo, chico?

Lo miro mal. Joder, si no fuera tan mayor, ya nos habríamos peleado de más de una manera. No es normal lo irritante que me parece, de verdad.

Al final no respondo. Cargamos el abeto en la camioneta, volvemos al hotel y subo al apartamento con la polea que George me ha dado.

Nada más entrar me encuentro con Avery viendo una peli en el sofá.

—Hola, ¿qué...?

Está mirando lo que llevo entre las manos, pero no puede decir más, porque abro la puerta de mi habitación y señalo el interior.

—Feliz Navidad —murmuro con una desgana sorprendente incluso para mí.

Avery se levanta y viene a mi habitación. Cuando me ve echar la cuerda hacia abajo y anclar la polea, pregunta qué ocurre, pero entonces se asoma, ve el abeto y se vuelve loca. De verdad, es como una niña pequeña el día de Navidad, nunca mejor dicho.

—¿Podremos decorarlo? —pregunta mientras sonríe.

—Supongo.

Da un grito de felicidad, me abraza por el costado y vuelve al salón, pero no se queda ahí. Un segundo después, está a mi lado de nuevo, móvil en mano y abriendo un directo sin previo aviso.

—¡Hola, familia virtual! Id conectando porque esto os va a encantar. —Señala abajo, donde George sujeta el abeto para que no se roce demasiado con la pared mientras lo subimos—. ¡Vamos a decorar el árbol de Navidad! Estamos a pocos días de Acción de Gracias y en el Hotel Merry nos preocupamos de que las fechas especiales sean celebradas como merecen.

Sigue hablando y hablando y hablando mientras yo tiro de la polea y ella hace comentarios esporádicos respondiendo a fans que le preguntan, entre otras cosas, si de verdad tengo tanta fuerza como para subir un abeto por el balcón.

—Asher es un chico muy fuerte —dice ella con una sonrisa sexy que sé que está prefabricada para tener contentas a las seguidoras que, al parecer, fantasean conmigo.

No tengo ningún problema con que lo hagan, de hecho, me gusta. Me gustaría más si pudiera tener sexo con alguna de ellas, pero, bueno, no voy a quejarme. Lo que me jode es que Avery use ese tono sugerente y mi mente, automáticamente, se traslade al momento en que la vi desnuda ayer por la mañana o le froté la espalda anoche, porque es evidente que a ella no le ha afectado en lo más mínimo y a mí, en cambio…

Subimos el árbol mientras la oigo parlotear. Cuando por fin lo tenemos arriba, George sube por las escaleras con un soporte para ayudarme a fijarlo y murmura un montón de improperios cada vez que Avery lo enfoca, pero, al parecer, eso no supone un problema porque ella ya me dijo que de alguna manera el antiguo dueño del hotel se estaba ganando a la gente a base de gruñir y ser un ogro.

¿Qué puedo decir? La gente es rarísima.

—Bueno, pues esto ya está. ¿Puedes dejar de grabarme, rubita?

—No te grabo, George, estás en directo ante miles de personas.

George gruñe y yo estoy a punto de gruñirle a él por seguir llamándola «rubita». ¡Se llama Avery! Solo yo puedo llamarla «rubia» porque es mi amiga. Y lo peor es que, si ella no se queja, no voy a ser yo quien hable, porque seguramente eso me haga quedar como un cretino.

Al final, el directo de Avery acaba cuando les dice a sus seguidores que tenemos que salir a comprar adornos. George se despide de nosotros y, ya a solas en el salón, ella me mira con una gran sonrisa.

—¿Y bien?

—Y bien, ¿qué?

—¿Vamos a comprar esos adornos?

Pensé que era una excusa para cortar el directo, pero ahora que sé que va en serio no puedo más que resoplar.

—¿En serio? Estoy cansado, llevo todo el día cortando leña, no he comido prácticamente nada y…

—Vale, pues dame las llaves del jeep, ya voy yo.

—No vas a conducir el jeep.

—Oye…

—Te llevo, ¿vale? Pero no vas a conducir el jeep.

—No conduzco tan mal.

—Conduces peor que mal y todo está nevado. No necesito estar aquí pensando todo el rato que vas a caerte por una ladera del bosque.

—No me hables como si fuera una muñequita —responde enfadada—. En algún momento, tendré que acostumbrarme porque vamos a estar aquí todo un año.

—Cuando pase el invierno, hablamos.

—Estás siendo condescendiente y no me gusta.

Cierro los ojos un segundo, frustrado. Si me preocupo, soy condescendiente; si no me preocupo y le doy las llaves, corre el riesgo de despeñarse por la carretera porque, de verdad, cuando digo que Avery conduce mal, no lo digo por decir, ni porque la tenga tomada con ella. Es que de verdad es un maldito peligro en la carretera. O corre demasiado, o va a ritmo de caracol hasta el punto de que también es peligroso, porque cualquiera que vaya más rápido por detrás puede estamparse al no tener tiempo de reducir tanto la velocidad.

Valoro las posibilidades y, al final, decido que discutir es mucho más cansado que ceder, así que cojo las llaves del coche y me dirijo hacia la puerta.

—Te espero abajo, pero tienes que invitarme a comer.

—¡Hecho!

El entusiasmo que se vislumbra en su voz está muy alejado del que yo siento, porque me he pasado buena parte del día intentando esquivarla y, según parece, no ha servido de nada, lo que es obvio porque trabajamos juntos, vivimos juntos y no conocemos a casi nadie en este sitio.

Empiezo a tener claro que huir de ella es imposible, así que más me vale encontrar el modo de controlarme y no acabar jodiendo una de las pocas amistades que he tenido en mi vida.

Porque tener sexo con Avery debe ser increíble, pero no tanto como para perderla. No hay nada que merezca la pena tanto como para perderla a ella.

23

Avery

Dos horas después de haber llegado al pueblo, estamos de nuevo junto al jeep, listos para meter en él un montón de adornos navideños, a cada cual más bonito.

—Te has pasado mucho. Pero mucho —me dice Asher mientras carga con todas las bolsas y, además, intenta encontrar las llaves del coche.

Me río y me acerco para ayudarlo, pero da un paso atrás.

—Cálmate, ¿quieres? Solo voy a coger algunas bolsas para que puedas buscar tus llaves.

No voy a confesar ni muerta que, en realidad, me he visualizado metiendo la mano en su pantalón para buscar la llave. No lo haré, porque eso me lleva a pensar una serie de cosas inadmisibles.

Asher deja que coja algunas bolsas, saca las llaves, abre el jeep y, cuando la puerta del maletero se levanta, empieza a meter cosas murmurando tanto que al final pongo los ojos en blanco y replico un poco enfadada.

—Para no caerte bien George, empiezas a parecerte peligrosamente a él.

—¡Eh! Retira eso ahora mismo.

—No.

—Yo no me parezco a George.

—Ah, ¿no?

—No, para empezar, yo soy más guapo. —Resoplo y se indigna más, lo que me hace reír—. Soy más guapo —insiste.

—Lo eres.

—No lo digas dándome la razón sin más. Lo tienes que decir porque lo sientes.

Me río, palmeo su hombro y él se tensa al instante.

—Sí, cariño, tú eres más guapo que el señor mayor que antes regentaba el hotel. —Me mira tan mal que me muerdo el labio para no seguir riéndome y carraspeo para cambiar de tema antes de que acabemos discutiendo—. Oye, gracias por pagar la mitad de los adornos.

—De nada, pero sigo pensando que debería pagarlos el Hotel Merry.

—Bah, es un árbol para nosotros, no para el hotel.

—Es parte del trabajo, ¿no? ¿O acaso tu directo de hoy no atraerá aún más gente a este sitio? Solo para vivir la ilusión de ser como tú, aunque sea un mísero día.

—Lo haces parecer como si yo fuera alguien insustituible.

—Lo eres. —Lo dice tan serio que me quedo un poco cohibida. Él debe de darse cuenta, porque cierra el maletero una vez que ya está todo dentro y carraspea—. Para toda esa gente eres imprescindible, rubia, métetelo en la cabeza. Y ahora, ¿me invitas a comer?

—Claro —murmuro sin entender muy bien la decepción que se aloja en mi pecho al saber que lo decía por mis seguidores y no porque él lo crea.

Claro que no lo cree. Soy una estúpida y debería dejar de reírme del ego de Asher, cuando el mío es claramente superior y mucho más frágil que el suyo. ¿Qué pretendo? ¿Que de pronto no pueda vivir sin mí? La única persona por la que Asher lucharía sin renunciar se llama Noah Merry, y eso lo sabe cualquiera que los haya visto juntos más de cinco minutos, aunque tres los inviertan en discutir.

Sí, nosotros somos amigos desde hace años. Y sí, creo que he conseguido colarme en un lugar en el que la mayoría de las personas no se cuelan, porque Asher confía en mí y, pese a todo, más de una vez me ha permitido aconsejarle o se ha puesto serio para aconsejarme en algunas cosas. Hemos tenido varias conversaciones profundas sin estar borrachos, que es mucho más de lo que Asher logra con casi nadie, pero también es cierto que luego hemos hecho como si no hubiera ocurrido porque…, no sé, así es más fácil. Al parecer, ni él ni yo somos muy dados a abrirnos, pero vivir juntos está cambiando algunas cosas, o eso parece, y todavía no sé cómo me siento al respecto.

Vamos a comer a la cafetería de siempre. No sabemos si hay otra, pese a llevar ya días aquí. Entramos y, cuando mi amigo se quita el gorro que ha llevado puesto todo el día, lo miro impactada.

—¿Qué? —pregunta al darse cuenta.

—Tu pelo.

—¿Qué le pasa? —Se pasa la mano despeinándose.

—Te lo has cortado.

—Sí, fui esta mañana. Dijiste que lo tenía largo.

—¿Lo dije?

—Sí, ¿no te gusta?

Me gusta. Claro que me gusta. Está guapísimo y le favorece mucho más que como lo tenía, lo que no ayuda en nada a mi misión, que es básicamente dejar de pensar en él.

—Estás muy guapo —le digo con sinceridad.

—Deberías decir: «Estás más guapo de lo que ya eres».

—Ay, Asher, no seas imbécil, ¿quieres?

—No soy imbécil, nena, es que es la verdad. Mira qué cuerpo. Mira qué cara. Este corte de pelo solo es un plus.

Pongo los ojos en blanco y le hago un corte de mangas mientras se ríe y elige mesa para nosotros.

Comemos bromeando, metiéndonos el uno con el otro y recuperando la normalidad que perdimos de golpe ayer con lo sucedido. Por unos instantes, hasta creo que será fácil que volvamos a ser los de antes, pero eso solo dura hasta que volvemos a casa, le sugiero que nos pongamos a decorar y se niega.

Entra en el baño y oigo el agua de la ducha, así que imagino que realmente está cansado y no le apetece. Me ha dicho que ha estado cortando leña y, aunque me resulta un poco extraño que lo haya hecho en su único día libre desde que llegamos, supongo que estaba aburrido. Supongo eso porque la otra opción es aceptar que lo ha hecho para mantenerse alejado de mí, y hay algo que me agujerea el pecho si realmente es así.

Cuando sale de la ducha, lo hace con una toalla envuelta en la cintura. Ni me mira, se va directamente a su habitación. Lo espero unos instantes, pensando que saldrá en algún momento y, al ver que no lo hace, voy a su dormitorio y llamo a la puerta con los nudillos.

—¿Estás bien? —pregunto—. ¿Puedo abrir?

—Sí —responde en un tono tajante.

Abro y me lo encuentro tumbado en la cama, con pantalón de deporte y sin nada en la parte superior del cuerpo.

—Sé que no te apetece decorar, pero…

—Estoy agotado, Avery. Me he pasado la mañana trabajando, he subido el árbol, lo he anclado y he ido a comprar adornos contigo. Si vienes a intentar convencerme, ahórratelo porque no me apetece una mierda.

Es tan tajante que me quedo un poco impactada. Ver a Asher serio es algo muy difícil, pero posible. Lo he visto serio otras veces, pero no así de cortante. Me acabo de dar cuenta de que es posible que, al final, sea una persona muy acostumbrada a tener sus propios espacios.

Yo, en cambio, tiendo a buscar la compañía de los demás porque odio estar sola, así que a veces, sin ser muy consciente de ello, puedo avasallar a la gente. Me siento mal en el acto y sujeto con fuerza el pomo de la puerta. No quiero pensar que parte de su seriedad viene porque lo obligué a ducharse conmigo, porque sí que hemos tenido momentos de bromear y estar bien, pero…, bueno, es difícil.

—Lo siento, tienes razón. Te dejo descansar.

—No tienes que disculparte por nada —me dice antes de que salga del dormitorio—. Es solo que…

—Lo entiendo, de verdad. —Fuerzo una sonrisa—. Sé que puedo resultar agotadora. Iré a hacer algo por mi cuenta, ¿vale? No te preocupes.

—Oye, eso no es…

No oigo el resto porque cierro la puerta. Por qué de pronto estoy tan sensible es algo que ni yo me explico.

Me voy a mi dormitorio, entro y cierro la puerta. Me quito la ropa porque el calor aquí es demasiado intenso, me pongo una camiseta extragrande que uso a veces para dormir y me acomodo en la cama después de coger mi portátil para hacerle una videollamada a mi hermana, Phoebe, que contesta en el acto desde su móvil.

Sé que es su móvil porque puedo verla amamantar a mi sobrina mientras Tyler, mi sobrino mayor de solo tres años, grita de fondo. Ella lleva un moño deshecho, tiene ojeras y está visiblemente cansada, pero sonríe en cuanto me ve.

—¿Cómo está mi hermanita favorita? —pregunta con cariño.

—Soy la única que tienes —digo antes de empezar a llorar como una tonta.

Es curioso el modo en que los seres humanos somos capaces de retener ciertas emociones hasta sentirnos en una zona lo bastante segura como para dejarlas ir. Eso me pasa a mí con mis padres y mi hermana. Siempre hemos sido una familia unida, pese a que yo hui de la idea de casarme joven y tener bebés cuanto antes. Mi familia es tradicional, sí, pero son felices así y yo los quiero como nadie se imagina. Además, aprendí a no juzgar las decisiones de los demás, de la misma forma en que me gusta que no juzguen las mías. Mi hermana es muy feliz siendo madre, aunque ahora mismo parezca agotada por sus hijos y preocupada por mí.

—¿Qué pasa, cielo? ¿Debo ir a romper los dientes de alguien?

Me río y me sorbo la nariz en un intento de no parecer tan patética. No me sale muy bien, porque tengo que buscar un clínex en la mesita de noche para limpiarme.

—No te preocupes. Es solo que os echo de menos. Hoy hemos puesto el árbol aquí, en el apartamento, y... y... voy a odiar no veros en Navidad.

Hipo, sollozo, vuelvo a hipar y vuelvo a sollozar. Es un bucle sin fin y mi hermana me mira con comprensión y cariño desde el otro lado de la cámara.

—Es normal, cariño. ¿Tan mal están las cosas allí? Sabes que puedes volver si lo necesitas, ¿verdad? Nadie puede obligarte a estar en un sitio en el que no quieres estar.

—Te quiero tanto —murmuro.

—Y yo a ti —dice sonriendo—. Venga, respira hondo y cuéntame cómo van las cosas de verdad.

Lo hago. Le hablo de todo, excepto de mi admirador siniestro. Le cuento cómo está siendo mi adaptación, le hablo de la salida con Asher, de cómo me pilló desnuda en la ducha y de cómo eso parece haber despertado cosas que no me gustan.

—Te diría que te lances, porque creo en el amor y en que es algo maravilloso que aparece cuando menos te lo esperas, pero, cielo, se trata de Asher.

—Lo sé.

—Él... no está hecho para relaciones serias.

—También lo sé.

—No quiero que te haga daño.

—No lo hará porque lo tengo todo controlado. —Mi hermana eleva las cejas, un tanto incrédula—. De verdad, Phoebe. No tienes de qué preocuparte.

No es cierto. Ella lo sabe y yo también. Mi hermana no ha conocido a Asher en persona aún, pero lo ha visto lo suficiente en mis redes y he hablado de él lo bastante como para que se haya formado una idea muy clara sobre él. Idea que, por otro lado, no tiene nada de desacertado. O eso creía yo.

Hablo con ella un poco más y, cuando la llamada termina, me tumbo, completamente agotada a nivel emocional. Y lo peor es que no hay nada que pueda hacer para distraerme. Hoy ya he hecho un directo bastante extenso, así que en teoría no tengo nada que hacer y estoy demasiado desanimada para revisar los privados, sobre todo por miedo a lo que pueda leer, así que al final cierro los ojos y me propongo echarme una siesta.

No sé cuánto tiempo pasa antes de que Asher toque en mi puerta con los nudillos. Me despierto y me tapo a toda prisa con la manta de la cama, porque la camiseta se me ha subido hasta las caderas y creo que ya le he enseñado suficiente mis bragas a Asher por un tiempo.

—¿Sí?

La puerta se abre, mi amigo se apoya en el marco y me mira como si fuera un cachorro apaleado. Dios, cómo odio que esa mirada le salga tan bien.

—Decoremos el árbol.

—No hace falta… —empiezo a decir.

—Decoremos el árbol —insiste—, pero con una condición: solo seremos nosotros.

—Claro que solo seremos nosotros. ¿A quién crees que iba a llamar?

—No me entiendes, Avery. Nada de teléfono. Tú, yo y el árbol.

Es la primera vez que Asher me pide que no grabe o muestre algo en un tono tan serio. Intento fijarme un poco más en su estado antes de negarme: tiene ojeras, parece agotado y, aun así, está cediendo a decorar el árbol solo por mí, así que asiento, aceptando, y salgo de la cama mientras él me mira. Paso por la puerta sin que se quite, lo que me obliga a rozarlo y también a no pensar en ello.

Vamos al salón y abrimos las bolsas que Asher ya ha puesto en el sofá.

Empezamos decorando en silencio, pero eso dura hasta que él saca su teléfono y reproduce en el altavoz una lista navideña.

—¿En serio? ¿De no querer decorar a cantar villancicos?

—Si vamos a hacer esto, vamos a hacerlo bien. Así que, adelante: es tu turno.

—¿Mi turno?

—Canta.

—¿Qué?

—¡Que cantes! Yo he cedido a montar el árbol, pero quiero oírte cantar villancicos.

Me río, porque podría sonar un poco absurdo, pero solo hasta que los acordes de «White Christmas» resuenan y miro la expectación de mi amigo.

Me pongo a cantar, no para demostrar algo o querer dar la nota, sino porque estoy segura de que este momento será un gran recuerdo el día de mañana y quiero crearlo tan bonito como sea posible. Ahora y así, mientras decoramos el árbol, Asher y yo volvemos a ser dos amigos divirtiéndose y sin grandes expectativas. Y ojalá pudiera decir que estoy segura de que va a mantenerse así, pero no lo sé, porque hay una pequeña posibilidad de que yo acabe fastidiándolo todo, así que canto cada vez más alto y, en algún punto, Asher se une a mí.

El árbol queda precioso. Los adornos son muy bonitos, casi todos están tallados en madera, incluso los dos que he guardado para el final con especial interés. Voy a buscar mi bolso, que está colgado junto a la puerta, lo abro y los saco. Antes, en el pueblo, aproveché que Asher estaba distraído con el teléfono (y visiblemente aburrido) para fijarme en unos adornos artesanales de madera que decoraban el mostrador de la tienda. Tienen forma de galleta de muñeco de jengibre y son tan bonitos que es imposible no mirarlos embobada. Me acerco a Asher y se los muestro.

—¿Y esto?

—Me recordaron a ti y a mí. Pensé que podrían representarnos. Me pido ser la que tiene botones de corazón. —Señalo una de las «galletas»—. Parece más simpática.

—Entonces ¿a mí me queda ser este? —Coge el otro adorno de mi mano y lo observa atentamente—. Yo soy más guapo, pero supongo que puedo conformarme. —Le da la vuelta y entonces descubre la inscripción—. ¿Has tallado mi nombre?

—En tu «galleta», sí. En la mía tallé el mío. —Giro el adorno para que lo vea. Estoy nerviosa. No sé por qué, es una tontería; estoy segura de que Asher no va a juzgarme, pero me siento nerviosa—. Son nuestras primeras Navidades aquí y mis primeras Navidades lejos de casa. Quería que fuera un poco especial.

Lo miro expectante. ¿Por qué me siento así? No es como si esto fuera especial, ¿verdad? Que yo sea tan sentimental no obliga a Asher a serlo, ni mucho menos.

—No es nuestra primera Navidad juntos, pero sí es la primera que vivimos juntos —me dice. Sonríe y cuelga su adorno en el árbol antes de coger el mío de entre mis manos y ponerlo al lado—. ¿Qué me dices?

Están juntos, como si se estuvieran dando la mano, y colocados de tal modo que cualquiera que vea el árbol se fijará primero en ellos.

—Creo que son preciosos.

—Felices e inesperadas Navidades, Avery.

Pasa un brazo por mis hombros, besa mi pelo y mira el árbol con una sonrisa.

Me emociono, porque es obvio que estoy más sensible de lo normal, y rodeo su cintura antes de apoyar la mejilla en su pecho.

—Felices e inesperadas Navidades, Asher.

Por un instante, todo es perfecto. La música navideña que nos envuelve, la nieve que cae con suavidad fuera y se vislumbra por las ventanas, el calor que siento aquí sabiendo el frío que hace fuera, el árbol lanzando destellos tenues y cálidos, su brazo sobre mí y la certeza de estar lejos de casa, pero no sola. Porque Asher es... es mucho más de lo que pensaba. Ya lo sabía, en realidad, pero vivir con él solo unos días ha servido para reafirmarme y que el pensamiento pase de ser leve a ser una certeza. Es un mujeriego y tiene un ego del tamaño de Estados Unidos, sí, pero también es dulce y cariñoso y amable. Y... y es una lástima, porque soy plenamente consciente de que no debo pillarme por él. No es un chico por el que deba pillarse ninguna chica y, en cierto modo, sé que estoy cayendo en lo que ya han caído muchas: pensar que tal vez se dé el milagro de que él sienta por mí algo diferente a lo que siente por las demás.

No pasará. Si una cosa tengo clara es que Asher jamás se enamora ni hace promesas ni repite con la misma chica, salvo en contadísimas ocasiones. Así que esta serie de reacciones corporales y emocionales tienen que acabar cuanto antes por mi propia salud mental.

Debo ser pragmática en todo lo que a él se refiere. Asher y yo somos amigos, y eso es lo único que vamos a ser toda la vida.

24

Asher

Iba a salir mal. Yo lo sabía. Todo el mundo que tuviera un poco de conciencia y lógica podía saberlo, pero reconozco que no es, ni de lejos, mi peor Acción de Gracias. Y eso que la salsa de arándanos chorrea por mi camisa nueva (y la única que tengo aquí) mientras doy un sorbo a mi copa e intento ignorar la maldita batalla campal que se desarrolla frente a mis ojos.

Todo empezó cuando Margaret nos preguntó si íbamos a comer con la familia en Acción de Gracias. Mi respuesta estaba clara: no.

Por desgracia, la respuesta de Avery también estaba clara y era que sí. Ella nos aseguró que retransmitir parte de nuestro Acción de Gracias ayudaría al hotel aún más. Venderíamos una estampa idílica: los trabajadores del nuevo Hotel Merry unidos y recibiendo el inicio de las Navidades como una gran familia feliz. Dando gracias por tenernos los unos a los otros y blablablá.

Un montón de mierda enorme. Eso es lo que ha sido.

Los invitados ya daban una pista de que las cosas no irían bien.

Margaret y George como anfitriones, Luke y Violet porque son sus hijos, Savannah porque…, bueno, no sé por qué, pero no pienso preguntar después de lo ocurrido... y, por último, Avery y yo.

La cosa empezó bien. Más o menos. Digamos que el pavo olía rico y eso me ayudaba a pensar que todo marcharía con tranquilidad. Bien sabe el cielo que necesito tranquilidad en mi vida. Llevo aquí casi un mes y no he salido de casa más que a hacer recados. Y no hace falta decir que no he echado un maldito polvo en todo este tiempo. La situación con Avery ha mejorado porque, al parecer, los dos somos increíblemente buenos fingiendo que la tensión sexual no está comiéndonos día a día.

Me encantaría decir que las cosas volvieron a la normalidad después de decorar el árbol, pero no ha sido así. Verla en pijama ya no me resulta tan inocente como antes. Salir en bóxer o pantalón corto al salón, tampoco. Oír el agua de la ducha corriendo cuando está en el baño despierta mi imaginación de un modo insoportable. Y hablar de sexo ha dejado de ser una posibilidad.

Yo antes bromeaba con respecto al sexo con todo el mundo, incluida ella, porque es mi amiga. Ahora no puedo hacer una mínima insinuación sexual sin que mi mente piense en ella y mis ojos se fijen en su escote, su culo o... toda ella... Joder, si es que Avery al completo es un motivo de tentación constante.

No sé qué piensa ella porque, como buenas personas inmaduras, estamos ignorando tener una conversación real en la que poner las cartas sobre la mesa.

Con este panorama, no era de extrañar que, al ver llegar a Savannah con un vestido corto y el pelo suelto, me pusiera en tensión. No se me puede culpar por olvidar momentáneamente que soy su jefe. No, teniendo en cuenta que desde hace años mi forma de evasión, defensa y consuelo es el sexo. Lo he usado como mecanismo contra todo lo que me hace sentir mal o raro porque, desde que lo probé siendo solo un adolescente, descubrí que, en ese entonces, era lo único que me hacía sentir bien. Fue así como empecé a buscar esas sensaciones cada vez más. Y cada vez con más chicas, porque me di cuenta demasiado pronto de que repetir con la misma era darle esperanzas de que yo quería albergar algún tipo de sentimiento íntimo o romántico. Eso no iba a pasar. Ni entonces ni ahora. Yo solo quería la parte física, la liberación, el placer, sentir que en la vida sí había algo que merecía la pena lo suficiente como para repetir una y otra vez la experiencia. ¿Es sano focalizar mis problemas, ansiedades y traumas en el sexo? No. ¿Lo sigo haciendo pese a saberlo y haberlo tratado en terapia? Sí.

¿Qué puedo decir? El ser humano es idiota, por sorprendente que parezca.

El caso es que ver a Savannah con ese vestido, sumado a todo lo ocurrido estas semanas con Avery, hizo que coqueteara de más. Ella me siguió el rollo y ahora estamos aquí, yo con la salsa de arándanos chorreando, Avery retransmitiendo en directo y mirándome con odio cuando nadie más se da cuenta y Savannah y Violet gritándose un montón de cosas horribles frente a George, Margaret, Luke y unas cuantas de miles de personas más.

—¡No he hecho nada, maldita sea! Ese es tu problema, Violet. ¡Tu puto problema es que no consigues odiarme, pero te empeñas en destruirme cada vez que intento ir por otro camino!

Doy otro sorbo a mi copa de champán. De verdad de la buena que lo último que pensaba era que iba a desatarse tremendo drama por flirtear con Savannah.

—¡Cállate! —grita Violet, que a estas alturas llora descontrolada. Tiembla, pero creo que es más de rabia que de frío, porque la chimenea del salón está encendida y el ambiente es más bien cálido—. Cállate de una vez. ¿Es que no ves que están mis padres aquí? ¿Acaso no te importa nada?

—Me importa tanto como para intentar olvidarte desesperadamente —dice Savannah justo antes de que su voz se rompa.

Ese es justo el instante en el que Avery deja de enfocarlas abruptamente. En realidad, estoy bastante seguro de que ha querido dejar de retransmitir hace mucho, porque se nota que no está pasándolo bien, pero parece tan impactada que seguramente incluso se ha olvidado de que tenía el teléfono entre las manos.

Hasta donde sé, Violet y Savannah tienen o han tenido algo en secreto. Así que ver a esta última tonteando conmigo no ha sentado bien a Violet, que se ha puesto un poco pasivo-agresiva durante la cena.

Hasta ahí, bien. El problema es que, en contraposición, Savannah ha decidido joder más y ha ido conmigo a saco. Tan a saco que, en un momento dado, cuando he ido a por la maldita salsa de arándanos que ha hecho Margaret, ella me ha seguido a la cocina, donde prácticamente me ha acorralado contra la encimera.

—Tú y yo podríamos pasarlo muy bien, jefe.

Parecía nerviosa y pensé que era porque estaba ligando con su jefe. Ahora entiendo que, más bien, estaba esperando que Violet nos pillara.

—¿Se te ocurre algo? —pregunté con genuino interés.

Me niego a llevarme culpa alguna por lo ocurrido. Repito: soy un hombre que tiende a pensar más bien poco cuando de sexo se trata. Y hace semanas que en mi vida nada trata sobre el sexo. O sí, pero sobre el sexo no realizado, lo que es bastante peor.

Savannah se acercó a mí, sus pechos rozaron mi torso lo bastante como para que todo mi cuerpo se pusiera en tensión. Una de sus manos se enredó en mi nuca y estaba a punto de besarme cuando Violet irrumpió en la cocina gritándome que me apartara de su chica.

Eso atrajo a Avery, que entró enseguida con su teléfono móvil y mirándome con una mezcla de sorpresa y decepción que me ha agujereado el pecho, aunque no esté dispuesto a reconocerlo.

—¿Tu chica? —le pregunté a Violet.

No respondió, se acercó a mí, cogió la salsa de arándanos que tenía en la mano y la derramó sobre mi pecho mirándome a los ojos con tanto odio que se me puso el vello de punta.

—Te traté bien desde que llegaste. Intenté no ser una borde porque bastante tenías con enfrentarte a mi padre, pero acabas de entrar en mi lista negra, Asher Brooks.

—¿Qué? ¿Y por qué coj…?

—¡Savannah no está disponible!

—Guau. Un momento, porque creo que has entendido mal las cosas. No he sido yo el que se ha abalanzado sobre ella.

—¡Estabas besándola! ¡Ella no está disponible!

—Vale, oye, deberías dejar de hablar de ella como si fuera un chupito agotado de la carta de un bar.

—¿Qué demonios haces, Violet? ¿Qué demonios crees que haces? —gritó Savannah.

A continuación, se desarrolló una discusión, al parecer, sin precedentes, en la que Savannah le ha recriminado a Violet que esconda su relación como si fuera un sucio secreto y Violet le ha recriminado a Savannah que no le dé el maldito tiempo que necesita para hacer las cosas bien.

Intuyo que, con lo de «hacer las cosas bien», Violet se refiere a salir del armario a su ritmo o algo así, pero no lo sé porque, en algún momento, entre los gritos de una y otra, me he servido una copa del champán que había en el frigorífico para el postre y me he puesto a beber mientras George guardaba silencio por una vez en su vida, Margaret intentaba aplacar a su hija y Avery me miraba como si el culpable de todo esto fuera yo.

El único que se ha quedado en su silla y ha seguido comiendo ha sido Luke, lo que demuestra que, en efecto, es el más listo de todos nosotros.

—Menudo imbécil eres —susurra Avery en un momento dado, acercándose a mí y robándome la copa de un tirón—. ¿Ya estás contento?

—¿Cómo demonios voy a estar contento? —respondo en el mismo tono de susurro que ella, porque ninguno de los dos pretende quitarle protagonismo a la pelea del día—. Estoy lleno de salsa de arándanos y sigo sin follar, joder.

—Estás enfermo, Asher. ¡Enfermo! Mira lo que has provocado.

—¿Qué he provocado?

—Has roto una relación y has provocado un desastre en pleno Día de Acción de Gracias. Eres… eres…

Hay tanta rabia en su voz, tanto desprecio, que, de pronto, me veo transportado a una infancia en la que una mujer me gritaba cosas horribles, un hombre me pegaba cada vez que se frustraba y entre los dos me hacían sentir el niño más imperfecto del mundo.

Aunque yo no conociera otras realidades, porque mi vida fue un infierno desde siempre, entendí con el tiempo que mis padres no deberían haberme tratado como me trataron. Hice terapia e intenté sanar lo máximo posible, pero todavía hoy, en momentos como este, en los que Avery me mira como si yo fuera el culpable de cada cosa horrible que ocurre en el mundo, los fantasmas del pasado me abrazan de un modo asfixiante.

Me río. Fuerte. A carcajadas. Lo hago lo suficientemente alto para que todo el mundo en la estancia se calle y me mire. Hasta Savannah y Violet. No me importa, me concentro en Avery, que es la que más odio parece tenerme.

—¡Yo no he roto una mierda, Avery! Puedes pensar que soy un desastre, como bien dices, por querer sexo después de casi un mes de abstinencia y viviendo contigo, pero no me eches encima una mierda que no es mía.

—¡El problema no es que vivas conmigo! Te dije desde el principio que podías llevar chicas a casa. ¡Tú decidiste no hacerlo porque ibas a ser el jefe responsable que, al parecer, ya no quieres ser!

En eso tiene razón, lo sé. Y en algún momento podré verlo, pero no ahora. Ahora solo soy capaz de pensar en lo enfadado que estoy. Con ella. Conmigo. Con Savannah por no avisarme del lío amoroso en el que estaba envuelta. Con todo el mundo, joder.

—Avery, el problema no es vivir contigo. ¡El problema eres tú, joder! ¿Cómo no voy a pasarme el día pensando en sexo si cada vez que te veo pienso en todo lo que quiero hacerte?

El silencio es tan brutal que me doy cuenta tarde de hasta qué punto la he cagado.

Tengo la respiración agitada, estoy pringado de salsa, no he podido tomarme ni la maldita copa de champán y ahora, encima, empiezo a ser consciente de hasta qué punto esto va a hacerme quedar como un imbécil.

Si me he ganado el respeto de alguien en estas semanas, acabo de perderlo por gritar a los cuatro vientos que mi amiga y compañera de piso me pone enfermo de deseo.

Miro a George por alguna razón. No sé. Los seres humanos tendemos a buscar la autodestrucción cuando sabemos que vamos en picado hacia abajo. La desaprobación en su mirada es tal que no necesito más. Cojo la botella de la encimera y salgo de la cocina sin mirar atrás.

No voy al apartamento. Sé que Avery me seguiría y eso es lo último que quiero ahora mismo. Cojo mi abrigo, salgo y me subo en el jeep.

No sé dónde voy a terminar el maldito Día de Acción de Gracias, pero no será rodeado de esta gente. Ni de Avery y su mirada de decepción.

No. Ni de coña. Esta vez... esta vez seré un Brooks en toda regla y haré honor de toda mi maldita estirpe familiar: huiré como un cobarde, ahogaré mis problemas en alcohol y no miraré atrás ni una sola vez.

25

Avery

Cuatro horas después de que Asher se haya ido, mis nervios están a flor de piel. He esperado en casa y no he querido alarmarme. Él no es irresponsable, no cogería el coche si bebe demasiado..., ¿verdad?

He intentado recordar todas sus borracheras, pero, aunque es cierto que en Nueva York ya conducía muchas veces la furgoneta del hotel o el propio jeep de Noah, no lo hacía a diario o cuando salíamos de fiesta. Allí usaba transporte público porque no tenía coche, así que me ha resultado imposible recordarlo borracho y teniendo que conducir. Procuro no entrar en pánico, pero he llamado a todos los pubs de la zona, que son básicamente dos, y a ese de Stowe en el que estuvimos el otro día después de mirar en internet. Nadie parece haber visto a un chico con la camisa llena de salsa de arándanos y una botella de champán en la mano. Eso no me ayuda porque, en realidad, podría haberse puesto el abrigo y haber dejado la botella en el jeep o en cualquier otro sitio.

Por un instante, hasta se me pasa por la cabeza pedir en mis redes que alguien me avise si lo ve, pero sé que eso roza el acoso y yo, en concreto, con lo que estoy viviendo, jamás traspasaría esa línea.

Sin embargo, cuando el nombre de Noah se ilumina en la pantalla de mi móvil, un escalofrío recorre mi columna vertebral. Ya he ignorado la llamada de mi hermana, pero eso era distinto. Doy por hecho que estaban viendo el directo, porque mi familia tiene por costumbre ponerme de fondo cuando están en casa y saben que voy a hacer alguna transmisión en vivo. Seguro que hoy han comido juntos y han estado viendo lo que mostraba.

La he ignorado, igual que he ignorado a mi madre. Pero no puedo ignorar a mi jefe. No cuando se ha armado tremendo lío en su hotel y frente a tanta audiencia.

Respondo la videollamada y las caras de Noah y Olivia aparecen en pantalla.

—¿Se puede saber qué demonios ha pasado? —pregunta mi amiga con el ceño fruncido—. ¡Llevamos horas intentando contactar con Asher!

—Ya, bueno, veréis, es que discutimos y se ha ido y…

—¿Se ha ido? —No tengo tiempo de contestar, porque su voz se vuelve más urgente—. Avery, dime dónde está.

—No puedo, porque se fue de repente.

—Dime que lo has encontrado.

El tono de Noah es mucho más serio que el de ella, pero no de enfado, sino de algo muy parecido a la preocupación. De verdad, hay algo en sus ojos que hace que el pánico se me atraviese en la garganta.

—He llamado a los pubs de la zona y…

—Tienes que encontrarlo —repite.

—Lo entiendo, Noah, y lo estoy intentando, pero…

—No, no lo entiendes —insiste—. Es vital que encuentres a Asher cuanto antes.

—Noah, me estás asustando. —Confieso que lo digo en parte para que me tranquilice, pero él guarda silencio y me mira tan serio que el efecto es el contrario—. Ahora es cuando tienes que decir que no hay de qué preocuparse y que…

—Hay mucho de lo que preocuparse si la situación es como creo que es.

—¿Y cómo crees que es?

Noah suspira. No habla, pero no lo necesita porque desde aquí puedo oler su tensión, lo que hace que me ponga de pie, no sé por qué, y me pase la mano por el pelo.

—Mira, Avery, hay algo que deberías saber sobre Asher cuando llega a un punto en el que no puede lidiar con nadie, ni siquiera con él mismo.

Noah comienza a hablar y yo lo miro y lo escucho en silencio, intentando comprender cada palabra, pero cuanto más habla él, más me paseo yo y más nerviosa me siento. Cuando acaba, mi desesperación por encontrarlo es tan real que hasta ellos lo notan a través de la pantalla.

—Estará bien —me dice Olivia—. Seguro que no es grave, pero… pero si lo encontramos, mejor, ¿vale?

Asiento y, con el movimiento, un par de lágrimas escapan de mis ojos.

—Lo siento muchísimo —susurro.

—Tú no tienes la culpa —me dice Noah.

—Pero le he dicho…

—No te martirices, Avery —insiste—. Cuando llega a estos límites, lo que le digan o no solo son pequeños detonantes. Seguramente, esta situación solo ha derramado una copa que ya estaba más que llena.

Trago saliva y vuelvo a asentir, porque no consigo articular más palabras. Cuelgo y bajo las escaleras del apartamento a toda prisa. Atravieso la galería y, apenas diviso la puerta, cuando oigo la voz de George.

—La noche se ha puesto muy fea, rubita, ¿a dónde vas?

—Asher… —digo con voz estrangulada.

Él me mira. No puedo descifrar su expresión corporal porque aún no lo conozco tanto como para eso. Asher es el que más tiempo ha pasado con él, aunque sea discutiendo.

—Abrígate bien. Salimos en un minuto.

—¿Salimos?

—Eso he dicho. Y ahora abrígate.

Es parco en palabras, pero la preocupación está haciendo estragos en mí y, aunque me gustaría que me explicara cuál es su plan, obedezco sin rechistar. Saco el gorro que compré hace semanas de mi bolsillo y me lo pongo mientras me abrocho todos los botones del abrigo. En los pocos minutos que tarda George en volver, empiezo a sudar porque la chimenea del salón principal sigue encendida y da calor a toda la planta baja de la casa.

Cuando por fin llega, lo hace con dos termos. Me ofrece uno antes de señalarme con el dedo.

—Café y valentía. Es lo único que se necesita para buscar a un montañero perdido.

Da un largo trago a su bebida y sale de casa, yo lo miro un poco atónita. Asher no es un montañero, no está perdido (o eso espero) y el café, a estas horas de la noche y con los nervios que cargo, podría provocarme un infarto, pero cuando George me ladra para que suba a su camioneta de una maldita vez, obedezco sin pensarlo.

Paseamos por el pueblo, aunque creo que los dos tenemos bastante claro que no estará por aquí. Es Acción de Gracias y se nota, porque las calles, por lo normal poco transitadas, están nevadas hasta los topes y completamente desiertas, así que al cabo de poco ya estamos rastreando el bosque, o al menos la zona que se ve desde la carretera.

Al principio intento mantener mi ansiedad a raya. Asher estaba muy enfadado, pero no haría una tontería. Es un hombre adulto, después de todo. Aunque… ¿y si…?

—Volvamos a casa —me dice George.

—¿Qué? ¿Ya? ¿Y sin Asher?

—No vamos a encontrarlo con este coche.

—¿Entonces…?

Diez minutos después estamos frente al establo de los huskies. Por un momento temo que quiera ir en trineo, pero no. Solo quiere ir en las motos de nieve. «Solo». Dios, juro que cuando por fin encuentre a Asher, voy a abrazarlo superfuerte y luego le daré tremenda paliza por obligarme a subir en las malditas motos con

George, que ya conduce rápido la camioneta, así que no quiero imaginar cómo será con la moto.

Lo averiguo, por desgracia, en cuestión de minutos. Va tan rápido que temo por mi vida de manera literal, porque se me empiezan a pasar por la cabeza todos los motivos por los que a él le da igual estrellarse, según yo, y todos los que tengo yo para seguir con vida. No deja de nevar, así que prácticamente no veo nada. Estoy a punto de suplicarle que por favor se detenga cuando él hace girar la moto y acelera en dirección a la cabaña junto al lago. Sé que vamos hacia ahí porque la he visto a lo lejos, pero si miro a los lados, los árboles pasan tan deprisa que me resulta imposible no marearme.

Estoy tan centrada en el camino y mi propio miedo que no es hasta que frenamos que me doy cuenta del porqué de sus prisas. El jeep de Noah está junto a la verja y la luz de la cabaña está encendida. Bajo de la moto y me quito el casco a toda prisa. Estoy helada y tirito, pero no me importa. Miro a George, que sigue subido en la moto.

—Vamos —le digo.

—No, rubita, esta parte la haces tú.

—¿Por qué?

—Porque, si aplico mi psicología con el chico, voy a estropear más que arreglar. Seguramente sea igual de sensible que mis hijos. Es una lástima lo de vuestra generación.

Su boca dice una cosa, pero su mirada y el modo de conducir como un loco para encontrar a mi amigo dice otra bien distinta, así que sonrío con amabilidad y urgencia, porque necesito entrar en la cabaña.

—Eres un buen hombre, George.

No me quedo a esperar su reacción. Giro sobre mis talones y abro la valla que me da acceso a la cabaña. Voy a toda prisa, lo reconozco. No puedo intentar no parecer desesperada porque lo estoy, y mucho. Subo los pocos escalones que conducen al porche y, solo cuando tengo la mano en la puerta, me permito tomarme un segundo mientras observo la corona de pino y flores secas que hay frente a mí y suplico.

—Por favor, por favor, por favor, que Asher esté bien —susurro.

No sé a quién. No soy una persona religiosa ni espiritual, pero el miedo recorre mi sistema nervioso del mismo modo que la sangre y, cuando abro la puerta, lo único que quiero es encontrar a mi amigo sano y salvo para poder hablar de todo lo sucedido esta noche.

26

Avery

Lo primero que noto es calor, por fortuna. Miro hacia la chimenea y veo el fuego encendido. Me alivia que Asher estuviera lo bastante bien como para encenderla. Al menos hasta que pienso en los motivos que le han podido llevar a hacerlo.

Junto al fuego está el inmenso árbol que decoramos para que pudiera mostrarlo en redes. No está encendido, lo que da una idea del estado de ánimo de mi amigo. Sentado en la alfombra y con la espalda apoyada en el sofá, Asher mira las llamas y hace girar la botella de champán en círculos. Es un movimiento rítmico y un poco hipnotizante. Averiguar cuánto champán queda dentro de la botella y cuánto hay dentro de Asher es un misterio, y uno de mis grandes retos, supongo.

—Ey...

Doy algunos pasos en su dirección y lo saludo, por si no se ha percatado de mi presencia. No me mira, así que confirmo que sí se ha dado cuenta de que he entrado. Simplemente no quiere mirarme. Aunque me duele, decido ignorar cada sentimiento que este acercamiento vaya a provocarme. Consigo hacerlo porque, gracias a la conversación que he tenido con Noah, me siento un poco más preparada para esto. También más asustada, pero ese es otro tema.

—Te he estado buscando por el pueblo —insisto.

Nada.

Vale, no va a ser fácil. Miro a la puerta, lo que es una tontería porque la he cerrado y he oído la moto de George alejarse. Aquí solo estamos el bosque, la nieve que sigue cayendo incesante, la cabaña, el fuego, Asher y yo. No hay nadie a quien pueda pedir ayuda, pero decir algo incorrecto me aterroriza, de modo que camino hasta llegar a su altura y, como sigue sin mirarme, decido que no me importa.

No voy a irme.

No después de saber lo que sé.

Me siento a su lado, sobre la alfombra, y miro disimuladamente sus antebrazos, porque tiene subidas las mangas de la camisa. Reconozco que otras veces lo he hecho porque, por alguna extraña razón, los antebrazos de Asher me parecen increíblemente sexis. Esta vez no es ese el motivo. Solo quiero… solo quiero quitarle toda la ropa para asegurarme de que está bien. Suena sexual, pero no podría estar más alejado de eso.

—Noche movida, ¿eh?

Bufa y, aunque no es una respuesta, es algo.

—Violet y Savannah también se fueron de la casa. Las dos juntas. Imagino que ahora estarán teniendo una buena charla.

—Más silencio de su parte. La tensión es tal que empieza a dolerme la cabeza—. Es increíble que estuvieran saliendo. ¿Tú imaginabas algo…? Supongo que no, si no…

—¿Qué haces aquí, Avery?

Su voz suena ronca y, cuando por fin me mira, veo algo en sus ojos que me rompe por dentro. Los tiene rojos, pero estoy bastante segura de que no ha llorado. Solo está... cansado. Destruido. Es absurdo, pero mirarlo ahora mismo a los ojos me provoca la misma sensación que imaginarlo cayendo a un vacío oscuro e infinito.

—Estaba preocupada por ti —confieso—. Te marchaste sin decir a dónde ibas y...

—Me marché por una razón.

—Sé que estás enfadado conmigo y que te he dicho cosas muy feas, pero...

—Lo sé, soy una decepción como jefe y...

—No eres una decepción. No dije eso.

—Estuviste a punto. Lo vi en tus ojos, rubia. Lo vi justo después de que dijeras que soy un desastre.

—Insisto: no eres una decepción, Asher. Y he dicho que habías provocado un desastre, no que seas un desastre.

—Es lo mismo.

—No lo es. Además, lo he dicho porque estaba enfadada después de verte besar a Savannah.

—Yo no he besado a Savannah.

Siento algo entre los pechos. Justo en el centro. Una especie de punzada, como si alguien me hubiese clavado una daga ahí y estuviera retorciéndola a placer.

—Te vi separarte de ella, vi su mano en tu nuca y...

—Yo no he besado a Savannah. Ella iba a besarme y, justo entonces, ha entrado Violet en modo energúmena y posesiva.

—¿No la has besado?

—No.

—Pero ibas a besarla, ¿verdad? —Su silencio es toda la respuesta que necesito. Que me arda la garganta no es culpa suya, sino mía, porque debería tener muy claras ciertas cosas que, al parecer, no consigo entender—. Da igual. Aunque te la tiraras en la cocina, no tendría derecho a enfadarme por eso.

—¿Crees que sería capaz de tirarme a Savannah en la cocina con todos vosotros a unos pasos de distancia? —Al parecer, mi silencio es toda la respuesta que necesita—. Te aseguro que me gusta el sexo, pero no soy un enfermo como todo el mundo, incluida tú, piensa.

Su referencia al sexo me lleva de nuevo a la discusión, o más bien a la parte en la que ha gritado que todo esto es culpa mía. Que se pasa el día pensando en sexo cuando me ve. Trago saliva. Otra vez. Lo miro, pero vuelve a centrarse en el fuego. Estoy a punto de sacar el tema, pero entonces él habla de nuevo, sorprendiéndome.

—Has hablado con Noah, ¿verdad?

—¿Por qué lo dices?

—Porque nunca me has mirado con pena, hasta ahora. —Sus ojos vuelven a fijarse en mí—. Déjalo, ¿quieres? No estoy listo para tu compasión. Prefiero que me tengas asco, la verdad.

—No te tengo asco ni compasión. —Eleva una ceja y hago una mueca con los labios—. Un poco de lo último, quizá. No sabía… no sabía nada, pese a los años que hace que te conozco. Intuía que tu familia era una mierda, pero no sabía…

—Solo Noah lo sabe, pero al parecer no es capaz de mantener la boca cerrada. ¿Cuánto te ha contado?

—Creo que todo —murmuro mirando sus brazos de reojo.

Se da cuenta, lo que me avergüenza aún más, pero en vez de enfadarse, como pensé que haría, suspira y se quita el reloj que lleva en la mano izquierda. Gira la muñeca. Me muestra una cicatriz que me da unas ganas terribles de llorar.

—Esto es lo que buscas, ¿no?

—Lo siento —susurro.

—Pasó hace mucho, Avery. —No puedo hablar, sé que, en cuanto lo haga, me pondré a llorar, aunque me avergüence admitirlo—. Ya no puede hacerme daño.

—Cuando le conté que te habías ido, Noah dijo...

—Noah tiende a dramatizar, seguramente pensó que iba a regodearme en la mierda como hacía en el pasado.

—¿Por qué nunca me lo dijiste?

—¿El qué? ¿Que mis padres me odiaban y me dejaban sin comer día sí y día también? ¿Que mi madre era una adicta y mi padre un maltratador que me daba palizas sin motivo? ¿Que ella miraba sin hacer nada? ¿Que me repetían a diario que era un maldito desastre? —Las lágrimas caen de mis ojos al darme cuenta de lo mal que he elegido las palabras—. ¿Que él me cortaba en la muñeca para que pareciera que yo me autolesionaba? —Lo miro horrorizada, pero se las apaña para sonreír con cierta amargura—. Pasó hace mucho tiempo. Crecí, ellos murieron y, años después, hice terapia animado por Noah. No hay nada de lo que preocuparse.

—¿Cómo puedes decir eso? ¡Por supuesto que hay mucho de lo que preocuparse! ¡Eran unos monstruos y no tenían derecho a hacerte algo así!

Asher no responde de inmediato. Suspira, como si estuviera agotado, y da un sorbo a la botella. Intuyo que ha dado muy pocos, porque parece muy lúcido mientras habla.

—No voy a contarte la versión extendida. Ni siquiera a Noah se la conté porque los detalles son escabrosos e innecesarios. Solo necesitas saber que me maltrataron física y psicológicamente porque el alcohol y las drogas siempre fueron más importantes que yo. La vida no fue bonita para mí hasta que conocí a Noah, siendo ya adolescente y eso sí que lo sabes.

—Lo siento mucho. —No puedo decir más.

—No es culpa tuya —contesta con sequedad.

Señala de nuevo su muñeca, pero apenas puedo mirar esa cicatriz sin sentir que la ansiedad me corta la respiración. Él debe darse cuenta, porque sigue hablando.

—La última vez que me lo hizo fue poco antes de conocer a Noah. Él estaba hecho mierda por la muerte de sus padres. Esto va a sonar fatal, pero fue la primera vez que encontré a alguien igual de roto que yo, así que me pegué a él. Lo convencí para salir de fiesta, conocer chicas y alejarse de Olivia, que era su mejor amiga. No voy a decir que estuviera bien, pero es así como pasó. Lo arrastré a mi mundo y él, a cambio, me sacó lo suficiente como para darme cuenta de que no podía seguir permitiendo ese trato. Fue la primera persona que me hizo pensar que a lo mejor no era tan desastre como mis padres decían. Y a lo mejor no tenía que seguir el mismo camino de autodestrucción.

—Por eso sientes tanta devoción por Noah y no te despegas de su lado, ni cuando te echa. —Su silencio es toda la respuesta que necesito.

—Mis padres solían gritarme cosas horribles cuando me pegaban. Ya sabes: que nunca sería nadie, ni haría nada que mereciera la pena. Que nadie querría contratarme o tener en su vida a alguien como yo… Noah hizo las dos cosas. Me metió en su vida y luego me dio un trabajo que me ayudó a valorarme a mí mismo. Yo le hacía creer a todo el mundo que era un cretino y que lo único que me importaba era salir con chicas y vivir despreocupadamente; él era el único que sabía que en realidad no era así, que para mí era muy importante mi contrato en el hotel y el cariño que él y sus abuelos me daban, porque era todo lo que poseía en la vida.

—¿Cuándo y cómo murieron tus padres?

—¿Importa?

—Sí.

—¿Por qué?

—Porque necesito saber que sufrieron.

Asher me mira y, durante un instante, puedo ver la sorpresa reflejada en sus ojos. Luego desvía la mirada a la botella y carraspea.

—Murieron poco después de que yo conociera a Noah. Por ese entonces yo soñaba con hacerle a mi padre lo que él me había hecho a mí, pero no pude... Quería pegarle, destrozarlo, sin embargo…, nunca encontraba el momento de ir a mi antiguo barrio porque era demasiado cobarde.

—¿Y él no te buscaba?

—No. Nueva York es muy grande. Murieron poco después de que yo me fuera de casa. Dijeron que fue sobredosis, pero más bien creo que fue un ajuste de cuentas, aunque no lo sé. Y no me importa. —Su voz suena tan fría que me eriza la piel—. No fui al funeral. Fue mi modo de hacerles pagar por todo lo que me hicieron cuando era niño.

Entiendo su malestar, que le martirice no haberse podido vengar de unos padres maltratadores, pero no digo nada al respecto. He crecido en un entorno seguro y me cuesta imaginar todo lo que él ha tenido que pasar.

—Siento mucho haber dicho que estás enfermo y haber insinuado que eres un desastre —susurro al borde del llanto—. Te prometo que no lo pensaba. Solo estaba…

—Enfadada, lo sé.

—Celosa —admito. Siento sus ojos puestos en mí, pero no me giro a mirarlo. Esta vez, la que mira fijamente al fuego soy yo—. Estaba celosa porque pensé que estabas besándote con Savannah. Sé que no tengo ningún derecho, pero… Bueno, esa es la verdad.

El silencio se convierte en una nube de tensión que nos sobrevuela; casi puedo verla. Asher no habla. Ni una sola palabra. Y yo he sabido y vivido tantas cosas en las últimas horas que no sé qué decir, así que le quito la botella, bebo champán caliente y miro al fuego deseando que la tierra se abra y me trague ahora mismo, porque admitir frente a Asher que estoy celosa no ha sido una jugada inteligente, pero es que, si me pongo a analizar mi comportamiento de las últimas semanas, lo difícil es encontrar algún momento en que haya actuado con lógica y coherencia.

Y eso solo demuestra que estoy hasta el cuello de problemas que debería solucionar cuanto antes.

27

Asher

Celosa.

Por mí.

Mi cerebro intenta registrar lo que ha oído, pero las emociones que me despiertan esas palabras son bastante más poderosas.

Ella sigue mirando al fuego, el champán está tan caliente que no le ha gustado y se le nota, pero no es eso lo que hace que no pueda apartar la vista de ella. Son sus pómulos rosados por la vergüenza, el pulso de su cuello y el modo en que el pelo le cae por la espalda.

Es tan guapa que el Asher callejero de hace años se pregunta cómo demonios una mujer así puede estar celosa por mí.

Lleva semanas volviéndome loco y, por primera vez, tengo la certeza de que no soy el único que siente la constante tensión sexual entre nosotros.

—Avery. —Me ignora por completo, pero el pulso de su cuello se acelera aún más—. Avery, mírame.

—No.

—¿No?

—Eso he dicho: no.

Sonrío y, por primera vez en muchas horas, siento algo distinto a la rabia, la ira, la frustración o la autocompasión.

La adrenalina recorre mi torrente sanguíneo como un veneno que me enciende y hace que solo pueda pensar en lo que me gritan todos mis instintos. La deseo. Y me desea.

Es mi compañera de trabajo. Y también de piso. Y mi amiga. Una de las poquísimas que tengo. Esto puede acabar muy mal, lo sé, pero... pero nada parece importarme tanto como para querer reprimir de nuevo lo que siento.

No quiero hablar más de mi pasado de mierda. Ni de mis padres. Ni de lo que me hicieron. Quiero dejarme llevar por una vez, dejar de resistirme a lo que estoy sintiendo.

Porque ya no soy capaz de seguir conteniéndome.

Y tampoco quiero.

—Mírame —insisto en voz baja y calmada.

—Que no, Asher.

Mi siguiente movimiento no es tan delicado como debería, pero Avery no es una chica delicada y sabe muy bien cómo manejarme, así que, confiando en eso, le quito la botella de champán de la mano, doy un sorbo, certificando lo asqueroso que está ya, y luego paso un brazo por su cintura y tiro de ella tan rápido que no tiene tiempo de procesar lo que ocurre hasta que está sentada en mi regazo, mirándome con sus impresionantes ojos azules abiertos como platos.

—¿Qué...?

—Tienes dos segundos para bajar de aquí —susurro.

—¿O qué?

Sus ojos siguen abiertos, pero sus respuestas continúan siendo ácidas porque Avery nunca se dejaría achantar por alguien como yo. Ni por nadie.

—Quédate y averígualo.

Sus manos se colocan en mi pecho de un modo tentativo que me pone a cien. Va a pasar. No hay forma de pararlo. Veo en ella lo mismo que yo estoy sintiendo.

—Veamos cuánto de verdad y cuánto de mentira hay en eso que he oído por ahí, Brooks —murmura antes de estampar sus labios en los míos.

Sonrío en su boca, porque no pensé que fuera ella la que me besaría primero, pero no pierdo un solo segundo. Su boca es mullida, acaricia la mía de un modo tentativo, casi dulce. Insuficiente para lo que necesito ahora mismo. Empujo mi lengua entre sus labios e intensifico el beso porque, joder, me encanta tenerla aquí y así.

El día ha sido una mierda y estoy bastante seguro de que voy a torturarme en más de una ocasión con lo sucedido y el hecho de que Avery sepa con detalles cómo fue mi vida antes de que Noah Merry apareciera en ella, pero no es algo que vaya a pensar ahora. Ni esta noche.

Avery está aquí, encima de mí y tengo una cabaña, un fuego encendido y la posibilidad de demostrarle hasta qué punto me ha vuelto loco estas semanas. No entregarme a esto que está pasando sería demasiado tonto.

Y yo seré muchas cosas, pero jamás he sido tonto.

28

Avery

La sorpresa con Asher no es que bese bien. Eso era de esperar y, además, me han besado bien antes, pero esto... Bueno, digamos que la verdadera sorpresa es que no esté arrancándome la ropa ya, porque su lengua me hace sentir de un modo que ni siquiera se acerca a lo que he sentido antes con otros. Hay algo impactante en su forma de besar. Como si con cada caricia de su lengua hiciera una promesa oscura y la sellara con cada mordisco que me da en el labio inferior. No sé cuándo empecé a gemir, pero sentir su erección dura contra mí cuando me ha acercado más a su cuerpo posiblemente haya sido el detonante.

Las cosas con Asher se han desatado y van a ser así. Intensas, demandantes y placenteras, porque el modo en que sus manos acarician mi espalda, aun por encima de la ropa, me hace pensar que debería esforzarme por recordar esto, que será memorable.

Abandono su boca y busco su cuello. Enredo mis manos en su nuca y, aunque sea un pensamiento tóxico, me regodeo sabiendo que no es Savannah, sino yo, quien va a desnudarlo hoy. En algún momento esta reflexión me traerá problemas, pero no me importa. Ahora mismo podría caer una bomba fuera de esta cabaña y no me importaría porque Asher... Bueno, maldita sea, parece ser que al final sí que ha conseguido que me muera por sentir sus manos sobre mí.

Mordisqueo la base de su cuello y siento el modo en que sus manos se aprietan sobre mi cintura, dejándome ver que le gusta.

—Deja que te quite algo de ropa. Hace muchísimo calor aquí —murmura contra mi hombro.

—Qué considerado...

—Siempre —contesta con una sonrisa traviesa antes de tirar a la vez de todas las prendas que llevo en la parte de arriba. Es rápido, no se anda con florituras, se deshace de todo a tirones y abarca mis pechos con las manos—. No te haces una idea de las pajas que me he hecho pensando en esto.

Me río para esconder la falta de aire repentina. No puedo disimularlo, hay algo en la brutal franqueza de Asher que me excita aún más, aunque me avergüence reconocerlo.

—Obligarte a entrar en la ducha sirvió de algo entonces...

—¿Lo hiciste por eso? —pregunta besando el centro de mis pechos y mirándome desde ahí—. ¿Era lo que querías?

Lo pienso solo un segundo. ¿Era lo que quería? Sí, creo que sí. Quizá tenía algunas cervezas de más encima, pero el alcohol solo me dio el valor de llevar a cabo algo que ya quería hacer. En Nueva York, resistirme a Asher no fue un problema nunca. Seguramente verlo con tantas chicas distintas me mantenía a raya y no llegué a pensar en que el sexo con él fuera una realidad, pero Vermont... Esto lo ha cambiado todo.

—Nunca sabrás por qué lo hice —canturreo antes de abrir su camisa llena de salsa de arándanos y bajarla por sus hombros.

Su torso me recibe ancho, fuerte y caliente. Paso las manos por él del modo en que he deseado hacerlo en silencio durante casi un mes. Trago saliva, decidiendo por dónde empezar, pero al parecer el gesto sirve para que Asher se impaciente.

Se mueve y me tumba de espaldas sobre la alfombra. Podríamos habernos tumbado en el sofá, pero creo que tenemos demasiada prisa incluso para eso. Miro hacia un lado, al fuego, durante solo un segundo, pero cuando vuelvo a Asher, él está terminando de quitarse el pantalón y el bóxer, y se queda completamente desnudo.

Es… imponente, en todos los sentidos, y su sonrisa torcida me deja ver que es muy consciente de sus atributos.

—Tienes tanto ego que a veces querría pegarte.

—Mientras estemos los dos desnudos, por mí vale. —Me río, pero solo hasta que tira de mi pantalón—. Tu turno.

Me muerdo una sonrisa al darme cuenta de que la paciencia no es una de sus virtudes. Tironea a la vez de mis pantalones y de mis bragas para quitármelos con las mismas prisas con las que antes me ha quitado la ropa de la parte de arriba. Estuve a punto de ponerme un vestido esta noche, pero al final opté por unos tejanos ceñidos y unos botines de tacón. Ahora él acaba de enredarlo todo en mis tobillos y se pelea con la ropa y los zapatos de un modo que me hace reír.

—Colabora, joder —gruñe.

Me río, me incorporo sobre mis codos y coloco la punta de un botín en sus abdominales, peligrosamente cerca de su erección.

—Pensé que desnudar mujeres se te daba bien. —Su mirada matadora solo consigue empoderarme—. Venga, campeón, estoy segura de que tú puedes.

—Vas a pagar por esto.

—Ah, ¿sí? ¿De qué modo?

No responde con palabras, sino con actos. Tira con fuerza de mis botines hasta que consigue sacármelos, y toda mi ropa desaparece en cuestión de segundos. Antes de poder decir una palabra, Asher abre mis piernas y coloca su boca contra mí.

No hay preámbulos. No chupa, besa o lame mi vientre. Su lengua se abre paso entre mis labios mientras me arqueo por la sorpresa y sus manos, que hasta ahora estaban en mis muslos, suben hacia mis pechos para pellizcar mis pezones con suavidad.

—Oh…

Él no habla, no despega su boca de mí. Es como si estuviera disfrutando del mejor de los manjares y, Dios, lo hace muy bien. Arqueo la espalda cuando toca mi clítoris y, en vez de rodearlo con cuidado, lo absorbe entre sus labios. Es intenso, pero no brusco. Domina a la perfección esto, porque todo lo que consigo es gemir y arquearme, completamente a su merced.

—Joder, es… Eres… No voy a cansarme nunca de esto —gime besando mi pubis y, esta vez sí, subiendo por mi cuerpo.

Su lengua se arrastra con decisión y sensualidad por mi vientre, subiendo hasta mi pezón derecho. Lo atrapa, primero con la lengua y un segundo más tarde con los dientes, y trago saliva al notar el modo en que su erección se aplasta contra mi centro cuando él se deja caer sobre mí.

—Dime que tienes un preservativo —susurro.

—Siempre llevo en la cartera. —Gemimos los dos cuando su cadera se mueve y se aprieta más contra mí—. Pero todavía no… Dios, estás mojadísima.

Me gustaría decirle que no es para tanto y que no se lo tenga tan creído, pero sí es para tanto y sí tiene motivos, y muchos, para tenérselo creído.

—Asher...

—No he acabado de comerte. Es solo que... que no puedo esperar para probarlo todo. ¿Entiendes? Voy a necesitar muchísimo tiempo para probarlo todo.

No miente. Lo averiguo minutos después, cuando noto su lengua en mi cuello, mis pechos, mis pezones, mi cintura, mi vientre y hasta mis muslos.

Vuelve a colocar su boca entre mis piernas, pero esta vez su lengua no parece suficiente. Dos de sus dedos me penetran y, aunque intento controlarme, el orgasmo empieza a desatarse, sobre todo cuando la punta de su lengua juega con toda la zona que rodea a mi clítoris, pero no lo toca. Me desespera, me enfada, me excita como pocas cosas lo han hecho hasta el momento.

—Asher... —gimo.

—Aún no —insiste.

Una de mis manos vuela hacia su pelo y, por un instante, lamento que se lo haya cortado, porque intento tirar para castigarlo, pero solo consigo que su cabeza resbale entre mis dedos y se ría, pagado de sí mismo.

Su boca aún consigue martirizarme unos segundos más antes de que los dedos que tiene en mi interior se curven y el orgasmo se desate de una forma que no he sentido nunca antes. Me arqueo sobre la alfombra y noto las perlas de sudor en mi escote. No sé si es la chimenea o la deliciosa tortura a la que él me ha sometido. Posiblemente, una mezcla de ambas, pero sé que, cuando el orgasmo cede un poco, mi cuerpo queda laxo y mis ojos entrecerrados.

Entonces sí, Asher se retira de mi cuerpo con cuidado, besando mis muslos y mis rodillas antes de buscar su pantalón, o más bien el bolsillo de este, de donde saca su cartera y, de ella, un par de preservativos.

—Solo tengo esto…, pero compraré una caja entera mañana mismo.

—Ni siquiera me la has metido y ya estás pensando en repetir, ¿eh?

Mi voz suena agotada y suave, así que la provocación no surte efecto y él solo sonríe y vuelve a cernirse sobre mí, dejando que lo abrace por los costados y entrelace mis dedos en su espalda.

—¿Vas a decirme que no quieres que te haga esto más veces?

Mientras habla, sus caderas vuelven a balancearse contra mí, con la diferencia de que ahora estoy sensible por el orgasmo, así que siento cada caricia con mucha más intensidad.

—Podría acostumbrarme a un par de orgasmos diarios.

Sonrío y, cuando me besa, me olvido por completo de provocarlo, animarlo o incluso hablar. Todo lo que puedo pensar es que quiero más. De todo. De lo que ya me ha dado y de lo que no, porque será increíble. Lo sé incluso antes de que ocurra.

Paso una mano por su espalda, hasta su trasero, y lo aprieto con fuerza antes de empujarlo y hacerle entender que quiero que se quite de encima de mí.

Obedece de inmediato, rueda por mi lado y se queda de espaldas, más cerca de la chimenea y mirándome de un modo que hace que se me acelere el pulso. Su erección apunta al techo de una forma casi cómica. La agarro con suavidad y, apenas he conseguido mover mi mano un par de veces, cuando la suya se cierne sobre mis dedos.

—Si haces eso dos veces más, esto durará muy poco —confiesa.

—¿Entonces? ¿Qué quieres?

Coge uno de los condones que ha dejado junto a nosotros, en la alfombra, y me lo da.

—Pónmelo y móntame.

No tiene que repetírmelo. Trago saliva, porque la forma en que Asher se enorgullece de su cuerpo y el sexo me cohíbe un poco. Se nota tantísimo lo mucho que disfruta de esta parte de la intimidad con las personas que sorprende. No parece tener complejos ni inseguridades. Me mira como si supiera exactamente cómo va a desarrollarse todo. Como si no tuviera dudas de sí mismo y sus dotes amatorias. Y después de lo que me ha hecho con la lengua…, bueno, no puedo culparlo por eso.

Le coloco el preservativo y subo a horcajadas sobre él. Vuelvo a agarrar su erección, pero esta vez para jugar con ella, pasándola primero por mi pubis, clítoris y labios. Él gime, pero no alza las caderas ni intenta robarme el control.

Hago que entre en mí a mi ritmo, dejándome caer con dolorosa parsimonia mientras sus ojos se entrecierran y todo su cuerpo se tensa hasta el punto de parecer que va a romperse. Sus dedos se aprietan sobre mis muslos y juraría que está aguantando la respiración. Cuando por fin llego abajo y lo siento llenándome por completo, gimo. Eso hace que él se incorpore y me abrace, sujetando mi nuca y haciendo que mi frente se apoye en la suya.

—Muévete.

Parece una orden, pero su voz nunca ha sonado tan contenida, así que sé que el placer está matándolo tanto como a mí. Me muevo despacio al principio, cogiendo confianza y abrazándome a sus hombros, pero en cuestión de segundos mis caderas empiezan a ir por libre.

Nuestros cuerpos se acompasan y no diré que se mueven de un modo sobrenatural, pero, joder, lo siento así. Rozo su nariz con la mía y, por un instante, sus ojos dejan de mostrarme al chico mujeriego, inmaduro y fiestero de siempre. Por un solo instante, veo más, aunque no sepa exactamente qué. Quizá por eso lo beso y cierro los ojos, incapaz de pensar en ello ahora y queriendo disfrutar de cada sensación sin más expectativas que la de vivir el presente.

Asher se tensa y, cuando pienso que va a correrse, aprieta mi cintura y me alza con tanta facilidad que me frustro, porque estaba a punto.

—Todavía no —gime.

Me da la vuelta, haciendo que me tumbe boca abajo, y entra en mi cuerpo así, desde atrás, abrazando mi espalda con su torso y haciéndome alcanzar puntos de placer que no había experimentado hasta el momento. Gimo con fuerza y alzo el culo, pidiéndole más. Y él me lo da. Esta vez sí se deja ir, sabiendo que me tiene a punto de nuevo. Cuela una de sus manos entre mi cuerpo y la alfombra y busca mi clítoris, estimulándolo y haciéndome perder la cabeza.

Me muevo, pero no sé hacia dónde ni cómo ni por qué. Es instintivo, solo quiero sentir más de este placer. Sus embestidas, la fricción con su mano y la alfombra contra mis pezones. Todo es insoportable, así que estallo de nuevo, sin poder ni querer controlarme. Creo que grito su nombre, aunque en el futuro eso vaya a avergonzarme, pero Asher... Asher me embiste con más fuerza, muerde mi hombro con suavidad y gruñe mientras se entierra en lo más hondo de mi cuerpo y lo siento llegar al clímax.

Es... es mucho más de lo que me atreví a imaginar nunca. Asher Brooks puede ser un poco idiota a veces, inmaduro, alérgico al compromiso y todo un mujeriego, pero, en lo referente al sexo, no hay nadie que sepa lo que se hace tanto como él.

—Joder, rubia. Vas a matarme —murmura antes de besar mi nuca y salir de mi cuerpo, respirando entrecortadamente y dejándose caer a mi lado.

Abro los ojos, no sin esfuerzo, y lo miro apoyando la mejilla en mis antebrazos. Él está boca arriba, con la boca abierta y cogiendo aire a bocanadas después del esfuerzo. Su nariz es absolutamente perfecta, su mandíbula fuerte y sus labios... Bueno, he podido comprobar lo que es capaz de hacer con sus labios.

Lo miro. Eso es todo lo que hago después de mi primera sesión de sexo con él. Lo miro y pienso que necesito más, sin importar lo desastroso que pueda ser el desenlace de esto, y tiene pinta de que alcanzará unas cotas elevadas.

Necesito mucho más.

29

Asher

Enciendo el árbol de Navidad, tal y como Avery ha ordenado, y vuelvo a su lado, en el sofá. Sigo desnudo, quizá por eso su sonrisa pícara no la abandona mientras me acerco.

—¿Estás segura de que no prefieres que vayamos a la cama? —pregunto mientras me tumbo a su lado.

—Este sofá es una cama.

Tiene razón. Después de un buen rato en la alfombra, hemos descubierto que el sofá es cama, así que lo hemos desplegado y ahora está tumbada sobre el colchón, gloriosamente desnuda y, a juzgar por el modo en que acaricia su propio pecho un tanto distraída, lista para empezar de nuevo.

Me estiro a su lado, sustituyendo sus manos por las mías. Su pecho se eriza en cuanto lo toco y mi sonrisa se ensancha en respuesta.

—Oh, eres tan egocéntrico —murmura poniendo los ojos en blanco.

Me río y beso la cima de uno de sus pechos antes de mordisquear su cuello.

—No he abierto la boca, cielo.

—No lo necesitas. Tu lenguaje corporal está gritando ahora mismo.

—La cuestión es: ¿tengo motivos para ser egocéntrico o he resultado ser todo un fracaso?

—¿Quieres que te ponga nota? No te hacía de esos.

—¿De cuáles?

—De los inseguros que necesitan que les digan lo bien que lo han hecho después de una ronda de sexo.

Tiro de su cuerpo para colocarlo bajo el mío tan rápido que no tiene tiempo de reaccionar. Me cuelo entre sus piernas y empujo mi semierección contra ella.

—Retira eso.

—¿O qué?

El desafío en sus ojos es tal que me excito más. Joder, va a acabar conmigo.

—O puede que no me sienta tan generoso la próxima vez que…

—Asher Brooks hablando de próximas veces. Vas demasiado rápido, cariño. ¿Qué te hace pensar que quiero repetir?

Me río, pero no con ego esta vez, sino de un modo genuino porque creo que… No, no lo creo, sé que nunca antes una chica se ha comportado así conmigo. Como si yo no fuera un premio, sino el jugador que compite para intentar ganarlo.

Llevo mi mano a su entrepierna y solo necesito dos movimientos para llegar a mi objetivo.

—Miente tanto como quieras, pero tu cuerpo dice otra cosa. Te mueres por repetir, rubia. Normal, porque soy increíble, sexy y… —Su carcajada corta en seco mi discurso—. Oye, no me ofendas.

Se deshace de mi mano, me empuja y me obliga a girarme antes de trepar por mi cuerpo y sentarse a horcajadas en mi vientre.

—Dejemos claras algunas cosas, amigo mío: para empezar, yo no soy una fan tuya. El sexo se te da muy bien, pero a mí también. No voy a rogarte por más, pero estoy dispuesta a repetir porque ha sido divertido. De modo que, si lo que intentas decirme es que, pese a que no sueles repetir nunca, quieres hacerlo conmigo porque soy absolutamente increíble, estamos perdidos en medio de la nada y la posibilidad de andar cada día con una chica distinta es ínfima, déjate de rodeos y aparca tu ego a un lado. Puedo hacértelo pasar muy bien, pero no lo harás parecer como si tú me hicieras un favor a mí.

La miro con la boca abierta. Y me doy cuenta de que la tengo abierta porque la cierro para tragar saliva.

—Me la has puesto durísima —murmuro.

Ella se ríe, pero yo tengo el ceño fruncido porque empiezo a ser consciente de que esto no va a ser tan fácil como siempre. Por lo general, suelo llevar la voz cantante. Yo decido cuándo empezar algo y cuándo acabarlo, claro que las dos cosas suelen ocurrir en la misma noche. El sexo solo es un medio para llegar a un fin. Algo que me hace sentir bien y me permite dejar de pensar en todo lo que está mal en mi vida.

Estoy confuso. Y excitado. Pero sobre todo confuso. No ayuda en nada que Avery siga moviéndose sobre mí como una amazonas experta.

—¿En qué piensas? —pregunta pasando una de sus uñas por mi torso.

—En lo curioso que es que se te da tan mal patinar y, en cambio, cabalgues así de bien.

—Eres un cerdo. —Se ríe, pero se tumba sobre mí y me besa de un modo que hace que me olvide de todo.

La noche se extiende sobre nosotros como un manto y, en las siguientes horas, probamos el sofá cama, pero también la cama. Nos quedamos sin condones más pronto que tarde y, de algún modo, eso da igual, porque encontramos formas muy creativas de seguir dándonos placer.

Pocas veces he repetido con la misma chica y, desde luego, nunca durante una noche entera, pero me atrevería a decir que esto ha sido… diferente. No diferente en un sentido romántico, sino diferente en el sentido de que es la primera vez que las reglas están claras y, además, la chica en cuestión es amiga mía.

Ella conoce mis demonios y, aun así, se queda.

No negaré que eso, en parte, me acojona, porque no quiero meter la pata y perder a una de las pocas amigas que tengo, pero decir que eso me supone un conflicto en algún punto de la noche sería mentir. Lo único en lo que pienso es en lo genial que es tener tanta confianza con ella como para decirle qué me gusta, cómo y durante cuánto tiempo. Y la parte en la que es ella la que me pide sin tapujos lo que necesita es aún mejor.

No sé cómo va a desarrollarse todo esto, solo espero que seamos capaces de mantener la distancia emocional suficiente para que funcione y no salgamos los dos perdiendo, porque estoy seguro de que, si lo hacemos bien, tenemos mucho que ganar.

—Es demasiado temprano para que ya estés con esa cara de pensar —murmura desde un rincón de la cama.

El amanecer empieza a vislumbrarse a través de las cristaleras que rodean las paredes. Deberíamos vestirnos y marcharnos, pero todo lo que puedo hacer es abrazar a Avery desde atrás, haciendo la cucharita, y besar su hombro.

—Solo pienso en lo cansado que estoy —miento.

—¿Cansado, pero satisfecho?

—¿Quieres que te ponga nota, rubia? —pregunto pinchándola de la misma forma que lo hizo ella conmigo horas atrás.

Se ríe y empuja su cuerpo contra el mío, lo que solo sirve para que la abrace más fuerte.

—Creo que todavía me estoy preguntando cómo es que estás tan dispuesto a repetir con la misma chica.

—En parte, por todas las razones que tú misma me diste ayer —confieso—. Y en gran gran gran parte porque aún no estoy ni siquiera cerca de cumplir todas las fantasías que tengo contigo.

Avery gira la cabeza y me mira por encima del hombro. Tiene los párpados un poco hinchados por la falta de sueño, no hay ni rastro de maquillaje y su pelo es una maraña rubia esparcida por todas partes. Es decir, está preciosa. Y por instante siento un poco de ansiedad, porque las chicas como ella no suelen conformarse con lo que los chicos como yo podemos ofrecer.

El problema es que sonríe y yo pierdo las pocas neuronas operativas que me quedan, así que la beso y me preparo para un último asalto antes de volver a nuestra vida real.

30

Avery

Entramos en la casa grande tan sigilosamente como podemos. Vamos vestidos con la ropa de ayer, incluida la salsa de arándanos en la camisa de Asher. No es ni de lejos la imagen de dos personas profesionales, así que no quiero ni pensar en lo que diría George si nos viera.

Por desgracia, todos nuestros intentos fracasan cuando nos encontramos con Margaret limpiando la galería. El día apenas empieza a clarear y esta mujer tiene pinta de llevar en pie unas horas. ¿Cuándo duerme o descansa? Es el misterio más grande al que me he enfrentado hasta ahora en Vermont.

Ella nos mira y la tensión del ambiente es tal que casi juraría que puedo verla.

—Buenos días. —La alegría de mi tono suena falsa incluso para mí—. Hemos estado... eh...

—Buenos días, queridos. Si queréis desayunar, todavía tenéis tiempo de daros una ducha.

Asher y yo nos quedamos en silencio mientras ella nos guiña un ojo.

—Ah, pues... pues...

—Muchas gracias, Margaret. —Asher me interrumpe y, en silencio, lo agradezco como nunca, porque no sé qué decir—. Será un placer desayunar lo que sea que prepares. ¿Te he dicho ya que tienes unas manos de oro?

—Alguna vez —dice ella antes de reírse. Sigue ahí, de pie, junto a la cristalera de la galería y mirándonos con una sonrisa que me incomoda como pocas cosas—. Me alegra que hayáis arreglado vuestras diferencias, chicos.

Esta vez sí que se marcha. La vemos encaminarse hacia la casa grande mientras nosotros nos quedamos aquí, sin poder articular una palabra. El primero en moverse es, de nuevo, Asher. Coge mi mano y tira de ella hacia las escaleras. Cuando llegamos arriba, todavía estoy muriéndome de la vergüenza, pero él me acerca a su cuerpo, me besa y mordisquea mi mandíbula mientras habla.

—Te libras de la ducha porque venimos tan descargados que no tengo fuerzas, pero en cuanto acabe la jornada de hoy y durmamos un poco, te quiero desnuda y contra la mampara.

Al parecer, la vergüenza solo la siento yo porque a Asher siempre le gana la lascivia. Carraspeo, más excitada de lo que quiero reconocer, y lo empujo con suavidad.

—Ni lo sueñes —le digo con una sonrisa.

—Lo he soñado, créeme.

—No lo haremos en la ducha —respondo ignorando el modo en que sus palabras han acelerado mi pulso. Asher hace amago de protestar, pero guiño un ojo y sonrío—. No teniendo el *jacuzzi*.

Su cara se ilumina de tal forma que me río.

—Bueno, digamos que ahora tengo algo en lo que pensar cada vez que el sueño intente vencerme hoy mientras trabajo.

Entro en mi dormitorio ignorándolo y, solo cuando estoy a solas, me doy cuenta de que sonrío como una tonta. Me corrijo a mí misma e intento no dejarme en ridículo.

Me he duchado ya en la cabaña, así que simplemente me cambio de ropa; elijo un vestido con medias térmicas que Violet me dijo dónde comprar.

Y hablando de Violet…, me pregunto cómo les iría la noche a ella y a Savannah. Pienso en esta última, en lo que sentí al ver a Asher con ella en la encimera, a punto de besarse, y aunque se me retuercen un poco las tripas, consigo autoengañarme fingiendo que eso solo es porque no he dormido ni comido nada desde hace muchas horas. Eso, sumado al esfuerzo físico, hace que me encuentre un poco indispuesta. No tiene nada que ver con lo que me provoca pensar o ver a Asher con otra chica cuando, de hecho, lo he visto con muchas en otras ocasiones.

Todo irá bien. Estoy en el lugar que quiero, con la gente que quiero y mi relación con Asher sigue siendo de amistad, aunque hayamos dado un paso más y ahora, en esta alianza, se incluyan unos maravillosos orgasmos. No es más que eso: placer provocado por un buen amigo. Uno que, además, me dejó ver una parte de su pasado que no había podido ver en años. No puedo perder eso de vista. No puedo arriesgar mi amistad con él por pensamientos y emociones equivocadas.

—Nada de sentimientos, Avery —murmuro para mí misma—. No seas tonta y no lo fastidies todo.

Me cepillo el pelo antes de pasarme la plancha rápidamente, me pongo un poco de maquillaje y máscara de pestañas y salgo del apartamento. Descubro que Asher ya ha bajado a la cocina, así que no me extraña que, cuando yo lo hago, él ya haya engullido buena parte de las tortitas.

—Tienes que aprender a compartir más —le digo un poco molesta—. Si ahora vienen Luke o Violet, casi no habrá comida.

—Margaret ha dicho que hará más.

—Es cierto, se lo he dicho —corrobora ella.

Me siento y no digo nada, porque es inútil intentar que Asher coma menos azúcar de la recomendada.

—Por cierto…, ¿no vienen? —le pregunto a Margaret justo cuando George entra en la cocina.

—¿Quiénes no vienen? —Al parecer las paredes en esta cocina son de papel.

—Savannah, Luke y Violet —contesto, porque mentir es absurdo.

—Parece ser que no —contesta el antiguo dueño—. Al parecer absolutamente todos mis trabajadores han decidido tomar malas elecciones al mismo tiempo. —Me siento como cuando el director de mi colegio me echaba una charla por cometer alguna falta. Bajo los ojos a la mesa, pero eso no detiene a George—. Espero que lo dejarais todo en orden.

Me quiero morir del bochorno, pero, por suerte, Asher se ocupa de responder.

—Solo necesitamos reponer un poco de leña en la cabaña, pero me ocuparé de eso ahora mismo, antes de empezar el día.

—Más te vale, chico, porque resulta que tenemos todo reservado las dos últimas semanas de Navidad.

—¿Qué? —Levanto la cabeza de inmediato y lo miro—. ¡No puede ser! Ayer solo había…

—Anoche, después de vuestro drama de Acción de Gracias, empezaron a llegar correos electrónicos y reservas a través de la web esa que habéis montado.

—¿No decías que no serviría de nada? —pregunta Asher con una sonrisa chulesca.

Pellizco su costado haciéndole gruñir. ¡No es momento de meterse con George!

—¡Tenemos reservas para toda la Navidad! —exclamo exultante—. ¿Tienes idea de lo increíble que es? —Me levanto de la silla, rebosante de adrenalina—. Te lo dije, George. Te dije que haríamos de este hotel un lugar impresionante. Y te diré más: esto no ha hecho más que empezar. No vamos a vender solo la Navidad, que recién está empezando, sino todo al completo. Silverwood se convertirá en un sueño para cualquiera que tenga la fortuna de toparse con mis redes sociales o cualquiera de las acciones de marketing que programemos. —Estoy tan entusiasmada que no me doy cuenta de que George, Asher y Margaret me miran como si fuera una lunática—. ¡Margaret! ¿Qué te parecería hacer galletas de canela y manzana hoy y dejarme grabarte? No puedes decir que no, ya has visto que mi método funciona.

—No quiero ser yo quien diga esto, porque sigo teniendo muchas dudas acerca de eso que tú llamas «método», pero lo que de verdad ha funcionado ha sido el drama desatado entre el chico, mi hija y Savannah.

—Detalles, George, detalles —le digo.

—Pero...

—¿En qué cuenta de internet se retransmitió ese drama? En la mía, ¿verdad? Entonces el mérito es mío. ¿A que sí, Asher?

Mi amigo tiene los dos malditos carrillos llenos de cualquier cosa llena de azúcar, así que se limita a asentir y tragar tan rápido que, por un instante, temo que se ahogue.

—Buen trabajo, rubia —murmura.

Lo miro, estoy exultante, aunque no soy idiota. Sé que su numerito de anoche, sumado al drama entre Violet y Savannah, ha hecho que la gente se enganche a la historia hasta el punto de querer venir a ver a estas personas en directo. No me importa. Si eso se traduce en reservas y en que mi trabajo se haga, yo encantada. Al final, el único modo de demostrarle a George que todo esto sirve de algo es justamente hacerle ver, a través de acciones, que no solo podemos salvar el hotel, sino que vamos a convertirlo en algo mucho más dinámico y grande de lo que solía ser.

Cuantas más reservas haya, más actividad habrá por aquí. Podremos contratar a más personal y, con suerte, pasar un invierno que nos deje un muy buen sabor de boca.

Termino de desayunar y nos ponemos a trabajar de inmediato.

El día se me va entre grabar a Margaret, perseguir a George hasta que me deja grabarle mientras da de comer a los huskies y editar algunos vídeos. Cuando acabo la jornada, estoy agotada, sobre todo por la falta de sueño, pero en cuanto pongo un pie en el apartamento, mis ojos se centran en la puerta del baño y mi mente, un paso más allá, en el *jacuzzi*.

El problema es que Asher no ha llegado aún, así que me siento en el sofá para esperarlo y, en vez de dormir una minisiesta o ponerme a hacer la cena, decido cometer el error de entrar en los privados de mis redes sociales.

Los mensajes de todo tipo llegan. La gran mayoría preguntando por Asher, Savannah y Violet. Me fascina el modo en que personas que no nos conocen pueden llegar a tenernos tanto cariño. Es realmente conmovedor. El problema es que también hay gente que… Bueno, hay gente que no sabe dónde está el límite. Mi acosador ha vuelto a crearse un usuario y no me pasa desapercibido que, cada vez que lo bloqueo, elige las mismas palabras y solo añade un número más a su apodo. Es una tontería, pero me demuestra lo infinito que es internet y lo sencillo que es para él o ella crearse una nueva cuenta para seguir atormentándome.

Userdreamer39935225

Me encantó verte anoche en Acción de Gracias. Estabas preciosa. Hice varias capturas para enmarcar el día que tengamos nuestra propia casa, cuando celebremos nuestro propio Acción de Gracias rodeados de nuestros hijos. Sueño cada día con ver el brillo de tus ojos cuando te estreche entre mis brazos. Ya queda menos. Y, cuando al fin ocurra…, cuando por fin pueda acariciarte, besarte y hacerte mía los dos vamos a ser muy felices. A veces sueño que te…

Dejo de leer, bloqueo la cuenta de inmediato y aparto el teléfono de mí, consciente de que la repulsión que siento está producida por sus palabras y porque sé de sobra cómo sigue ese mensaje. A veces se pone creativo y me explica todo lo que quiere hacerme con pelos y señales. Me molesta porque está hablando de mi cuerpo, mi desnudez y mi intimidad desde el anonimato. Y, cada vez que hace eso, de algún modo me siento completamente expuesta e indefensa.

Quizá por eso, cuando Asher abre la puerta con una sonrisa y se encamina directo hacia mí, siento que me falta el aire, y no para bien.

—Eh, ¿estás bien? —Su sonrisa se apaga en cuestión de segundos y su ceño se frunce mientras se acerca y se sienta a mi lado en el sofá—. Avery, ¿qué pasa?

—¿Por qué lo preguntas?

—Parece que has visto un fantasma. ¿Has recibido malas noticias? ¿Se trata de tu familia?

Me gusta eso de Asher. Puede parecer inmaduro e infantil porque, de hecho, lo es, pero cuando se trata de lo importante o cuando cree que la gente a la que tiene cariño sufre, es el primero en preocuparse.

—No, no es eso. Es que tengo una migraña terrible —miento. Él me mira muy serio, así que trago saliva—. Sé que dijimos lo del *jacuzzi*, pero…

—Olvídate de eso. ¿Estás segura de que lo que ocurre es que tienes migraña?

—Sí, claro… —Vuelvo a mentir y, con cada palabra, empiezo a temer que, por algún milagro, él sea capaz de leer mi mente.

Desconfía, es obvio, así que decido no quedarme aquí bajo su escrutinio por miedo a que pueda llegar a sonsacarme algo de lo que ocurre. Eso no puede pasar. Conozco a Asher, sé lo impulsivo que es y se preocuparía y querría arremeter contra alguien que ni siquiera tiene una cuenta real y… y todo sería demasiado complicado.

—Avery…

—Voy a tumbarme un rato, ¿vale? Solo necesito descansar y dormir un poco.

Intenta decir algo, pero no le dejo hablar. Me meto en mi habitación, me tumbo y segundos después recibo un wasap suyo. Frunzo el ceño, porque lo estoy oyendo trastear en el salón, así que lo abro y leo.

Asher

Voy a hacer la cena y luego podemos ver una peli. Si tu migraña necesita que sea de esas románticas que tanto te gustan, puedo hacer el esfuerzo.

Sonrío. A veces, en momentos así, es cuando más cuenta me doy de la suerte que tengo de tener a Asher Brooks como amigo, independientemente de lo que haya ocurrido entre nosotros en las últimas horas. Valoro la posibilidad de quedarme aquí encerrada y dormir hasta mañana, pero sé lo que pasará. Me despertaré antes de que amanezca y estaré descansada físicamente, pero no a un nivel emocional. Me ha pasado tantas veces que casi puedo experimentar la sensación agridulce antes de vivirla, así que me levanto de la cama, salgo al salón y me encuentro con Asher en la cocina. Fuera vuelve a nevar, pero aquí dentro hace calor. Ha encendido las luces del árbol que decoramos, así que la estampa es hogareña y… bonita.

—¿Ensalada y palomitas te va bien? —pregunta mirándome mientras mezcla las verduras en un bol.

Asiento y, por un instante, siento unas ganas tremendas de llorar. No lo hago, claro, porque eso lo pondría en alerta, pero lo que sí hago es alabar su ensalada cuando me la sirve, sentarme en el sofá con un bol de palomitas en el regazo después y apoyar mi mejilla en su hombro mientras contengo un suspiro viendo a Ryan Reynolds en *La proposición*. No sé cuántas veces he visto esta película, pero no me importa, siempre consigue hacerme sentir algo bonito.

—Algún día encontraré a un chico que me quiera así —murmuro con voz soñolienta durante el final de la peli.

—¿Así cómo? Si acaba de decirle que hace tres días la aborrecía y soñaba con que un taxi la pillara o la envenenaran.

—¿Eso es lo que te ha calado de toda la escena final? —pregunto horrorizada—. ¡Fíjate, Asher! Es… es precioso y romántico y tierno. Y ha tirado la chaqueta delante de un montón de gente para poder besarla y… y…

—Y lo tendrás —dice él, interrumpiendo mi perorata. Despego la mejilla de su hombro para poder mirarlo. Él me sonríe sin despegar los labios y con algo extraño en la mirada. Algo que no sé descifrar—. Algún día tendrás todo eso, Avery. No te mereces menos.

Sé lo que me está diciendo. Él no es ese chico. Yo tampoco pretendo que lo sea. Sé muy bien lo que puedo o no esperar de Asher y por eso precisamente contarle los motivos por los que no duermo bien es un error. Ahora más que nunca debemos mantener los límites de nuestra amistad muy marcados. Si no involucramos demasiadas emociones en esto, sea lo que sea, saldrá bien.

Además, ya he tenido esta sensación antes. Hace tiempo que recibo esos mensajes tan perturbadores, pero nunca nadie se ha acercado a mí o he corrido peligro, razón por la que no lo denuncio. Sería como… como denunciar a la nada. Al vacío inmenso de internet. Tengo que confiar en que tarde o temprano se aburrirá. Todo irá bien. Mañana conseguiré ver las cosas de otro modo. Me levantaré lista para comerme el mundo y, con un poco de suerte, lista para una nueva ronda de sexo sin compromiso con mi amigo.

El hotel va bien, disfruto de buen sexo después de mucho tiempo y estamos en Navidad. Nada puede salir mal en una fecha tan importante como esta, ¿verdad?

31

Asher

La noche ha sido una mierda. Me metí en la cama completamente agotado, así que debería haber dormido del tirón, pero en vez de eso me puse a rumiar acerca de lo que sea que hace que Avery se ponga mal de pronto, sin previo aviso. Ya ha pasado dos veces desde que estamos aquí. No da explicaciones, se niega a hablar de ello y lo achaca a migrañas falsas, porque la conozco y sé bien cuándo le duele la cabeza de verdad. Básicamente, porque apenas es capaz de mantener los ojos abiertos. Que aceptara la cena y la peli al final solo me demostró que, en efecto, no era tanto el dolor como las ansias de esconderse. Y odio eso. Odio que me mienta y odio aún más que se quiera esconder de mí.

En cualquier caso, yo pensaba hablar con ella de todo eso hoy nada más levantarme, pero no contaba con despertarme con ella entre mis sábanas. Entre mis piernas, para ser más explícitos. Abrir los ojos y verla ahí me ha recordado de golpe todo lo que hicimos la noche de Acción de Gracias y todo lo que ahora mismo puedo hacerle.

Desnudarnos y empezar el día regalándonos orgasmos ha sido una manera muy productiva de darnos los buenos días. Sobre todo cuando, al acabar, ella ha besado mis labios y ha sonreído sobre ellos mientras hablaba.

—Esto no te libra de estrenar el *jacuzzi* conmigo hoy.

He ronroneado. Me avergüenza admitirlo, pero juraría que he ronroneado de placer como un cachorrito siendo acariciado. De hecho, he ronroneado tan fuerte que Avery se ha reído de mí sin muchos miramientos. Pienso hacerle pagar por eso, pero no ahora, porque vamos justos al trabajo, así que salimos de la cama, nos duchamos juntos sin sexo y bajamos las escaleras oliendo bien y con ganas de empezar el día. Al menos hasta que me encuentro de frente con Savannah y Violet desayunando.

Ayer conseguí esquivarlas durante todo el día. Fue bastante fácil porque, con las reservas y la demanda repentina de alojamiento, estuve mucho tiempo trabajando en el despacho de la casa grande. No es que me esconda de ellas. Simplemente, no me matan las ganas de tener una conversación necesaria y, a todas luces, incómoda.

Miro a George, que al parecer capta mi incomodidad, porque de pronto suelta que tiene algo pendiente en el pueblo y se larga. Margaret no es mucho más disimulada. Se va a hacer no sé qué cosa y, cuando Avery habla de salir de la casa, agarro su mano con fuerza y la guio hacia la mesa. Si yo no puedo abandonar el barco, haré que ella se hunda conmigo, aunque no tenga nada que ver con el drama. Es mi único apoyo aquí y no pienso dejar que se aleje.

Tomo asiento y me sirvo algunas tortitas antes de mirar a Violet.

—¿Si te pido el sirope de arce vas a tirármelo a la cabeza?

—No —me dice antes de sonreír con cierto aire culpable—. No, en realidad, estaba esperándote.

—Anda, ¿vas a gritarme o algo así? Para saber qué esperar de este nuevo y gran día.

—Deja la ironía a un lado, Asher, esto ya es bastante complicado sin que tú lo pongas más difícil —me dice Savannah.

La miro mal. ¡Ella es la que me ha metido en este lío! Yo estaba muy tranquilo hasta que ella vino con sus ojos verdes y sus ganas de poner a Violet celosa. Me usó para un fin. Es cierto que gracias a eso yo acabé teniendo un sexo glorioso con Avery, pero el punto es que eso ella no lo sabe.

—No quiero saber nada de vuestros dramas. Es que no me importan…

Me paro en seco cuando noto unos dedos sobre mi mano por debajo de la mesa.

Hasta ahí todo es relativamente normal. Estoy habituado a que Avery me llame la atención de alguna forma cuando cree que voy a meter la pata. No lo hace solo ella. Olivia y Noah lo han tenido que hacer a menudo. Lo que me frena es que sus dedos no están solo en mi mano. Siento el modo en que uno de ellos sobrevuela la correa del reloj. Justo sobre las cicatrices que dejó mi padre, aunque el metal de la correa se interponga. Miro a Avery. Parece tensa, pero no parece darse cuenta de ello, lo que me hace pensar que quizá estas cicatrices y todo lo que significan le preocupan más de lo que debería, porque son cosas que forman parte del pasado. Mis padres ya no pueden hacerme daño y, aunque recordar lo que me hicieron aún me duela y vaya a seguir doliéndome toda la vida, no es algo de lo que Avery tenga que preocuparse. Estoy tentado de hacerle notar lo que está haciendo, pero seguramente se sienta mal y, después de todo, no me molesta. Su preocupación me golpea en el pecho de un modo loco e inexplicable, pero no es molesto. Solo... raro.

—Mira, Asher, solo queríamos verte para decirte que te libramos de las culpas que podrían haber caído sobre ti. Hemos estado hablando y ahora sé cómo fueron las cosas y... Bueno, sentimos que te vieras salpicado por nuestros asuntos personales.

Las observo en silencio un momento. Podría regodearme en esto, esperar que las disculpas sean aún más extensas, pero no serviría de nada. No les guardo rencor, porque lo cierto es que, si Savannah hubiera seguido adelante, me hubiese dejado besar... y todo lo demás. Lo he hecho muchas veces. He estado con chicas con novio, con mujeres casadas y con algunas con el corazón roto que solo querían sentirse mejor. Me he dejado usar en incontables ocasiones y sé bien cómo funciono, así que ponerme digno y decir que jamás me habría liado con Savannah de saber que estaba con Violet no sirve de nada porque sería una gran mentira. No soy un buen chico y, hasta ahora, no me ha interesado lo más mínimo serlo.

—¿Lo habéis arreglado? —pregunto, porque creo que, al final, eso es lo más importante.

Sus sonrisas me dejan clara la respuesta, pero, aun así, Violet carraspea y asiente.

—Estamos en ello.

—¡Qué bien, chicas! —dice Avery—. Hacéis una gran pareja.

—Me alegra que lo pienses —dice Savannah—, porque es evidente que no pensabas lo mismo de Asher y de mí.

Es una broma, no hay doble intención, pero a mí me lleva a recordar que Avery me confesó que estaba celosa. Y todo lo que pasó después. No puedo decir que me arrepienta, porque no es así, pero tampoco quiero que ella lo pase mal o se sienta avergonzada, así que carraspeo y cambio de tema de un modo bastante brusco. Me pongo en modo jefe y les hablo del trabajo que nos espera en las próximas semanas.

Durante todo ese tiempo, los dedos de Avery planean sobre mi reloj. No puede llegar a la cicatriz, pero está tan cerca que, en algún punto, me pregunto si no será una promesa de lo que puede llegar a pasarnos si no nos andamos con cuidado.

La jornada laboral es intensa, como todas. Estoy contando las horas para volver a subir al apartamento cuando George me pide que lo acompañe hasta el establo, donde no solo están los huskies, sino Frosty, el perro que adoptaron y me paraliza porque, al contrario que los otros, que están controlados en establos y salen a correr cuando yo no estoy cerca, este se pasea por la casa como si fuera suya. Que lo es. Y yo me paso los días esquivándolo.

—¿Qué necesitas? —La tensión se palpa en mi voz—. Tengo un asunto pendiente y debo hacer una llamada a Nueva York para...

—Eso es mentira, para empezar, y necesito que te acerques más a los perros.

—¿Por qué? —Ni siquiera me molesto en defender mi mentira.

—¿Y por qué no, maldita sea? —No lo miro mal, porque Frosty ha hecho el amago de acercarse y estoy tan bloqueado que apenas puedo respirar—. Tienes que aprender a confiar en los perros.

—Me atacó uno de pequeño. Era callejero, me aterrorizó y, además, me…

—Te atacó un perro. Un grano de arena no hace un desierto. —Frosty se acerca más y George, por fortuna, lo sujeta de la correa del cuello—. Un perro malo no hace malos a todos los perros, del mismo modo que un mal hombre no hace malos a todos los hombres.

Lo miro fijamente. Sé que él no lo sabe, pero ha dado en el clavo de tantas formas que no sé qué decir. Recuerdo el día del ataque. Estaba en la calle, aterrorizado, y mi padre me observaba gritándome que me defendiera. Que nunca sería un hombre de verdad si no me defendía. Trago saliva y bajo la mirada.

—No sé cómo confiar en ellos —reconozco que ya no sé si me refiero a los perros, a los hombres o a las dos cosas.

—Bueno, estás de suerte, porque yo sí.

—No sé yo si…

—Oye, estás aquí, vives aquí, llevas este sitio. Necesitas implicarte en todas las actividades del hotel y esta es una importante. Vamos a ir a dar un paseo en trineo y vas a disfrutarlo. Es una orden.

—Te recuerdo, George, que yo soy tu jefe. —Su mano suelta a Frosty y doy un paso atrás—. No seas cabrón, joder.

—Pues no te pases de listo. Vamos a dar un paseo en trineo. Fin de la historia. Si tan asustado estás, llama a la rubita para que te proteja.

—Vale.

—¡Era broma! ¿De verdad quieres llamar a la chica para que te haga de guardaespaldas?

—Sí. En realidad, sí.

George me mira como si fuera un gusano. Lo entiendo, pero no me importa. Llamo a Avery, le pido que venga de inmediato y, cuando cuelgo, evito la mirada del que ahora mismo considero algo así como un secuestrador.

Avery llega solo un par de minutos después, porque al parecer estaba ya en el apartamento. Me mira, mira a los perros, y suma dos más dos enseguida.

—Iba a preguntar qué estáis haciendo, pero ya lo veo.

—Quiere que me suba en el trineo.

—¡Te estoy ofreciendo dar un paseo, no saltar de un acantilado! —se enfada George.

—Ven conmigo —le digo a ella, ignorando por completo a mi queridísimo amigo.

—Me gustaría, pero es que yo lo de los paseos en trineo lo considero maltrato animal.

—¿Que...? Mira, rubita, vas a subir tu culo en el trineo porque estos perros viven por y para correr a través de la nieve tirando del trineo, ¿entiendes? Si no les das eso, se mueren de tristeza.

—No lo creo.

—¡Da igual lo que tú creas! ¡El servicio se está ofertando, hay gente que ya lo ha solicitado y los perros necesitan ejercitarse, así que vas a subirte!

No le encanta la idea, pero a ella George le da más miedo que a mí, y yo no estoy en condiciones de defenderla, la verdad. Al final solo accede a cambio de grabar.

Dos minutos después, estamos subidos en un trineo de madera que va a ser tirado por seis perros. Seis. Y esto tiene pinta de ser poco estable. Me he colocado detrás y Avery está sentada entre mis piernas, justo delante de mí, aferrada a mis antebrazos y con la cabeza apoyada en mi pecho. Acaricio su pelo con los labios solo porque los putos latidos de mi corazón están desatados por el miedo y, cuando Avery nos tapa con una manta de cuadros roja y azul, pienso que este sería un gran momento para meterle mano por debajo de la ropa, pero sigo paralizado.

—¿Cuántas capas de ropa llevas puestas para evitar el frío? —pregunto como quien no quiere la cosa.

—Muchas.

—¿Tantas capas como para no poder toquetearte bajo esta manta?

Avery se ríe y el sonido, de algún modo, reverbera en mi pecho. Me mira, seguramente para reírse de mí, pero la beso en los labios antes de que pueda hacerlo.

Es un beso suave, tentativo, casi delicado.

—¿Y eso? —pregunta.

—Por si me muero de un infarto en este paseo. Quiero que te quede un recuerdo bonito de mí.

Sus carcajadas ponen nerviosos a los perros, que ladran mientras yo me quedo blanco como la nieve que nos rodea.

George sale del establo al que ha tenido que volver a por unas cosas justo en ese instante y me alegro de que no me haya visto besar a Avery. No quiero arriesgarme a una charla acerca de responsabilidad entre trabajadores, sobre todo porque, maldita sea, ¡aquí el jefe soy yo!

—¿Te importa si hago un directo? —pregunta Avery—. A la gente le encantará vivir este paseo en directo.

Asiento, incapaz de hablar, porque George está colocándose de pie, detrás de mí sobre la plataforma que hay para manejar este trasto. Repito: no tiene aspecto de ser estable. Los seis perros que ya están enganchados están nerviosos y no paran de moverse inquietos y yo solo puedo pensar que no es el mejor momento para que Avery me enfoque a punto de vomitar, pero no puedo prohibírselo y sé que es cierto que a la gente le encantará verlo, así que accedo a todo. Al paseo, al directo y a morirme si de pronto este cacharro vuelca o nos perdemos en medio de la montaña y los perros deciden que vamos a ser su comida.

Los huskies se lanzan a correr en cuanto George da la señal. Al principio, ni siquiera puedo pensar en nada que no sea la energía que muestran los perros. Me aferro al cuerpo menudo de Avery y cierro los ojos. La oigo decir a cámara que es porque estoy disfrutando intensamente del paseo. Es mentira. Una más. Es porque no quiero vomitarle encima.

El trineo se desliza sobre la nieve con una suavidad que me sorprende, pese a lo rápidos que vamos. Así, con los ojos cerrados, casi podría jurar que es como ir en cualquier otro medio de transporte, con la diferencia de que, al abrirlos, veo a los seis perros ladrando y corriendo como si les fuera la vida en ello. El crujido de la nieve bajo sus patas es toda la banda sonora que nos acompaña.

Los primeros minutos son de pánico, así que no puedo fijarme en nada, pero después, conforme avanzamos atravesando el bosque, me atrevo a entreabrir los ojos y empiezo a darme cuenta de la belleza que se alcanza a ver desde aquí. Sobre todo cuando George me grita para que me fije en un zorro que nos observa desde un lateral. Es precioso. Todo: el zorro, el olor a tierra permanentemente húmeda, el sol que se filtra a través de las ramas lanzando destellos dorados sobre la nieve, los huskies corriendo con determinación, como si tuvieran muy clara la meta... Sus alientos formando pequeñas nubes de vapor en el aire, las ramas de los altos árboles dobladas por la nieve y el modo en que el cielo se pinta de tonos cálidos y anaranjados conforme el paseo avanza y el sol se pone en el horizonte.

La Navidad más bonita y pura que he vivido nunca flotando en el ambiente, justo delante de mis narices.

Nunca he tenido la cara tan fría y creo que nunca antes me he sentido así de abrumado por la belleza de la naturaleza. Supongo que, si te crías en las calles de Nueva York, te acostumbras al asfalto y los edificios altos. Creo que nunca me he parado a pensar en los lugares que habitan el mundo y son capaces de sobrecoger con su simple presencia.

Trago saliva, abrazo más a Avery y, en silencio, agradezco estar viviendo esto, aun con miedo y sabiendo que nuestra estancia aquí no es perfecta, acabo de decidir que voy a tomarme este momento como un regalo de la vida. Un intento de disculpa por todos los años de sufrimiento.

Cuando volvemos al establo, estoy tan concentrado en mis propias sensaciones que me doy cuenta de que Avery lo ha retransmitido todo y es muy posible que me haya capturado en más de un momento abrazándola y mirando a mi alrededor completamente ausente. No me importa. Me alegro de haber hecho esto y, cuando bajo del trineo y me enfrento a la mirada de George, no hace falta que se lo diga, porque él sonríe y asiente una sola vez, como si estuviera aprobando mi actitud.

—Hoy has hecho las cosas bien, chico.

Se marcha para dar de comer a los perros y me quedo aquí, con una Avery que todavía habla con sus seguidores, un George que acaba de dejarme pasmado y una euforia con la que no sé qué hacer.

Supongo que, por eso, cuando Avery por fin deja de retransmitir y volvemos al apartamento, la arrastro hacia la pared más cercana y la beso sin hablar, pero intentando pasarle algo de todo esto que siento.

Ella responde al beso, pero no es consciente de lo que he sentido. Y no lo será, porque no necesita saber el modo en que me ha estremecido un simple paseo. Por eso, cuando consigue librarse de mi boca y muerde mi labio, lo único que hago es sonreír y seguirle el juego.

—¿Qué te ha puesto tan contento? —Antes de que pueda responder, besa la comisura de mi labio y acaricia mi nuca, pegándome más a ella—. Estabas tenso y asustado por el paseo y de pronto pareces feliz.

—Ha sido un gran paseo.

—¿Te ha revelado algunas cosas?

—Me ha puesto contento, me alegro de haberlo hecho —admito sin entrar en detalles, porque explicarle cómo me he sentido sería demasiado... íntimo—. Ha sido un buen día y quiero celebrar que he estado en un trineo con seis perros y no he muerto de un infarto. Un beso me ha parecido una gran opción. ¿O no opinas lo mismo?

—Opino que, además del beso, este podría ser un gran momento para que comprobemos la capacidad del *jacuzzi* con dos personas dentro…

—Olvida eso de que ha sido un buen día —le digo mientras la alzo en brazos y enrosca sus piernas en mis caderas—. Eso se queda muy corto, rubia. Está siendo como el maldito día de Navidad y eso que aún faltan semanas.

Sus risas me acompañan hasta el baño y, por un instante, la vida es tan perfecta que me sobrecoge el miedo porque sé, por experiencia, que los días tan buenos no son eternos. Pero cuando le quito a Avery la ropa y la acaricio antes de entrar en el *jacuzzi*, me digo a mí mismo que no importa. Da igual lo que venga mañana o pasado. El día ha sido perfecto, la noche está siendo aún más perfecta y no voy a echarlo a perder pensando en lo que está por venir, sea bueno o malo.

Esta noche solo importamos Avery, yo y el *jacuzzi*.

32

Avery

Si el primer día que llegamos aquí me hubiesen dicho que acabaría en este *jacuzzi* con Asher Brooks, me habría reído a carcajadas. O quizá habría tachado de demente a quienquiera que me lo hubiera dicho. Sin embargo, aquí estamos. Al entrar me he sentado frente a Asher, pero eso ha durado el tiempo que ha tardado él en tomar asiento y arrastrarme hacia su cuerpo. Sentarme a horcajadas sobre él se está convirtiendo en una costumbre demasiado rápido. Sentirlo excitado contra mí, jugar con él y dominar la situación es demasiado placentero como para negarme. Además, me sorprende lo mucho que se deja llevar cuando tomo el control. Está tan libre de complejos e inseguridades que no le importa mandar a veces y dejarse llevar otras. Estoy bastante segura de que podría vendarle los ojos y se dejaría hacer con una sonrisa y sin oponer la más mínima resistencia.

—¿En qué piensas?

—En vendarte los ojos —confieso. Su erección, que ya era patente, se tensa más bajo mi cuerpo, lo que provoca que, a su vez, yo me excite más—. ¿Te gustaría?

—Joder, sí. ¿Cuándo? ¿Ahora?

—No tenemos una venda —digo riéndome.

—Tenemos camisetas, pantalones, uno de tus tangas.

—¿En qué mundo te parece sexy ponerte en los ojos uno de mis tangas?

—Si respondo con sinceridad, voy a quedar como un pervertido.

Me río y lo beso. Esto es lo mejor de tener sexo con él. Las risas no faltan porque, antes que amante, Asher es un amigo, y eso lo vuelve todo mucho más explosivo.

Sus manos acarician mi espalda justo un segundo antes de acercarme a él tanto como es posible. Su torso roza ahora mis pechos y, en realidad, siento que prácticamente todo mi cuerpo toca el suyo en algún punto. Me balanceo por inercia y Asher gime, volviéndolo todo aún más interesante, porque escucharlo gemir es un preliminar para mí. Excitarlo hasta volverlo plastilina maleable en mis manos es algo que podría volverse una adicción para mí.

—Oye. —Asher interrumpe nuestro beso para mirarme a los ojos—. ¿Recuerdas la noche en que me torturaste contándome que tienes un estimulador de clítoris con forma de pintalabios?

—Ajá. Vagamente. —Él eleva una ceja, dejando claro que no me cree y me río—. ¿Por?

—Bueno, me preguntaba si, de casualidad, no sería acuático… —Esta vez quien gime soy yo, lo que le hace sonreír—. ¿Lo es?

—No.

—Una lástima.

—Pero tengo a Pinki.

—¿Pinki?

—Vuelvo enseguida.

Soy consciente de que salir del *jacuzzi* empapada, envolverme a toda prisa una toalla y recorrer el apartamento de esta guisa me hará quedar un poco en ridículo, pero la perspectiva de usar a Pinki con Asher es demasiado tentadora. Abro la mesita de noche, levanto mi ropa interior y lo saco justo antes de volver al baño, donde Asher sigue en el *jacuzzi*, con los brazos extendidos sobre los bordes y siendo muy consciente de lo sexy que resulta en esa postura. De ahí su sonrisa ladeada. O puede que sea por lo que llevo entre las manos.

Dejo caer la toalla al suelo sin muchos remilgos y me acerco mientras su mirada se intensifica. Cuando vuelvo a mi posición, justo sobre él, me doy cuenta de que no soy la única que se ha movido, porque ahora en el borde del *jacuzzi* hay un condón esperando ser usado.

—Te presento a Pinki. —Permito que sostenga mi pequeño estimulador rosa entre sus dedos.

El modo en que lo inspecciona es… Joder, todo en él es demasiado sexy y empiezo a preguntarme si en realidad no es tanto el gesto en sí, sino quién lo provoca. Asher está empezando a tener un poder inmenso en mis deseos. Solo necesito verlo para excitarme y eso me hace replantearme un montón de cosas incómodas en las que no quiero pensar ahora mismo. Por eso guío su mano con mi estimulador hacia abajo, metiéndolo bajo el agua y acercándolo al punto exacto en el que ya nos estamos rozando.

—Si vas a hacerlo, hazlo ya.

—No vas a mandar en esto —me dice sonriendo—. ¿Sabes cómo me siento ahora mismo? Tengo un millón de ideas para ti, este cacharro y la noche que tenemos por delante, Avery. No voy a permitir que me digas cómo he de usarlo.

—Es mi cuerpo.

—Sí, sobre tu cuerpo solo mandas tú, eso es cierto, así que supongo que lo que intento decirte es que: si tú me dejas, voy a ocuparme de esto por esta noche. ¿Qué me dices?

En realidad, no sé por qué he saltado. Supongo que es la primera vez que no me deja tener el control. Mientras espera una respuesta, enrosca su lengua en mi pezón y entrecierro los ojos. Quiero jugar a esto, sí, y cuando me pregunto a mí misma si confío en él lo suficiente como para dejarle al cargo de mi cuerpo y mis propios juguetes sexuales, me sorprende lo rápido que la respuesta llega. Y lo claro que lo tengo.

—Sí. Hazme lo que quieras.

Esta vez su gemido es distinto a todo lo que he oído antes. Asher lleva una de sus manos a mi nuca y me besa como no lo ha hecho nadie antes. Es demandante, aunque yo siga estando sobre su cuerpo. Es invasivo de un modo increíblemente delicioso y es… es… es increíble.

No sé en qué momento activa el succionador ni cómo lo hace para que no me dé cuenta, pero de pronto siento su mano libre colándose entre nosotros y el estimulador justo sobre mi clítoris. Lo enciende sin mirar, demostrándome que no es el primer juguete sexual que toca, cosa que ya suponía. El nivel uno del aparato se acciona y el placer llega, pero a estas alturas estoy tan excitada que apenas lo noto.

—Más —gimo entre beso y beso—. Asher, más fuerte.

Él muerde mi labio inferior en respuesta, la potencia del estimulador sube y, en cuestión de segundos, todo se vuelve insoportablemente placentero: su erección clavada entre mis muslos, el succionador haciendo su parte y Asher besando, lamiendo y mordiendo cada porción de piel que queda a su alcance.

El orgasmo llega tan rápido que incluso me hace sentir vergüenza, pero no lo evito. Gimo su nombre y me dejo ir mientras él sube la potencia al máximo, lo que consigue que tiemble y me contorsione sobre su cuerpo hasta prácticamente perder el control de mí misma.

Durante unos instantes, ni siquiera yo misma soy consciente del modo en que me tenso. Quedo completamente a merced del placer y, cuando consigo abrir los ojos, me encuentro con un Asher obnubilado. Es como si hubiera visto un fantasma o una aparición. Tiene la respiración tan entrecortada como yo, aunque él no haya alcanzado el orgasmo, y acaricia mi espalda con una de sus manos, intentando ayudarme a recuperar la calma mientras sigue mirándome como si nunca hubiera visto nada igual. Es extraño, pero, por alguna razón inexplicable, yo tampoco puedo dejar de mirarlo.

—¿Estás bien? —La pregunta la hago yo.

Él se limita a sacar el estimulador del agua, colocarlo en el borde y coger el condón.

—Me encantaría decir que tengo la suficiente capacidad de aguante como para darte placer con Pinki un rato más, pero el modo en que te has corrido… Joder, Avery… Yo… Yo necesito estar dentro de ti.

Parece tan confuso y perturbado que me resulta un poco tierno. Beso sus labios, le quito el preservativo y me deslizo hacia un lado para que pueda alzarse para colocárselo.

Volvemos a la posición inicial. El *jacuzzi* no permite tantísimas posturas si queremos mirarnos a la cara y algo me dice que los dos queremos. Acaricio su mejilla mientras vuelvo a sentarme a horcadas sobre él, pero esta vez Asher está listo para guiarme hacia su erección y hacerme bajar poco a poco.

Los movimientos son naturales. Me siento como si fuéramos una máquina perfectamente engrasada y eso es raro, pero también maravilloso, porque los dos sabemos movernos del modo exacto para lograr que nuestros cuerpos estallen. Busco sus labios, más para esconderme de mis propios pensamientos que otra cosa. Necesito que acalle todo lo que pasa por mi mente cuando siento que nuestra conexión es tan intensa. Quiero besarlo y que me bese solo porque es la única forma que tengo de olvidarme de todo. Incluso de mí misma.

No hacemos movimientos bruscos ni grandes gestos o aspavientos. Me muevo guiada por el instinto y él se aferra a mis caderas, costados o espalda conforme el placer crece.

Cuando mis caderas se mueven de un modo más intenso, Asher muerde la base de mis pechos y, esta vez sí, clava sus dedos en mis muslos, haciéndome ver hasta qué punto está disfrutando. Es rápido, profundo y frenético. Es una carrera en la que los dos vamos a ganar. Quizá por eso, entre gemidos, conseguimos encontrar huecos para sonreírnos antes de volver a besarnos o mordernos la boca.

No me doy cuenta del momento en que Asher se hace de nuevo con Pinki —ha debido ser cuando he cerrado los ojos—, pero ahora lo siento vibrar sobre mi clítoris. Eso, unido a sentirlo a él dentro de mí, hace que el estallido llegue por segunda vez.

Esta vez, sin embargo, no lo hago sola. Asher gime mi nombre, provocando que la piel se me erice, y se tensa bajo mi cuerpo mientras apoya la frente en mi pecho y respira de tal modo que siento cómo su aliento se estrella contra mi piel.

Decir que ha sido placentero sería incluso un insulto. Ha sido más. Mucho más. Tanto que soy consciente del momento exacto en que los dos pensamos que esto que hacemos supera con mucho lo que hemos hecho en el pasado con otras personas.

Lo miro y me mira, pero ninguno de los dos dice nada. No hay bromas ni palabras subidas de tono, ni siquiera gestos de cariño. Yo simplemente me alzo, sacándolo de mi cuerpo y rompiendo la conexión física. Me enjabono a toda prisa, prácticamente sin mirarlo, y salgo para envolverme en la toalla.

—Ha sido increíble. Creo que voy a dejar que uses más a Pinki —le digo en un intento de ser la Avery bromista de siempre.

Asher carraspea. Aún está dentro del *jacuzzi*. No se ha enjabonado. Ni siquiera se ha movido, en realidad. Pestañea y quita sus ojos de mi cuerpo para mirarme a la cara.

—Cuando gustes, rubia.

Su voz suena distinta, pero intento no pensarlo. Le sonrío y le doy las buenas noches antes de salir del baño, encaminarme hacia mi dormitorio, ponerme una camiseta y unas bragas y meterme en la cama pensando que esto que acabamos de hacer no parecía ni de lejos sexo sin compromiso entre amigos.

Intento dormir, pero es difícil y, además, tengo hambre. Deberíamos cenar, pero... no sé cómo actuar.

Por suerte, una vez más, él se toma el control de la situación: entra en mi habitación después de tocar con los nudillos con un paquete de nachos y un bote de guacamole y me pregunta mientras se tumba a mi lado y señala mi portátil:

—¿Me pones una de esas pelis malas que tanto te gustan?

Sonrío. Sé que puede parecer tonto, pero su facilidad para ignorar los temas que me preocupan me ayuda a darme cuenta de que quizá me preocupan en vano. No debería pasar tanto tiempo pensando en lo que siento, sino viviéndolo y disfrutándolo. Asher es un gran amigo, no vamos a perder eso pase lo que pase, así que me obligo a relajarme y como lo que me da.

Un rato después, cuando acaba una peli romántica navideña y malísima, empujo su cuerpo con suavidad.

—Hora de dormir —murmuro—. Me lavo los dientes y me acuesto. Estoy rendida.

Él me acompaña, mostrándose de acuerdo. Coincidimos en el baño cepillándonos los dientes. Yo acabo antes y me voy de nuevo a mi habitación.

Me sorprende verlo entrar y me sorprende aún más que tenga el ceño fruncido.

—¿Qué te pasa? —pregunto.

—¿Por qué no me has esperado?

—¿Esperarte para qué?

—¡Para dormir!

—Para… Bueno, se supone que tú duermes en tu habitación y yo en la mía…

—Ya, bueno, no sé, por lo menos podrías preguntarme si quiero dormir contigo antes de largarte como si nada.

—Oh. Yo… —Intento entender su línea de pensamiento, pero la verdad es que me cuesta—. Dijimos que lo mejor es tener claro que lo nuestro es solo sexo.

—Sí, ¿y?

—Y ya hemos tenido sexo.

—Sí, ¿y?

—Dormir no es tener sexo. Dormir juntos tampoco.

—¿Dos amigos no pueden dormir juntos después de que uno de ellos se haya enfrentado a un peligro mortal?

—¿Peligro mor…? ¿Estás hablando del paseo en trineo? —pregunto un poco perpleja.

—¡Estoy hablando de que me he jugado la vida, te he dado dos orgasmos, te he traído la cena a la cama, me he tragado una peli que es una mierda y me merezco que alguien me abrace mientras duermo!

Enarco las cejas, estupefacta. De un modo irremediable, acabo pensando que, para ser alérgico al compromiso de cualquier tipo, Asher busca constantemente el contacto físico conmigo. Es… curioso. Solo eso. Curioso. Aun así, abro las sábanas y le invito a acostarse a mi lado mientras sonrío.

—Ven, te prometo que voy a mimarte lo suficiente como para que olvides lo mucho que has sufrido hoy.

—Eso está mejor, rubia.

Su sonrisa mientras se mete en mi cama es tan amplia que no puedo evitar preguntarme si todo esto no es, en realidad, un tremendo error, aunque no quiera pensar en ello ahora. Ni mañana. No quiero pensarlo hasta que… Bueno, hasta que no me quede más remedio.

Por suerte para mí, tengo un máster en ignorar las cosas que me hacen sentir demasiado, sean buenas o malas, así que, cuando Asher me abraza, apoyo la mejilla en su pecho, cierro los ojos y me dejo ir hacia el sueño pensando que, en realidad, estoy haciéndolo genial. Acabo de tener dos orgasmos, el día ha sido precioso y no debería arruinarlo pensando en cosas que solo me llevarán a sufrir. De manera que me deleito en sus caricias en mi espalda y, por primera vez en mucho tiempo, me duermo con una inmensa sonrisa en los labios.

33

Asher

Miro a Noah a través de la pantalla y resoplo. No me puedo creer que esta conversación se esté alargando tanto.

—Tío, no quiero ser antipático, pero estás entreteniéndome sin motivo, llevo todo el día trabajando y tengo cosas que hacer.

—¿Qué cosas? —pregunta con una sonrisa burlona que no me gusta nada.

—Cosas. Ya sabes. Cosas de jefazo.

Se ríe, esta vez sin disimulo, y lo miro mal a través de la pantalla del portátil, pero no parece importarle.

—Bueno, pues como yo soy el jefazo máximo, es decir, el dueño, tienes que aguantarte y responderme con más datos, así que, repito: ¿qué cosas?

—Tengo que buscar a Avery para explicarle una cosa.

—¿Explicarle una cosa?

—¡Sí, Noah! Explicarle una cosa de otra cosa de este hotel al que nos has mandado en medio de la nada. ¿Qué te pasa hoy con tanta pregunta?

Me hago el ofendido para que no se note que lo de jefazo que tengo que hacer es, básicamente, convencerla de que se quite la ropa y me haga cosas. O me deje hacérselas. En cualquier caso, son cosas, aunque no las que mi amigo imagina.

Esto se está poniendo muy repetitivo, ¿no? Bueno, digamos que no fluyo bien cuando pienso en Avery. Sobre todo cuando ya ha pasado una semana desde la primera y única vez que nos metimos en el *jacuzzi* y me muero por repetir.

No es que no lo hayamos hecho en otras partes. Para ser sincero, creo que no queda una sola superficie horizontal o vertical del apartamento que no hayamos mancillado, pero el *jacuzzi* tiene algo especial. Lo que sentí mientras la masturbaba con Pinki... Bueno, digamos que necesito comparar algunas teorías que han estado pasando por mi cabeza.

El problema es que siempre tenemos que hacerlo rápido o estamos tan cansados que no nos da para llegar más allá de la cama, el sofá o el suelo. Sí, el suelo. No lo recomiendo si estás en Vermont y es invierno, porque, por más calefacción que haya, es incómodo y frío.

El caso es que hemos estado muy ocupados, no solo practicando sexo, sino trabajando de verdad. Razón por la que estoy teniendo esta reunión con Noah, porque las cabañas están alquiladas para todas las Navidades. La previsión no podría ser mejor y, en vista del éxito, le he planteado a mi amigo y jefe la posibilidad de invertir en construir más cabañas.

—Primero tenemos que ver cómo se mantiene el primer año —me dice Noah cuando vuelvo a insistirle en el tema—. Aunque son excelentes noticias. Es Navidad, la gente se presta más al consumismo, las vacaciones y demás. Tenemos que ver cómo funciona cuando pasen las fiestas y hasta noviembre del año que viene.

—Si tuviéramos más cabañas, las llenaríamos ahora mismo. Aunque el resto del año estén vacías, las ganancias llegarían antes o después, y Avery va a seguir retransmitiendo la vida en el hotel. Creo que llegará a mantener las reservas llenas todo el año. O casi. Es brutal lo bien que se le da vender una vida perfecta.

—Confío en Avery tanto como tú y también en tu gestión, pero me gustaría ser un poco más prudente. Estáis haciendo un gran trabajo, chicos. —Sonrío agradecido, pero él no lo deja ahí—. Estás muy apegado a Avery.

—Somos amigos.

—Ya, pero se te ve distinto con respecto a ella.

—¿Se me ve?

—En sus redes.

—Ya deberías saber que no siempre muestran la realidad.

—Lo sé, pero aun así… No sé.

—¿El qué no sabes? —pregunto de mal humor.

—Bueno, me pregunto si hay algo que quieras contarme.

—Lo que quería contarte, ya te lo he contado.

—Estás a la defensiva.

—No es verdad.

—Bueno, vale, pues no lo estás.

—¡No hagas eso!

—¿El qué?

Casi consigue hacerme creer que es tan inocente como finge. Casi. Entrecierro los ojos y lo miro mal. Sería más efectivo si estuviéramos hablando en persona, pero algo es algo.

—Avery es una buena amiga. Es, de hecho, mi única amiga, aparte de ti.

—¿Y nada más?

—Nada más.

—Bien, porque ya sabes que tus líos de faldas nos han traído problemas en otras ocasiones.

Aprieto los dientes. No debería dolerme. En realidad, tiene razón, aunque no me guste. Tuve una infancia de mierda, sí, pero eso no justifica que haya metido la pata en muchas ocasiones. Muchas de las peores han sido trabajando en el Hotel Merry de Nueva York, así que Noah habla con conocimiento de causa. Y aun así…

—No tienes de qué preocuparte. Avery y yo somos amigos, jamás seremos algo más.

Durante un instante, pienso que Noah va a decirme algo, pero entonces sonríe y se despide de mí. Aprovecho la ocasión para decirle adiós también y me obligo a no pensar en el hecho de que, si supiera lo que realmente está pasando, no sé cómo se sentiría. Y la idea de decepcionar al mundo me da igual, pero la de decepcionar a Noah no.

Cierro la tapa del portátil y voy al apartamento. Lo dejo todo en su sitio, y como Avery no está en casa, salgo a buscarla. La encuentro en el sofá del salón principal, frente a la chimenea y con las luces del árbol principal encendidas. Suena música navideña y en la mesa hay algunas velas llameantes. Avery encaja tan bien en este ambiente tan acogedor que casi resoplo. Está trabajando en su portátil, así que no la molesto, salvo para dedicarle una leve caricia a su mejilla cuando paso por su lado.

—¿Acabaste de trabajar? —pregunta sonriéndome.

—Sí, ¿y tú?

—Estoy editando un vídeo y soy toda tuya.

—Tentador —murmuro antes de guiñarle un ojo—. Voy a ver qué le robo a Margaret de la cocina. ¿Quieres algo?

—Una infusión o un chocolate caliente estaría bien.

Aprieto su hombro y voy en busca de Margaret. No la encuentro, pero Violet está removiendo algo que huele increíble en una olla y, cuando me ve, sonríe. En estos días hemos recuperado más o menos la normalidad, aunque no sé en qué punto están Savannah y ella porque no hemos tenido ocasión de hablar de ello, así que me acerco, me apoyo en la encimera y cruzo los brazos mientras le sonrío.

—¿Qué tal va todo? Ya sabes, en general.

Ella me mira un tanto divertida, pero responde:

—Pues mira, he acabado la jornada laboral y estoy removiendo un chocolate caliente que pienso tomar junto al fuego mientras Savannah cierra la tienda de regalos y el *spa*.

—¿Y qué tal va eso en concreto?

—Bien. —Frunce los labios para intentar que no se le salga la sonrisa, pero no lo consigue del todo—. Va muy bien, en realidad. Creo que por fin avanzamos en la misma dirección. Al final, todo el drama de Acción de Gracias sirvió para algo.

—Me alegro, Violet. De verdad que sí.

—¿Y tú qué tal?

—Muy bien. Como siempre.

—¿Y Avery?

—No sé, pregúntale a ella.

—Oh, por favor...

—¿Qué?

—¿Vas a fingir que no estáis liados? —La miro con cara de póker, o eso creo, pero ella pone los ojos en blanco—. Vale, punto número uno: mi padre fue quien llevó a Avery a la cabaña la noche de Acción de Gracias y nos lo ha contado.

—Menudo cotilla George, no le hacía yo de esos.

—Y segundo: lleváis desde entonces pegados como lapas. Antes ya lo estabais, pero no aprovechabais cualquier ocasión para tocaros disimuladamente y ahora sí.

—Qué chica más lista —digo con ironía.

—No es por lista, es porque he hecho eso mismo con Savannah durante mucho tiempo. —Intento protestar, pero me corta antes—. Si quieres un consejo: no nos tomes como ejemplo. Si te gusta Avery, quédate con ella y convéncela de que no hay sitio mejor para estar que ese en el que estás tú.

Me siento como si me hubiesen lanzado al ojo de un huracán, pero no me he movido del sitio. Oírla hablar así de mí, de nosotros, es... demasiado raro. E incómodo. Carraspeo y me meto las manos en los bolsillos en un intento de destensar el ambiente.

—Hablando de Avery, quiero que aprenda a patinar sobre hielo.

—¡Es genial! Y aquí, además, es muy necesario.

—Pero no va a querer...

—¿Por qué no?

—Bueno, tú no has visto a Avery patinar. Es... es prácticamente como si una maldición le impidiera mantenerse en pie en una pista de hielo.

—¿Tan mala es? —pregunta riéndose.

—Peor.

—Bueno, pues hagamos una cosa: he visto que está en el salón, así que llévatela ahora a la pista. Iré más tarde para ver vuestros avances y comprobar si es una patinadora tan horrible como dices.

—¿En serio? ¿Y qué pasa con tu chocolate caliente?

—Prepararé termos para los cuatro.

—¿Cuatro?

—Savannah se apuntará. Nunca pierde la ocasión de reírse de alguien que patina mal.

La miro fatal, pero todo lo que obtengo a cambio es una risa. Aun así, la idea de ir a patinar ahora no me desagrada. Observo por la ventana el modo en que el atardecer está llegando y pienso que, en realidad, es tan buen día como cualquier otro. Mañana empezará diciembre, las cabañas se llenarán de huéspedes y la pista estará mucho más llena.

No lo pienso mucho, acepto los dos vasos de termo que me da Violet repletos de chocolate y vuelvo al salón, donde me acerco a Avery por detrás del sofá y beso su mejilla.

—¿Lista?

—¿Para qué?

—Termina y te lo cuento. Es una sorpresa.

—Pensé que…

—Vamos. Te juro que te va a encantar.

Spoiler: no le encanta.

Bueno, para ser justos, tengo que decir que la sonrisa que me dedica cuando se baja de la moto de nieve es increíble, pero solo porque piensa que vamos a la cabaña en la que nos liamos por primera vez. Y habría sido buena idea, pero la pista nos espera tenuemente iluminada por guirnaldas navideñas. Hay un patín de apoyo con forma de reno y todo es bastante adorable, teniendo en cuenta que los árboles que dan inicio al bosque y rodean la pista también están decorados con pequeñas luces solares. Es mágico y precioso, pero en cuanto saco los patines de la cabaña, Avery me mira como si estuviera intentando asesinarla.

—Ni lo sueñes —se queja cuando le cuento mis planes.

—Venga, Avery. Será bueno para ti.

—¡No! No será bueno y no me gusta la idea. Odio patinar, odio caerme y odio hacer el ridículo.

—No te caerás y no harás el ridículo, pero sí patinarás.

—Que no.

—Oye, rubia —me acerco a ella y la rodeo con los brazos para asegurarme de que no escapa—. Tú me estás ayudando con mi pánico a Frosty. Has conseguido que el chucho se acerque a mí sin que me dé un infarto.

—Es distinto.

—No lo es. He paseado en un trineo llevado por huskies aun cuando los perros me dan pavor. Y tú me ayudaste estando conmigo. Déjame ayudarte con esto. Te prometo que será divertido. —Avery apoya la frente en mi pecho por respuesta, en una actitud derrotista que me hace acariciarle el pelo y el pompón del gorro que lleva puesto—. Vamos a estar un año aquí. No puedes pasarte los días sin aprender a patinar. Aquí eso es como aprender a andar. Además, puedes grabarlo y, de ese modo, animarás a las personas que no sepan patinar a reservar clases para aprender. ¿Lo has pensado? Hay mucha más gente como tú ahí fuera. Tienes que hacerles ver que es posible aprender, aunque ya seas adulta. Demuéstrales que nunca es tarde.

—Odio cuando te pones en plan motivador.

Su frente sigue en mi pecho, así que la sujeto por los hombros para separarla de mí porque, por mucho que me guste tenerla pegada a mi cuerpo, necesito mirarla a los ojos para decirle lo siguiente:

—Te prometo que no voy a soltarte hasta que estés lista, ¿de acuerdo?

Eso parece surtir efecto. Pone cara de derrota absoluta, pero al menos no se niega a probar.

La arrastro hasta la pista, hago que se siente en el banco para poder ponerle los patines y, como no parece muy dispuesta a colaborar, me agacho y me ocupo yo de ponérselos.

—Ahora mismo eres como Cenicienta —bromeo mientras le pongo un patín.

—Tú no pareces un príncipe y eso no está ni cerca de ser un precioso tacón de cristal.

—Cuando estás asustada, te vuelves un pelín cabrona, pero te lo perdono porque creo que hasta podría llegar a ponerme cachondo.

—Eso es porque estás un poco enfermo.

—Puede ser. —Cuando ya tiene los dos patines puestos, la ayudo a ponerse de pie y sonrío como si hubiese hecho una gran proeza—. ¿Lista?

—No.

Tenía razón. Me doy cuenta media hora después de que, en efecto, no estaba lista. De momento, no he conseguido despegarla de mí ni siquiera cuando me he ofrecido a ir a coger el reno. Es un trineo que usan los niños y que le puede servir de soporte, pero no ha habido manera de que me suelte. Y no tengo quejas por ello, o no las tendría, pero el problema es que así no aprenderá nunca.

—Escucha, voy a deslizarme un poco por la pista, ¿de acuerdo? Mírame y así verás la postura de mi cuerpo.

Logro desprenderme de ella y dejarla aferrada a la barandilla, se agarra con tanta fuerza que estoy seguro de que mañana tendrá agujetas. Doy un par de vueltas procurando sonreír todo el tiempo para que vea lo divertido que es. No me río de ella ni una sola vez, porque entiendo lo duros que son los miedos irracionales, pero, cuando llego a su altura, estoy decidido a convencerla de que vuelva a intentarlo un poco más.

—¿Dónde has aprendido a patinar así? —pregunta ella—. Ya me sorprendió la primera vez que te vi, pero no dejo de preguntarme cómo es que… —Se calla de repente y sus mejillas se encienden.

—¿Cómo es que alguien que prácticamente se crio en la calle o entre golpe y golpe aprendió a patinar? —Su rubor se extiende aún más, pero sonrío y giro su barbilla hacia mí con cuidado para que me mire—. En realidad, es fácil aprender a hacer muchas cosas cuando no te queda otra que ser autosuficiente. La parte buena es que tú no tienes que hacerlo sola. Estoy aquí contigo, rubia. Y no pienso ir a ninguna parte.

Eso parece ayudar, por fin, y me permite despegarla de la barandilla para llevarla al centro. Al principio, está muy rígida, pero, en algún punto, empieza a relajarse. Al menos hasta que Violet y Savannah aparecen y Avery se enfada de pronto.

—¿Por qué las has llamado? ¡No quiero hacer el ridículo delante de ellas!

—Estamos aquí para ayudar —dice Violet.

—Yo estoy aquí para reírme, pero puedo fingir que es mentira y también quiero ayudar.

Miro mal a Savannah, pero ella no parece nada arrepentida de sus palabras.

—¿Las has llamado tú? —me pregunta Avery, molesta—. Un ratito abrazándome en la pista y ya no puedes conmigo, ¿eh?

—Me encanta abrazarte —le aseguro sonriendo justo antes de sujetar su nuca y pegar mi frente a la suya sin importarme una mierda que tengamos público—, pero quiero que aprendas a patinar.

—¿Por qué?

—Porque quiero que puedas defenderte en Vermont. Aprender a patinar y a conducir bien es básico aquí.

—¿También tengo que conducir bien?

Parece tan desconsolada que se me escapa la risa.

—Algún día te alegrarás. Y ahora déjame el móvil, vamos. Haré algunos vídeos de ti aprendiendo. Después de lo mal que lo hiciste el año pasado, la gente adorará ver cómo te adueñas de la pista de hielo.

Eso parece convencerla. Me dice que mejor haga un directo y, aunque nunca me he ocupado de retransmitir uno, puedo hacerlo. Tengo carisma, la gente me conoce y he salido en cámara casi tanto como ella últimamente.

—Pero no contestes a los mensajes de *haters*, ¿de acuerdo?

—Tranquila, te he visto hacerlo infinidad de veces.

Ella inspira hondo, como si estuviera preparándose para hacer algo increíble y, bueno, puedo entenderlo porque, en realidad, está llevando esto con más dignidad de la que tuve yo para enfrentarme al paseo en trineo.

Le doy un sorbo de chocolate caliente al vaso de termo antes de pasárselo y masajear su hombro.

—Irá de maravilla. Venga, bebe un poco, te dará fuerza.

—Ten, cielo, bebe un poco, te dará fuerza —le dice Savannah a Violet imitándome en un tono que me hace mirarla mal. Le da igual, porque se ríe y me guiña un ojo—. Es broma, chicos. Me alegro de no ser la única que por fin tiene el corazón contento.

—¿A qué te refieres? —pregunta Avery.

—Bueno, digamos que ahora entiendo lo mal que me miraste cuando pensaste que Asher y yo…

—Déjalo, Savannah —la corto.

—¿Por qué? ¡Si sois adorables!

—No más que vosotras —dice Avery sonriendo—. ¿Ya tenéis fecha de boda?

El modo en que Violet palidece es suficiente para robarle el vaso a Avery y dar un sorbo para ocultar una sonrisa.

—No seas cabrona, joder, ya sabes que le cuesta un poco esto de las relaciones serias y públicas —dice Savannah.

—Ah, pero tú no tienes problemas en intentar ponerme en un aprieto a mí, ¿eh? —responde Avery riendo.

—No pasa nada. Estoy mucho más concienciada con esto. —Violet señala a Savannah y luego a nosotros—. No me avergüenzo de mi chica.

—Claro que no. Está buenísima, igual que tú. ¿Por qué debería yo pensar que te avergüenzas? —le pregunto.

—Y no me avergüenza estar con una chica.

—Repito: ¿por qué debería yo pensar que lo haces?

Violet pasa de mí. Y de Avery. Se centra en Savannah y su preocupación es tal que resultaría adorable si no fuera porque está empezando a darme lástima.

—Te prometo que nunca volveré a negar mis sentimientos.

—Lo sé, cariño —dice Savannah antes de rozarle los labios—. Quédate tranquila. Estos dos solo se meten contigo porque no quieren asumir lo suyo.

—¿Qué es lo nuestro? —pregunta Avery.

—Eso, ¿qué es lo nuestro? —repito yo.

—Vamos a patinar. —Violet sonríe, mucho más confiada de pronto—. Creo que mi chica tiene razón. —No podemos protestar, porque tira de las manos de Avery con suavidad mientras se la lleva hacia el centro de la pista—. Vamos, rubia, hora de ponerte en acción.

Inicio el directo, pensando aún en lo equivocadas que están esas dos y el poco sentido que tienen sus palabras. Me concentro en Avery y me olvido de todo lo demás. Los seguidores empiezan a conectarse a un ritmo frenético. Quizá porque están habituados a ver a Avery en primer plano, enfocándose a ella misma, y esta vez soy yo quien lo hace. La gran mayoría de las personas me saludan y me preguntan un sinfín de cosas. Me sorprende la cantidad de gente que me dice que se alegra muchísimo de que Avery y yo estemos enamorados. Ella nunca me ha dicho que tengamos fans en ese sentido y, como yo no tengo redes sociales, me he limitado a salir en las suyas cuando me lo pedía, pero no me he preocupado por si se decía algo de mí. Tampoco es que me moleste. Simplemente decido que lo mejor es no darles tema de conversación negando que tengamos una relación. Que cada quien piense lo que quiera. Me concentro en ella y el modo en que Violet le da clases. Es increíble enseñando. No me extraña que los pocos alumnos suyos con los que he hablado estén encantados de tenerla.

Todo marcha de maravilla. No es que Avery de pronto patine genial, pero la veo más suelta. Incluso en algún momento se atreve a deslizarse un poco por su cuenta mientras la animo a gritos y la gente del directo se vuelve loca. Viendo los comentarios entiendo por qué Avery no puede dejar de hacer esto. La gente la adora y, sinceramente, no es para menos.

Hay algunos poniendo cosas fuera de lugar, pero al final son minoría e intento ignorarlos. Además, me resulta fácil, porque mi atención está puesta sobre todo en Avery. Intento enfocarla y responder alguna pregunta, pero solo quiero que ella lo pase bien y pierda el miedo poco a poco.

Pasado un buen rato, con la noche cerrada sobre nosotros, las luces navideñas brillando más que nunca y una Avery cada vez más confiada, Violet le pide que patine hacia mí. Ella lo hace y yo me siento inusualmente orgulloso, porque no sé si es normal sentirme tan pletórico por un logro que no es mío.

Por desgracia, no tengo tiempo de pensarlo mucho, porque Avery pierde el equilibrio y, lo que debió ser una caída tonta sin más, se convierte en algo serio cuando se oye un crujido espantoso que hace que Violet grite y acuda a ayudar a Avery de inmediato.

Está tumbada en el suelo de costado, se ha caído sobre su propio brazo e intuyo que de ahí el crujido. No lo sé, la verdad, porque me quedo completamente inmóvil, enfocándola todavía y absolutamente incapaz de hacer nada. Ni cortar el directo ni apagar el puto teléfono ni patinar hacia ella. Nada.

Lo único que hago es mirar su cara contraída por las lágrimas, oír sus gritos de dolor y sentir cómo el aire abandona mi cuerpo porque todo esto es culpa mía.

Porque la he jodido una vez más.

34

Avery

Dios, cómo duele, ¿por qué duele tanto? Es tan punzante que creo que podría morirme si alguien me toca. Así que, cuando Violet hace justamente eso, grito y es posible que lo haga en parte por el pánico.

—No mires, Avery —me dice.

Noto su voz tensa, pero yo no estoy hecha para obedecer. Además, tengo la teoría de que si le dices a alguien que no haga algo hay muchas más probabilidades de que lo haga que de que obedezca. Yo soy así. Por eso miro, claro que miro. Veo mi brazo de un modo que me hace llorar con verdadera desesperación, porque está girado. No torcido, no. Girado. La palma de mi mano está mirando en una dirección en la que jamás debería mirar y entro en pánico tan de repente que no soy capaz de ver que Violet va a ocuparse del problema recolocando el hueso frente a mi mirada histérica.

Grito de dolor, otra vez, cuando oigo un nuevo crujido. Por fortuna, luego me desmayo, o eso creo. Cuando consigo abrir los ojos, estoy tumbada en la pista y todo lo que veo es la cara de Savannah prometiéndome que todo está bien. ¿Y Asher? ¿Dónde está Asher?

Quiero ponerme en pie y buscarlo, pero es imposible por diversas razones. La principal es que dudo que consiga ponerme de pie. No con estos malditos patines y un brazo que, a todas luces, está roto. Así que, como no veo a Asher y no logro concentrarme en lo que sea que me estén diciendo Violet y Savannah, decido cerrar los ojos; estoy demasiado agotada, dolorida y entumecida.

—No te duermas. —La voz seria, fría como el hielo y contenida de Asher llega hasta mí—. No te duermas, Avery.

Me gustaría decirle que el peligro de que una persona se duerma en un accidente es sobre todo si se golpea en la cabeza y ese no ha sido mi caso, pero de verdad que no encuentro la valentía para afrontar esto con dignidad y solo quiero llorar, así que abro los ojos justo cuando noto cómo me alza en brazos.

Estamos caminando, me doy cuenta de eso mientras contengo nuevos gritos por el dolor de sentir el brazo en movimiento. Me pregunto dónde ha dejado los patines y si va descalzo, pero solo es un segundo, hasta que el movimiento hace que el dolor vuelva a ser insoportable. Me lo sujeto de la forma que me indica Violet y, cuando llegamos a la moto de nieve, veo que todo esto es más dramático aún de lo que parece, porque tengo que ir en este trasto hasta la casa principal y de ahí al hospital, supongo. Eso significa que nadie va a ver mi brazo en un buen rato y, si tengo que ser sincera, me lo tomo como lo que es: una noticia de mierda.

Me apoyo en Asher y decido que, pase lo que pase, de aquí en adelante voy a intentar disociar tanto como sea posible. El dolor es intenso y solo quiero estar en el apartamento, con un pijama calentito, viendo una peli navideña y tomándome un chocolate caliente con malvaviscos por encima. ¿De verdad es tanto pedir?

El paseo en moto es un infierno, no hay forma de suavizarlo. La parte buena es que, cuando llego, Luke ya está en el jeep de Noah listo para llevarme al hospital mientras Asher me acompaña en el asiento de atrás. Estoy mareada, dolorida y triste, él intenta animarme, pero cada vez que oigo su voz tensa y contenida me doy cuenta de lo raro que está, así que al final solo consigue ponerme más ansiosa.

Llegamos al hospital, seguidos por Violet y Savannah, que han venido justo detrás. Después de las pruebas pertinentes y un codiciado calmante, el médico se reúne conmigo para contarme que la rotura ha sido limpia, por suerte. No hay que operar, pero me van a escayolar el brazo. La buena noticia es que podré volver al hotel hoy mismo.

—Lo ideal es que no vuelvas a patinar hasta estar totalmente recuperada.

Me río, pero creo que es cosa de los calmantes. O puede que no, porque incluso yo noto el tono histérico de mi risa. Estoy con Violet, que le ha explicado al médico cómo ha sido la caída. Asher está... Bueno, no sé dónde está Asher, y que eso me provoque tristeza es algo que, a su vez, me produce una ansiedad que no soy capaz de gestionar ahora mismo.

—Tranquilo, doctor, le aseguro que no tengo la intención de volver a patinar nunca más.

—Yo no diría tanto. El invierno que viene estarás lista para volver a la pista.

Me callo y sonrío como la mujer educada que puedo ser, aun cuando no me apetece. No quiero decirle que antes muerta que meterme en una pista de patinaje y, después de todo, a este señor le da igual cómo me sienta emocionalmente, así que agradezco la receta del resto de calmantes que voy a necesitar y salgo de la consulta con paso cansado, el brazo izquierdo escayolado y la sensación de que este día ha durado un par de siglos al menos.

—No te preocupes, vamos a mimarte tanto que pronto estarás como nueva —dice Violet en un intento de animarme—. La primera vez que yo me partí un hueso, mi padre me felicitó. Dijo que no eres verdaderamente fuerte hasta que te rompes algo patinando o esquiando.

—No sé por qué, eso me cuadra perfectamente con George.

—Y es mejor un brazo que una pierna —insiste ella, desesperada por hacerme ver el lado positivo de esto.

—Supongo —murmuro.

La conversación no fluye y no es por su culpa, sino por la mía. Sé que podría haber sido mucho peor y que un brazo roto no es ni de lejos la peor desgracia del mundo, pero… no sé. Estoy cansada, triste y un poco decepcionada, aunque no quiera reconocerlo.

El problema es que llegamos a la sala de espera que tenemos que atravesar para salir a la calle y, por fin, veo a Asher. Mi primer impulso es recriminarle que no me haya acompañado él a la consulta, aunque Violet esté mucho más familiarizada con estas caídas. No me importa. Yo quería… quería… Maldita sea, no sé qué quería, pero sé que necesitaba que estuviera a mi lado.

El problema es que no puedo decir nada porque no tengo más que echar un vistazo a sus ojeras y la tensión que domina su cuerpo cuando mira mi escayola para darme cuenta de que no es que no quiera estar a mi lado, sino que piensa que todo esto es culpa suya y algo me dice que da igual de cuántas formas le prometa que no es así, porque no me creerá.

35

Asher

Volvemos en el jeep y, por alguna razón, Luke ha decidido que era mejor que él volviera en el coche con Violet y Savannah, que vinieron en el suyo propio, mientras yo conducía de vuelta a casa ahora que estoy más tranquilo al ver que no ha sido grave.

Eso es lo que ha dicho él, pero no necesariamente es la realidad.

La realidad más bien es que Avery tiene un hueso roto por mi culpa. Si no hubiera insistido tanto en que patinara, ella lo habría dejado estar. Habríamos estado aquí un año, o el tiempo que sea, y habríamos vuelto a Nueva York con todos los malditos huesos en su sitio.

—Esos calmantes son realmente buenos —me dice en un momento dado—. Casi no me duele ya.

Aprieto los dientes. Es mentira. Sé que es mentira. No tengo más que mirarla para saber cómo se siente. Su pelo es un desastre, sigue blanca y tiene los ojos y la nariz hinchados. Agradezco que intente tranquilizarme, pero eso solo me hace sentir como un completo imbécil, porque es ella la que se ha roto un brazo y aquí estoy yo, haciéndome la víctima cuando debería pedir perdón cuanto antes.

—Oye, Avery…

—Dime que no eres de esos que se vuelven inaccesibles cuando pasa algo como esto.

Lo suelta tan de pronto que sé que lo ha pensado antes, pero no podía esperar a decirlo. La miro un instante antes de concentrarme de nuevo en la carretera. En realidad, esta vez no es que no quiera responder, sino que no sé muy bien qué decir. Supongo que sí estoy comportándome como ella dice. Y no debería ser así. Por encima de todo, nosotros somos amigos, así que, aun sintiéndome como una mierda y siendo dado a interiorizar todo lo que me hace sentir mal, decido que es un momento tan bueno como cualquier otro para empezar a expresar lo que pienso.

Al menos una parte.

Al menos con ella.

—Odio este sitio. —Trago saliva y miro al frente, porque no quiero saber cuál será su reacción al oírme—. Lo odié cuando llegamos y, aunque después me convencí de que nos iría bien aquí, me ha bastado verte caer hoy para darme cuenta de que lo sigo odiando. De haber estado en Nueva York, todo habría sido mucho más rápido. No habríamos tenido que ir a la casa en una maldita moto de nieve y de ahí al hospital. Y no…

—Asher, en Nueva York habríamos tenido que esperar una eternidad a que llegara una ambulancia debido a los atascos y a que estamos en época navideña.

—Me pregunto si las cosas van a ser así ahora —digo ignorando su razonamiento—. ¿Esta es la vida que nos espera? ¿Qué hubiera pasado si las cosas hubiesen sido peores? ¿Y si te hubieses golpeado la cabeza? Joder, ¿y si ocurre una desgracia de verdad?

Estamos aislados. Lo supe cuando llegué, pero la impotencia que he sentido hoy, Avery... Lo que he sentido hoy hasta llegar al hospital es algo que no le deseo a nadie.

Ella se queda en silencio unos instantes. Al principio creo que es porque está procesando mis palabras y dándose cuenta de que tengo razón. Esto es una mierda. Pero en algún momento siento sus dedos sobre los míos, que están en la palanca de cambios. Trago saliva y sigo mirando al frente, porque tengo la sensación de que, si la miro ahora mismo a la cara, ella será capaz de ver demasiado.

—No podemos prever el futuro, Asher. No podemos saber cuándo van a torcerse las cosas o cuándo ocurrirá una desgracia. Fíjate en los padres de Noah. Nadie pudo evitar que tuvieran ese accidente y murieran.

—Pero...

—Tú no odias Silverwood. De hecho, llevamos aquí un mes y, con cada día que pasa, he sido consciente de cómo te has hecho con el control. Tú no odias esto y yo tampoco. Este sitio me ha dado muchos de los mejores recuerdos que tendré siempre.

Por un instante pienso en nosotros, en lo que hemos hecho desde hace unas semanas y en si se referirá a...

—Oye, Avery...

—No, no voy a permitirte convencerme de que esto me ha pasado por estar en Silverwood.

—No, eso es cierto. No te ha pasado por estar en Silverwood, eso solo lo ha empeorado. —Ella parece calmarse, pero solo hasta que sigo hablando—. Te ha pasado por mi culpa.

—No es verdad.

—Lo es, yo te obligué a patinar.

—Hasta donde yo recuerdo, no pusiste una pistola en mi cabeza ni me chantajeaste ni me obligaste absolutamente a nada. Soy una mujer adulta que toma sus propias decisiones.

—Pero yo…

—No, Asher. Lo siento, pero no voy a permitirte esta mierda. Si estás pensando en volverte hermético y hacerte el chico atormentado porque me he roto un brazo, olvídalo. Soy yo quien tiene el maldito hueso roto, así que te prohíbo esa actitud, ¿de acuerdo?

—Avery…

—Si te hubiese atacado uno de los perros de George, ¿le habrías culpado a él del ataque?

—¡Por supuesto que sí! Sin pensarlo ni un segundo. —Ella se ríe. ¡Se ríe!—. ¿Por qué te ríes? —pregunto confuso y ofendido.

—Porque eres un mentiroso.

—No es verdad.

—Lo eres. No habrías culpado a George. Quizá al principio sí, pero habrías aceptado antes o después que hay cosas que los seres humanos no podemos controlar. Tú no controlabas mis piernas mientras me caía, Asher. Fue culpa mía porque estaba demasiado ansiosa por llegar hasta ti.

Trago saliva y agradezco que estemos llegando a casa porque, en cuanto aparco, la miro, esta vez directamente a los ojos.

—Un segundo estabas sonriéndome mientras te enfocaba con el móvil y al siguiente…

—Mierda, el móvil. —Avery cierra los ojos y suspira dramáticamente—. Se ha visto todo, ¿verdad?

—Sí.

—¿Cuándo cortaste?

—No sé. Estabas en el suelo ya.

Ella gime de frustración y apoya la nuca en el respaldo.

—¿Lo tienes ahí?

—Sí, pero no voy a dártelo ahora.

—Oye, es mi móvil, no puedes quitármelo.

—Necesitas descansar.

—¿Lo has mirado sin permiso? No habrás leído mis mensajes, ¿verdad?

Parece tan ansiosa que la tranquilizo enseguida.

—Ni siquiera lo he sacado del bolsillo de mi abrigo.

Avery inspira hondo intentando calmarse y asiente antes de volver a mirarme y sonreír de ese modo dulce y falso que tanto detesto.

—De acuerdo, vale. Pues vamos al apartamento, ¿te parece? Estoy agotada.

No contesto, pero la sigo mientras entramos en casa. Margaret nos recibe de inmediato con una sonrisa cariñosa y maternal que me hace pensar, no por primera vez, lo afortunados que han sido Violet y Luke por criarse con alguien como ella. Aceptamos el chocolate caliente que al final no pudimos acabar de tomarnos esta tarde y subimos las escaleras, yo tras Avery y ella prácticamente arrastrando los pies por el cansancio.

—Oye, ¿te importaría ayudarme con el tema ducha? No quiero meterme en la cama así, pero no sé cómo hacerlo con una sola mano y...

—Vamos, yo me ocupo —murmuro.

Busco una bolsa para cubrir con ella su escayola, la desnudo y la ayudo a ducharse mientras insisto en mantenerme vestido y fuera de la plataforma.

—Es una tontería. Podrías ducharte conmigo y ahorrar tiempo como hemos hecho un montón de veces.

—Cuando estés en la cama, me meteré en la ducha, no te preocupes.

No insiste hasta volverme loco y eso me da una idea de lo cansada que está. La acompaño a su habitación, la ayudo a ponerse una camiseta y unas bragas de esas que en otro momento me habrían vuelto loco y prácticamente la obligo a meterse en la cama.

—¿Tienes hambre? ¿Te preparo algo?

—No, el calmante está haciendo lo suyo desde hace un rato y creo que voy a dormirme pronto.

—De acuerdo.

La miro un instante, dolorida y visiblemente más frágil de lo que en realidad es, y siento que algo dentro de mí tironea con una fuerza sobrehumana. La beso en los labios con suavidad porque, a veces, cuando siento esta urgencia, se me pasa al besarla o acariciarla, pero esta vez no funciona. Doy un paso atrás, me aseguro de que tiene agua en la mesita de noche y me dirijo a la puerta.

—¿No vas a dormir conmigo?

—No, no quiero rozarte el brazo sin darme cuenta y que te duela más. —Debe estar dolorida, porque acepta enseguida. En silencio, pienso que tampoco me irá mal tomar un poco de distancia de ella y esta situación, así que llego a la puerta y, cuando estoy a punto de salir, me giro para mirarla—. Oye…, no te preocupes, ¿vale? No volverá a pasarte algo así nunca.

—¿Cómo lo sabes?

—Porque no vas a coger unos patines ni aunque mi vida dependa de ello. Buenas noches, rubia.

Cierro la puerta con solemnidad, o eso pienso hasta que oigo a Avery soltar una carcajada que me demuestra una vez más que lo de ponerme serio y dictador no sirve una mierda con ella. Y menos mal, porque odio ser serio y dictador.

Me ducho, me meto en la cama y, para mi fortuna, en vez de tener insomnio, estoy tan cansado que me duermo enseguida y aguanto toda la noche del tirón.

El amanecer debería haber sido tranquilo.

Debería. Porque de pronto me despiertan unos ruidos que no reconozco. Abro los ojos desorientado y los recuerdos de lo ocurrido ayer me asaltan tan rápido que me mareo. Me levanto y me pongo rápidamente un pantalón corto y una camiseta raída y desgastada.

Salgo de la habitación movido por la curiosidad. De verdad, es como si hubiera una feria en el puto salón, y me encuentro con un montón de gente que no conozco de nada ocupando la cocina, el salón y hasta la alfombra. Avery está en el sofá despeinada, con la mayor cara de circunstancias que le he visto en mi vida y una taza con forma de muñeco de nieve en la mano mientras me mira con algo muy parecido al pánico.

Joder, ¿quién es esta gente y por qué demonios hay un bebé gateando en mi dirección?

36

Avery

Intento acoplarme al ruido ensordecedor, pero es imposible. Después de todo lo sucedido ayer y una noche en la que apenas he podido pegar ojo, no por el dolor, sino por la incomodad de tener una escayola, encontrarme con este panorama era lo último que esperaba.

Aun así, estoy segura de que esto que siento no se compara ni siquiera un poco con lo que debe estar sintiendo Asher, que me mira estupefacto desde la puerta de su habitación mientras mi sobrina pequeña gatea hacia él.

—¿Qué...?

—Mi familia.

Me levanto rápidamente y me acerco a él adelantando al bebé. Como tengo un brazo escayolado y aguanto una taza con la mano buena, me es imposible tocarlo o acariciarlo o abrazarlo de algún modo. La verdad es que parece que lo necesita, porque tiene la misma cara que si nos hubieran invadido los extraterrestres.

—¿Tu...?

—Familia. Mi familia, sí. —Mi tono es ansioso y no me molesto en disimularlo. No, si quiero ser la primera en explicarle todo esto—. Me vieron caer en el directo. Bueno, mi hermana me vio.

—¡Su hermana soy yo! —Phoebe se acerca y lo abraza sin miramientos, haciendo que yo cierre los ojos avergonzada—. Encantada, Asher, aunque es como si te conociera de toda la vida. Debo decir que ya teníamos la sorpresa reservada desde Acción de Gracias. Solo nos hemos adelantado una semana.

—¿Adelant...?

No puedo acabar la frase. Mi hermana me interrumpe y su verborrea se adueña de la conversación. Otra vez. Adoro a Phoebe, de verdad, pero a menudo hace esto: habla tanto y con tanto carisma que acabo callándome solo porque no encuentro los huecos para destacar. Y sí, soy consciente de que yo ya soy una persona carismática, así que imagina cómo es ella.

—¡Claro! Íbamos a venir para estar aquí de Navidad a Año Nuevo, pero cuando vimos el terrible accidente, decidimos que lo mejor era llamar al hotel y preguntar si el alojamiento estaría libre antes. ¡Y sí! Ha sido toda una suerte, en realidad.

—Necesito sentarme —murmura Asher.

—¿Estás bien, cariño? —No, esa no he sido yo, sino mi madre, que se acerca a Asher sin dejar que se siente. Por alguna razón que no alcanzo a comprender, también lo abraza como si fuera hijo suyo o lo conociera desde niño—. Tienes mala cara. Creo que necesitas un poco de té.

—A Asher no le gusta el té, mamá —le digo antes de mirar a mi amigo—. Asher, esta es mi madre, Lauren. Y ya que estamos... —Señalo a mi cuñado, que juega con mi sobrino en la alfombra—. Ellos son mi cuñado Benjamin y mi sobrino Tyler.

Oh, y este es mi padre —digo mientras este se acerca—. Se llama Thomas.

—Señor Sinclair para ti, chico.

—¡Papá!

—Modales, cariño. Modales. Por cierto ¿dónde tienes las manoplas del horno? Tu madre ha hecho un pan exquisito, pero necesitamos hornearlo.

Cierro los ojos, otra vez. La migraña amenaza con ocupar mi cabeza más pronto que tarde, pero ni siquiera puedo recrearme en el pequeño y seguramente incómodo silencio, porque mi hermana pasa por nuestro lado y se va a buscar a mi sobrina que, para tener solo ocho meses, gatea increíblemente rápido y se ha metido en la habitación de Asher.

—¡No entres en esa habitación sin permiso! —le grito a mi hermana.

—Perdón, perdón —dice saliendo con la niña en brazos, la cual se pone a llorar histérica ante la negativa de explorar la casa a placer.

—No te preocupes. No hay problema —murmura Asher mientras se intenta peinar con las manos.

—Es que tiene hambre. Cuando tiene hambre, se pone nerviosa. —Acto seguido se saca el pecho para dárselo a la niña, lo que hace que Asher gire tan rápido la cabeza en dirección contraria que me extraña mucho que no se haya roto el cuello.

—Esto… Eh… Yo…

—Está enganchadísima a la teta —dice Benjamin, mi cuñado, como única explicación—. Enganchadísima.

—¡Teta! —grita mi sobrino.

—Oh, eso me recuerda que el frigorífico de abajo es grande, pero no como para albergar todo el banco de leche. Cielo, ¿sería posible dejaros algunas bolsas aquí?

—Bolsas —repito.

—Ajá. Sí, ya sabes. Bolsitas de leche materna.

—Bolsitas de leche materna —murmura Asher a mi lado—. Ahora sí que necesito sentarme.

Trago saliva mientras lo observo sentarse en el sofá y lidiar más mal que bien con una familia a la que no conoce y que no tiene ni idea de lo que son los límites ajenos. Mucho menos respetarlos.

—¿Cómo podéis llevar un mes aquí sin manoplas de horno? Es incomprensible —dice mi padre.

—Cariño, no seas intenso con el horno —interviene mi madre—. Y no hables tanto, que agobias a Asher.

—¿Te agobio, chico? —A ver, mi padre lo pregunta como si fuera un dictador en su mejor época, así que por supuesto que Asher niega de inmediato con la cabeza.

—No, qué va, no me agobia. Estoy muy bien. Estoy genial. —Se echa para atrás en el sofá, pero solo consigue clavarse un cochecito de mi sobrino.

Lo veo tragar saliva, completamente sobrepasado, y decido que ya es suficiente por el momento. Me acerco, suelto la taza en la mesita frente al sofá y estiro mi mano hacia Asher.

—Ven, vamos a hablar en privado.

Lo guío hacia mi habitación mientras mi madre dice que va a preparar un té que sí le gustará a Asher, que él dice que no le gusta el té porque no ha probado este que va a hacer, y mi padre intenta obligarme a mantener la puerta abierta.

—¡Esta no es tu casa y yo no tengo quince años, papá! —exclamo antes de cerrarla de un portazo y girarme para ver a un Asher completamente sobrepasado—. Te juro que no tenía ni idea de esto. Y te pido perdón por todo lo que mi familia pueda hacer y decir desde hoy y hasta que consiga echarlos. Perdón, perdón, no sabes cómo lo siento.

—Me dijiste que estabas muy unida a ellos, pero no pensé que... —Se sienta en mi cama y suspira—. No pensé que vendrían.

—Bueno, según he entendido, pensaban venir solo una semana para darme la sorpresa porque puede, y solo puede, que yo haya llorado un par de veces con mi hermana por el hecho de no poder pasar el día de Navidad en familia. Claro que no imaginé esto...

—Pensaban venir para la última semana del mes y estamos empezando diciembre, Avery. ¿Qué significa eso? ¿Y dónde se alojan?

—Abajo.

—¿Abajo?

—Abajo. En los apartamentos que hay justo debajo de nosotros porque las cabañas están todas ocupadas.

—¿Me estás diciendo que vamos a pasar todo el mes de diciembre desbordados de trabajo y con tu familia viviendo bajo nuestros pies?

—Sí, eso.

—Tu hermana se ha sacado una teta por la cara.

—Bueno, para ser justos tenía que alimentar a la niña.

—La niña se ha colado en mi habitación.

—Es un bebé.

—Tu padre me odia.

—Odia a todo el mundo, no te lo tomes como algo personal —digo mientras hago un gesto con la mano para desechar esa idea.

—Estás… Esto… —Asher se frota la cara con fuerza antes de suspirar—. Esto lo complica todo, ¿verdad?

—¿En qué sentido?

—¿Cómo que «en qué sentido»? —pregunta sorprendido—. Avery, llevamos semanas follando.

—Lo sé, créeme, he sido parte activa del acuerdo.

—Y ahora ellos estarán abajo. ¡Abajo! ¿Qué pasará con nuestra intimidad?

—Abajo no es dentro de este apartamento. Tendremos intimidad.

Mala suerte es que, justo en ese momento, mi padre toque en la puerta con los nudillos y grite con todas sus fuerzas «¡Paso!» antes de abrir de un tirón.

—Cielo, odio interrumpir —mentira. Es una mentira tan grande que nadie, ni siquiera él, se la cree—. Es que me he dado cuenta de que apenas tienes fruta. ¿Qué pasa contigo? Antes comías mucha fruta. De pequeña te encantaban las fresas.

—Papá, ¿has interrumpido esta conversación para hablarme de las fresas que me comía de pequeña?

—Es que te encantaban.

—Papá, sal.

—Vale, pero dejo encajado, ¿vale? Así no os agobiáis con tantas puertas cerradas.

—¡Papá!

—Vale, vale.

Cierra la puerta a regañadientes y yo miro a Asher, que tiene las dos cejas elevadas y señala la salida.

—¿Decías…?

Camino hacia él, me siento en su regazo y beso sus labios solo porque sé que, aunque quiera convencerme de lo contrario, tiene razón y nuestra intimidad acaba de saltar por los aires.

37

Asher

Después del despertar más caótico de mi vida (y es mucho decir, teniendo en cuenta que he llegado a despertar en sitios que nadie imaginaría), dedico mis horas a perseguir a George para que me dé algo que hacer. Está encantado, la verdad. No solo me está explotando con trabajos físicos agotadores, sino que encima no dejo de pedirle más.

La comida ha sido en casa de Margaret, que está feliz de recibir a la familia de Avery y ha preparado verdaderos manjares. Es como el día de Navidad, pero no lo es, porque para eso faltan semanas, y toda esta gente ha venido para quedarse, lo que me hace sentir incómodo, raro e invadido.

Supongo que es, en parte, por mi infancia. Cuando te pasas la niñez con padres maltratadores o que se largan y te dejan solo en los momentos menos pensados, aprendes rápido a aislarte del mundo. Relacionarme con gente me encanta; que esa gente invada mi espacio personal, no.

En este instante, por ejemplo, yo despejo la nieve de la entrada a los apartamentos mientras observo de reojo a Avery disfrutar del paisaje invernal y navideño con su familia. Está haciendo un muñeco de nieve con su sobrino, Tyler. Es un muñeco feísimo porque el niño se ha empeñado en ponerle los ojos torcidos, pero a nadie parece importarle. Nadie le grita ni le hace sentir tonto por querer algo así. Nadie le dice que es un inútil ni le derriba el muñeco ni le pega si se le ocurre llorar, y eso, aunque parezca una tontería, me fascina un poco. Yo jamás hice un muñeco de nieve, o no lo recuerdo, y estoy bastante seguro de que, de hacer uno así, las reacciones irían desde el desprecio hasta los gritos, pasando por el maltrato físico, si mi padre no se sentía con la paciencia suficiente. Y eso era a menudo.

No quiero mirar tanto, estoy aquí haciendo esto porque George ya no sabe qué mandarme y yo necesito mantenerme ocupado, por más que Avery me haya invitado a participar en todas las actividades que ha realizado con su familia.

En estos instantes, tiene el brazo envuelto en una bolsa de plástico y lleva puesto mi abrigo de nieve, porque el suyo no le entra con la escayola, pero parece feliz, pese a que soy consciente de que tiene que estar doliéndole porque de vez en cuando la veo fruncir el ceño ligeramente.

Aun así, cuando su hermana aparece de la nada y le pone en brazos al bebé, ella sonríe encantada y besa su cabeza, o más bien el enorme pompón que tiene en el gorro que le han puesto y que es más grande que la niña, dicho sea de paso. La observo cargar al bebé con un solo brazo mientras maneja la energía descontrolada de Tyler y me doy cuenta de la gran madre que será algún día.

Me tenso de inmediato, porque ese pensamiento no es nada propio de mí. Avery será una buena madre, es lo normal, lo sé bien porque he hablado con ella incontables veces acerca de la ilusión que le hace formar su propia familia. La puedo imaginar a la perfección mientras hornea pasteles, se ocupa de organizar las tareas del colegio y hasta se saca la teta donde sea para darle de comer a un bebé. La imagino en todas esas facetas porque me consta que las desea y porque… Bueno, porque no necesito verla para saber que será una madre increíble algún día. Y, con suerte, yo podré verlo desde lejos, manteniendo las distancias, porque si algo tengo claro es que yo no soy el hombre con el que tendrá esos hijos. No quiero. Ni hijos ni familia ni nada. Comprometerme nunca ha entrado en mis planes y tener descendencia aún menos. Darle a otra persona la posibilidad de hacerme daño de nuevo no es, ni de lejos, algo que pretenda hacer. Y transmitir mis genes es algo que pretendo evitar a toda costa. Si mi legado de mierda muere conmigo, mejor.

Además, todo este pensamiento es absurdo porque, aunque quisiera, no tengo la capacidad de amar como Avery se merece. Ella… ella merece encontrar a alguien que pierda la razón por ella. Alguien dispuesto a cumplir todos sus sueños, sean estos formar una familia o dar la vuelta al mundo en un globo aerostático. Un hombre que se levante cada día con el único propósito de desvivirse para cumplir sus sueños.

Y ese hombre no soy yo.

Sin embargo, al verla así, rodeada de sus sobrinos, cantando un villancico en este mismo instante y riendo a carcajadas, se me hace inevitable imaginar un paisaje parecido en un futuro. Una casa con jardín, quizá, y a Avery rodeada de nieve, con un bebé propio en sus brazos y un hombre abrazándola por detrás y susurrándole el montón de guarradas que piensa hacerle en cuanto el bebé se duerma. Un hombre que vaya al bosque a cortar un abeto navideño para ella: el que más le guste. Uno que tenga adornos a juego con ella, pero no como amigos, como nosotros, sino como… como algo más. Con la certeza de ser el tipo que tiene la maldita suerte de formar una familia con ella.

Alguien que sepa exactamente qué puntos de su cuerpo debe tocar para llevarla al éxtasis. Un hombre al que ella le hará todo lo que me hace a mí y más, mucho más, porque estará enamorada y todo será distinto. Y mejor.

Trago saliva y me doy cuenta de que no solo tengo la boca seca, sino que siento el corazón acelerado y me domina una ira que no entiendo muy bien de dónde viene, así que decido que lo mejor que puedo hacer es trabajar más duro. Mucho más. Tanto como para que George llegue a sentirse orgulloso de mí, aunque eso me cabree aún más, porque yo no debería estar anhelando la aprobación de George. Y tampoco debería estar imaginando el futuro de Avery con un tío que puede llegar a existir, pero todavía no existe. El problema es que acabo de descubrir que, aun sin existir, ya lo odio, porque ella es…

Ella no…

Ella…

Joder, ¿qué me está pasando?

38

Avery

Veo a mi madre desaparecer en el marco de la puerta. Es la última persona en abandonar el apartamento esta noche. Es tarde, mañana tenemos que trabajar y estamos agotados, pero nada de eso me preocupa tanto como el hecho de que Asher haya estado tan serio y distante todo el día.

—Eh. —Llamo su atención desde el sofá, donde estoy sentada mientras él termina de limpiar la encimera—. Ven aquí.

Asher suelta el trapo y viene. Sigue vestido con la ropa del trabajo y sé bien que debe de estar deseando darse una ducha, pero antes me gustaría hablar un poco con él. Se sienta a mi lado, pero su mirada se centra en el arco que da acceso a la escalera. Hasta que no oye la puerta de abajo cerrarse, no se centra en mí.

—Dime.

—¿Todo bien?

—Sí.

La respuesta afirmativa es lo que me indica que no todo va bien, así que insisto.

—Es por mi familia, ¿verdad? —Su silencio me tensa porque, aunque sé que tiene motivos, no quiero hablar mal de ellos—. Sé que son intensos, desmedidos, melodramáticos y entrometidos, pero...

—La verdad es que después de conocerlos entiendo mucho mejor por qué eres como eres.

—¿Eso es un insulto?

—¡No! —Se ríe y, por fin, me toca.

Tira de mi brazo para que suba a su regazo y admito, con cierto desprecio hacia mí misma, que me sentía un poco tonta sentada a su lado sin tocarlo. En público es distinto, porque soy muy consciente de que fingimos ser simples amigos, pero me temo que me he acostumbrado demasiado rápido a ponerle las manos encima en cuanto nos quedamos a solas. Apoyo las manos en su pecho y cuando acaricia mis piernas sonrío.

—¿Entonces?

—Bueno, tú lo has dicho: son intensos y melodramáticos, pero también son alocados y se nota lo unidos que estáis. Los veo y entiendo por qué has podido llegar a ser tan abierta y carismática. Te han dado la confianza suficiente para serlo y eso está muy bien.

—Pero tú no pareces muy cómodo con su visita.

—No los esperaba y no estoy habituado a tratar con familias alborotadoras y unidas, pero no tengo problemas, rubia. No mientras no interrumpan ni se metan aquí cuando no deben.

—¿Y cuándo es eso?

—Bueno... —Su mano pasa de acariciar mi espalda, donde se encontraba, a bajar y meterse por dentro de mi pantalón—. Cuando te quito la ropa y te meto en la ducha, por ejemplo.

—Hum, sí. Deberíamos poner un pestillo en la puerta del baño.

—Mañana mismo me ocuparé de eso.

Me río viendo por fin un poquito del Asher al que estoy habituada. Más aún cuando se pone de pie conmigo en brazos y me lleva al baño. Todavía me sorprende la fuerza que tiene. Es capaz de levantarme como si yo fuera una pluma. Es cierto que soy menuda, pero, aun así…

Asher me desnuda y envuelve mi brazo en un plástico tan rápido que lo miro con las cejas enarcadas.

—Ansioso, ¿eh?

—Joder, sí.

Me río, pero solo hasta que me mete en la ducha y me enjabona a placer, literalmente. Pasa el jabón por todo mi cuerpo, pero se recrea en las zonas que sabe que me ponen a punto. No es nada nuevo. He tardado muy poco en darme cuenta de que Asher usa el sexo no solo como un medio placentero, sino para evadirse cuando algún tema le perturba o no deja de darle vueltas. Y es evidente que la llegada de mi familia lo ha conseguido.

No me quejo por ser el blanco de su evasión. Soy muy consciente del tipo de relación que tenemos y, además, me encanta tener sexo con él, así que cuando apoya mi espalda en los azulejos y se arrodilla frente a mí, todo lo que puedo hacer es morderme el labio inferior y sonreír como una tonta.

—Voy a sujetarte bien, pero aun así intenta mantener el equilibrio. No queremos que te caigas de nuevo, ¿verdad? —susurra justo antes de besar mi ombligo y bajar un poco más.

—Verdad, pero para eso quizá sería mejor ir a la cama.

—No.

—¿No?

—No, me he preguntado un montón de veces cómo sería hacerte esto aquí, en la ducha.

Su lengua se mueve y yo ahogo un gemido mientras me muerdo el labio inferior y cierro los ojos. Puede que Asher y yo no seamos muy dados a hablar de nuestros sentimientos, pero en lo referente al sexo no podríamos encajar de un modo más perfecto.

Me obligo a abrir los ojos y no cerrarlos en ningún momento, porque tiene razón, un resbalón es lo último que necesito, pero mantener el equilibrio se vuelve prácticamente imposible cuando sus manos se suman a su lengua y juegan conmigo de un modo tan magistral. Pasa poquísimo tiempo antes de que gima su nombre y suplique por más. Él no se ríe de mí ni ignora mis palabras. Al contrario: acentúa cada movimiento y, cuando me contraigo, se esmera por volver a repetirlo del mismo modo.

Estoy a punto, tan a punto que no puedo evitar aferrarme a su pelo mientras gimo. Dios, va a ser tan bueno y tan...

—¡Bizcochito! —Casi me da un infarto cuando oigo la voz de mi padre. Sobre todo cuando toca con los nudillos en la puerta del baño—. ¿Tienes un poco de leche que podamos usar? Tyler quiere un biberón y no hay.

—Ay, Dios... —susurro, presa del pánico.

La puerta no se abre, por fortuna, pero el corazón me va a mil por hora. Me tapo la cara con las manos e intento controlar mi respiración porque, maldita sea, estaba a punto de tener un orgasmo. Asher maldice entre dientes y aprieta mis caderas. Miro hacia abajo y veo la tensión que marca cada línea de su rostro.

—Contesta, rubia. No lo quiero aquí dentro.

—¡En el frigorífico! —grito.

—¡Vale! Oye, ¿dónde está el chico? No lo veo y quiero preguntarle algo.

Más pánico. Más acelero. Más ansiedad.

—¡Ha salido, papá! Ya lo verás mañana.

—Está bien, de acuerdo. ¡Que descanses, cariño! ¿Estás en la ducha? ¿Necesitas ayuda? ¿Llamo a mamá para que…?

—¡No, papá, estoy perfectamente bien!

Soy consciente de que mi grito ha sonado completamente desesperado, pero es que la perspectiva de que mi madre también suba aquí y, en algún momento, Asher y yo tengamos que salir juntos dejando claro lo que estábamos haciendo me agobia tanto que apenas puedo mantenerme centrada.

—¡De acuerdo! ¡Hasta mañana entonces! —grita mi padre.

El silencio invade el baño unos segundos después y miro a Asher, que sigue arrodillado ante mí, completamente congelado y con una cara de circunstancias que me haría reír si no tuviese la ansiedad disparada.

—En una escala del uno al diez, ¿cuánto nos ha cortado el rollo?

Asher apoya la frente en mi vientre y suelta un suspiro tan lastimero que, esta vez, sí me río, lo que hace que sus hombros se agiten, así que imagino que también se está riendo. Al final besa mi ombligo y se levanta.

—Lo bastante como para que nos sequemos, salgamos y nos metamos en la cama después de arrastrar la cómoda hasta la puerta.

—¿Eso no es un poco exagerado, Brooks?

—¿Quieres que tu padre vea lo que hago contigo en cuanto consigo quitarte la ropa? —Para mi propia consternación, me ruborizo y él sonríe de medio lado—. Eso mismo pensaba.

Estoy a punto de repetirle que es un egocéntrico, pero cuando se acerca para besarme, lo olvido, porque es guapísimo y tiene esa mirada que ya conozco. La mirada que acaba conmigo muriendo de placer, así que, si el precio para ese fin es soportar su ego, lo pago de buen grado.

39

Asher

Una semana después de la llegada de la familia de Avery, las cosas empiezan a ponerse tensas de verdad. Y lo peor es que no entiendo el motivo. Avery amaneció como siempre, junto a mí. Me besó, mordisqueé su cuello y rio cuando le dije que quería un mañanero, aunque no tuviéramos tiempo. Después entró en el baño, salió impecablemente vestida, tomó café y... no sé. En alguno de esos momentos algo se torció en su sistema y, desde entonces, ha estado gruñona, taciturna e irascible a más no poder, no solo conmigo, sino también con su familia.

Una familia que de por sí se ha revelado sobreprotectora e intensa. Demasiado intensa. Sobre todo si me preguntas a mí, que vengo de donde vengo y estoy habituado a estar solo. Quizá por eso no me sorprende tanto verme sobrepasado como me sorprende verla a ella.

Estamos a punto de acabar la jornada laboral y Avery ha saltado por prácticamente todo hoy. Cuando su madre ha intentado recolocarle un mechón de pelo, se ha apartado con un gesto brusco. Cuando su hermana ha alabado cómo le queda el pantalón ceñido que lleva, le ha dicho en un tono bastante borde que no es para tanto. Cuando su padre ha intentado abrazarla, se ha escabullido y ni siquiera ha querido jugar con sus sobrinos.

Más que a la defensiva, es como si huyera de algo, pero no sé por qué ni qué ha propiciado el cambio.

Tanto es así que, cuando por fin llega la noche y nos quedamos a solas en el apartamento, cosa rara últimamente, estoy decidido a entender lo que ocurre. El problema es que no he hecho más que acercarme a ella cuando me ha esquivado del mismo modo que a su familia.

—Necesito una ducha.

—Vale, podemos...

—Sola.

La miro sorprendido, porque no recuerdo cuándo fue la última vez que se duchó sola. O sea, sí, sé que al principio lo hacía, pero las duchas han sido un tema recurrente para nosotros desde que empezamos a tener sexo. Hasta donde sé, nos encanta ducharnos juntos. Aun así, asiento y sonrío, dejándole ver que no hay ningún problema.

—Por supuesto.

Observo cómo se mete en el baño y por eso veo que por debajo de la puerta no se aprecia luz. Me acerco de inmediato, porque esto me suena. De hecho, fue lo que nos hizo estar como estamos ahora, ya que entré en el baño pensando que estaba vacío y la pillé desnuda porque se estaba duchando a oscuras. Camino decidido hasta que llego a la puerta y me doy cuenta de que no tengo permiso para entrar. No se trata de que la puerta esté o no cerrada. Se trata de que ya me ha dicho que quiere estar sola y no soy nadie para ignorar eso. Si no me quiere ahí dentro, sus motivos tendrá.

Y si quiere ducharse en la más absoluta oscuridad..., bueno, pues ella sabrá.

Doy unos pasos atrás y me repito a mí mismo varias veces que no me importa, que no me concierne y, además, no tiene importancia, pero durante todo ese tiempo permanezco de pie y mirando por la rendija de debajo de la puerta, así que supongo que eso demuestra que no siempre se me da bien autoconvencerme de las cosas.

Cuando Avery sale del baño, lo hace envuelta en una toalla y mirando al suelo. Debería dejarlo estar. Debería ignorarla del mismo modo que ella me ignora a mí, pero no puedo. Ya está. Es que no puedo. Así que, cuando abre la puerta de su habitación haciendo como si yo no estuviera aquí, de pie y mirándola, dejo de contenerme.

—¿Por qué te has duchado con la luz apagada? —Ella me ignora, pero no se mueve. Está en la puerta de su habitación, con una mano sujeta al pomo y mirando al suelo de tal modo que su pelo húmedo le tapa parte de la cara. Me acerco más—. ¿Por qué, Avery?

—Tengo migraña.

—Mentira.

—¿Qué?

—Es mentira. Sé perfectamente bien cuándo tienes migraña y cuándo estás mintiendo.

Eso hace que me mire, lo que es bastante peor, porque tiene los ojos rojos y es evidente que ha llorado, pero aun así su tono suena firme y un tanto rabioso.

—Tú no lo sabes todo sobre mí. No me conoces tanto como crees, Asher. De hecho, sabes bastante poco.

La miro boquiabierto, no tanto por sus palabras como por la certeza de que tiene razón. A nivel físico, he llegado a conocer su cuerpo a la perfección. Sé, por ejemplo, cómo reacciona cuando la toco en según qué partes. Sé que soplar su cuello hace que su piel se erice y que le encanta enredar sus dedos en mi pelo cuando le hago sexo oral. Sé que adora las duchas compartidas y que, de vez en cuando, le encanta llevar el control en la cama. Sé muchas cosas y he aprendido muchísimas de sus zonas erógenas con facilidad, y estoy deseando aprender más, pero a un nivel que no sea sexual… A un nivel más profundo… Lo cierto es que no tengo ni idea, aunque esa revelación me golpee tan fuerte como para quedarme un poco consternado.

Ella aprovecha mi confusión para meterse en la habitación. En el último instante, justo antes de que cierre la puerta en mis narices, sujeto su mano, pero se suelta de un tirón tan fuerte que doy un paso atrás. No porque parezca enfadada, sino porque es como si estuviera… ¿asustada?

—No quería tocarte sin permiso. Perdóname —murmuro sintiéndome más torpe que en toda mi vida.

No porque rechace mi tacto, sino porque odio el modo en que me ha mirado. Que haya reaccionado como si yo fuese a hacerle algo.

Avery suspira y sus ojos se suavizan tan rápido que me pregunto si no habrá sido producto de mi imaginación lo que he visto y sentido. Se acerca un segundo, roza mis labios con los suyos y sonríe, pero de un modo tan falso que hasta sus seguidores se darían cuenta.

—Solo ha sido un mal día, no te preocupes, ¿vale?

No la creo, porque su postura corporal sigue diciendo otra cosa, pero cuando entra en su habitación definitivamente y cierra la puerta, pienso que, sea lo que sea lo que le ocurre, ha decidido dejarme fuera y, por más que me moleste, tengo que aceptar que no tengo derecho a meterme más de lo que ella me permita.

Lo que Avery haga con su vida no es asunto mío y más me vale entenderlo cuanto antes.

40

Avery

Me despierto agotada. Faltan solo unos días para el día de Navidad y siento que todo está desbordado desde que empezaron a llegar huéspedes, lo que me mantiene ocupada la mayor parte del día, porque mostrarme amigable con ellos, grabar parte de sus actividades y animarlos a hacer más es, en esencia, mi trabajo estos días. Se suma el hecho de que mi familia esté más estresada que nunca por pasar tiempo conmigo. Y Asher... Bueno, con Asher, nada. Los dos estamos a tope, pero, además, desde que hace unas noches me duché a oscuras, él no ha vuelto a acercarse a mí de un modo sexual. Nunca lo admitiré en voz alta, pero lo echo terriblemente de menos, aunque vivamos juntos.

El problema es que el poco tiempo libre que tengo lo uso para leer y releer los mensajes que han llegado últimamente. Hoy, por ejemplo, es mi día libre y lo estoy usando para releer unos mensajes que ya debería haber bloqueado y borrado de mi teléfono.

Userdreamer399352256

Cómo me gustaría estar ahí, en familia. Ayer me reí cuando tu padre publicó la foto del pequeño Tyler subido encima del husky, pero no pienso permitir que haga eso con nuestros hijos. Me da miedo que puedan hacerse daño.

Userdreamer3993522565

He visto a Asher demasiado cerca de ti. Otra vez. Sabes que no me gusta eso. Ardo en deseos de estar contigo de una vez por todas para que él vea que tú me perteneces. Porque puede que aún no estemos juntos, pero de algún modo estoy ahí, contigo. Soy el susurro de los árboles en la noche, el viento cuando hay tormenta y la nieve que te rodea por todas partes. Pronto estaremos juntos, por fin, y ni el idiota de Asher ni nadie podrá interponerse entre nosotros.

Dejo el teléfono a un lado y aprieto los ojos para no dejar caer las lágrimas que amenazan con salir y desbordarme. Tengo que calmarme. Sé que tengo que calmarme, pero es tan complicado que, por momentos, siento que solo quiero quedarme aquí, en mi habitación, con la persiana bajada, la luz apagada y la seguridad de que no puede llegar hasta mí.

No puedo hacerlo, aunque hoy sea mi día libre, pero juro que pagaría por escaparme a algún lugar en el que no tuviera que salir constantemente en redes dando mi localización exacta. Es una tontería porque sé que, si quisiera llegar a mí, sea quien sea, ya lo habría hecho. El hotel está lleno de familias, parejas y amigos pasando sus vacaciones aquí. Podría haber reservado una cabaña e, incluso, los apartamentos de debajo antes que mi familia, pero no lo ha hecho. Tampoco lo hizo en Nueva York. Solo está jugando con mi mente. Vive en una fantasía de la que me ha hecho parte, pero no es más que eso: ficción. Denunciarlo es inútil, no tengo un nombre ni una cara ni una dirección. No tengo nada más que un usuario que cambia constantemente. Me lo repito una y otra vez para ver si en algún momento consigo creérmelo.

Giro la cabeza y acaricio el lado del colchón en el que solía dormir Asher hasta hace solo unos días. Necesito... necesito abrazarlo. Lo cual es absurdo y estúpido, porque lo nuestro solo es sexo, pero creo que lo que me ocurre es que necesito al Asher amigo. Que bromee conmigo, me abrace y me haga sentir que todo va a estar bien.

Tanto es así que salgo de mi dormitorio decidida a buscarlo y propiciar un acercamiento, si es que está en casa, pues hoy también es su día libre.

El problema es que me lo encuentro sentado en la isleta de la cocina, decorando unos *cupcakes* mientras mi madre le explica cómo sujetar la manga pastelera.

—¡Lo haces muy bien, cielo! Podrías ser un gran pastelero.

—Eres tan amable, Lauren..., y tan mentirosa.

Mi madre se ríe a carcajadas, como si Asher le hubiera contado el mejor chiste del mundo, y me doy cuenta de que él está poniendo en práctica todo su encanto con ella. Es... bonito. Lo bastante bonito como para sentir ganas de llorar, porque sé, aunque no hablemos mucho de ello, que Asher siempre anheló tener una familia que lo quisiera como merecía. Pienso en el niño al que maltrataron y deseo como nunca antes que pueda sentirse tan querido como me he sentido yo toda mi vida. Ojalá pudiera darle a mi familia de algún modo, aunque sepa que es mentira. Pero puedo disfrutar de este momento con él. Así que, pese a estar aterrorizada, tener la ansiedad por las nubes y sentir que voy a venirme abajo en cualquier momento, me acerco a ellos, tomo asiento junto a Asher y sonrío como hace días que no lo hago.

—¿Qué tal, familia?

—Hola, bizcochito. ¿Cómo estás? ¿Te ha dado tregua la migraña? —Mi padre me saluda mientras termina de secar unos platos—. Sentimos haber invadido tu cocina, pero mamá quería hornear unos *cupcakes* y este horno es más grande. Tu hermana y Benjamin se han ido a hacer una clase de esquí. Bueno, Tyler y Benjamin se han ido a hacer una clase de esquí con Violet. Me apuesto lo que quieras a que tu hermana y la pequeña Lili están en la cocina de Margaret tomando chocolate caliente.

Sonrío. Mis padres están jubilados y mi hermana tiene una excedencia hasta que la pequeña sea un poco más mayor, así que mi cuñado está teletrabajando para poder estar aquí el mes entero, y se organizó la agenda para tener fiesta los mismos días que yo y así estar libre si hacíamos algo en familia. Es un hombre tan bueno que no me extraña que mis padres lo traten como a un hijo más.

—No puedo culparlas. El chocolate de Margaret es excepcional —digo saliendo de mis pensamientos.

—¿Verdad que sí? —coincide mi madre—. He pensado hacer estos *cupcakes* porque quiero demostrarle de alguna forma mi agradecimiento por su amabilidad. Los llevaré a su cocina para que se los ofrezca a los huéspedes. Asher está ayudándome con el glaseado. ¡Es un gran pinche de cocina!

Me río. Me hace gracia que me hable de él como si fuera un niño de cinco años al que intenta animar por todos los medios. Y lo mejor es que funciona, porque él me mira y sonríe lleno de orgullo.

—Tu madre dice que, si sigo haciéndolo así de bien, pronto me dejará decorar también las galletas navideñas.

—Qué honor. Mamá no le permite decorar las galletas a cualquiera —le digo.

—Es verdad, chico. Una vez Avery intentó poner los botones de una galleta con forma de muñeco y mi querida Lauren la obligó a practicar antes en un folio.

—¡Solo quería que salieran bien! No me hagáis parecer una dictadora porque, cuando no se trataba de esas galletas, os permitía hacer cualquier tipo de desastre en la cocina.

—Eso es cierto —coincido antes de volver a mirar a Asher—. Solo necesita que rocen la perfección las galletas navideñas. Con el resto puedes meter la pata hasta el fondo y no habrá ningún problema.

—Es bueno saberlo —responde sonriendo.

Ellos siguen hablando. Mi madre interactúa con Asher de un modo natural y mi padre termina de secar los platos. Asher me da un *cupcake* perfectamente decorado. Lo miro y sonríe.

—Creo que te irá bien un poco de azúcar. Te haré café.

No puedo responder. Lo observo levantarse y preparar la cafetera. No soy la única. Mis padres también lo miran durante un instante antes de desviar sus ojos hacia mí. Mi madre sonríe como si estuviera visualizándome vestida de novia mientras Asher espera en el altar. No podría estar más equivocada, pero ahora mismo no me siento con fuerzas para tener una conversación incómoda. Además, él sigue aquí, de modo que todos fingimos normalidad y, cuando por fin tengo una enorme taza de café con forma de reno entre las manos, siento que soy una persona un poquito más feliz.

—¿Y cuáles son vuestros planes para hoy, chicos? —pregunta mi madre—. Después de tantos días de duro trabajo, por fin tenéis un merecido descanso.

—En realidad, tenemos que estar pendientes por si ocurre algo, pero haber contratado un poco de ayuda extra nos va a liberar mucho —dice Asher.

—Es genial que Noah haya accedido —concuerdo. Pruebo el glaseado del *cupcake* y gimo de placer, está buenísimo.

El problema es que abro los ojos y observo el modo en que Asher me mira. Si se tratara de otro chico, juraría que hay algo muy parecido al anhelo en su mirada, pero sé que no puedo autoengañarme con eso. Él no echará de menos mis abrazos tanto como el sexo en sí. Yo, en cambio, soy consciente de que estos días he extrañado cosas básicas como ver una peli abrazada a él, que me haga una cena rápida antes de llevarme a la cama o... No sé, cosas básicas y tontas que no debería echar de menos. Momentos cotidianos que acabarán en algún momento porque no somos pareja, por más que a veces actuemos como tal. No hay una relación entre nosotros más allá de la amistad y el sexo trivial. O eso intento repetirme constantemente.

—¿Está bueno? —Su voz es un poco más grave, lo que me confirma que está pensando en sexo después de verme comer el glaseado. Sonrío y asiento.

—Sí, está buenísimo.

—¿Y cuáles son tus planes entonces, chico? ¿Qué harás hoy? —pregunta mi padre sacándonos de nuestra conversación, que podía parecer silenciosa, pero no lo era, porque he entendido muchas más cosas de las que ha dicho, como siempre.

—Pues no tengo nada pensado. Después de una semana tan movida, solo quiero descansar y estar en silencio.

Mis padres sonríen, entendiéndolo. Y yo tardo unos segundos en darme cuenta de que eso es justo lo que también necesito yo.

—¿Puedo descansar y estar en silencio contigo?

—Claro.

Parece contento de verdad, como si se alegrara de que le haya preguntado eso. Mis padres no dicen nada. Si tenían un millón de planes para mí y nuestra familia, se lo guardan. De hecho, desde ese instante, parece que tienen un poco de prisa en acabar con los *cupcakes* para marcharse.

Asher y yo los observamos en silencio y siento, por primera vez en días, la complicidad de siempre entre nosotros. Tanto es así que me atrevo a estirar la mano y acariciar la suya, incluyendo la zona del reloj, donde tiene esa cicatriz que tanto me atormenta, aunque no lo diga.

Mis padres se marchan y Asher camina hasta el sofá y se sienta, palmeando el asiento justo al lado.

—Ven, deja que te abrace.

Podría haber dicho muchas cosas. Podría haber insinuado tener sexo cuanto antes después de unos días de abstinencia, podría haberme pedido que vayamos a la ducha como tantas otras veces o incluso a la cama, pero no. Solo me ha pedido un abrazo y, quizá por eso, me siento aún más satisfecha.

Voy a su lado, dejo que me abrace y, cuando aspiro su aroma, soy consciente de todos los errores que estoy cometiendo en relación con esto. Con él. Porque es un chico que jamás irá más allá y nunca me dará más de lo que ya me da. No habrá promesas de su parte ni bonitas declaraciones de amor. No puede darme nada de lo que yo siempre he soñado, pero, aun así, no puedo evitar que, por un instante, el autoengaño funcione y deje de pensar en todo lo que me preocupa para centrarme solo en lo absurdamente feliz que me hace que Asher Brooks me abrace.

41

Asher

La miro desnuda sobre mi cama. Acabamos de tener sexo después de días y vuelve a sonreír de verdad, y no solo para intentar complacerme a mí o a los demás. Parece que es ella misma otra vez y, aunque me muero por preguntarle qué es lo que hace que a veces se aísle del mundo, decido que no me debería importar. Es mi amiga, la quiero como tal, pero no me inmiscuiré en una parte de su vida en la que ella no quiere dejarme entrar. No insistiré, porque eso puede llevar a confusiones innecesarias. Y porque... si ella no me quiere ahí, por algo será.

—¿Estás ya bien del todo? Ya sabes, de tu migraña.

Los dos sabemos que esa migraña no existe, pero cuando sonríe agradecida y asiente, sé que he hecho lo correcto.

—Sí. No te preocupes. —Mira la cristalera del balcón y suspira—. Aunque, si cerráramos las cortinas solo por hoy, me sentiría mejor. Ya sabes, evitar el exceso de luz va bien.

La miro en silencio un instante, pero no veo por qué eso debería ser un problema, así que me aseguro de cerrar las cortinas de todas las ventanas cuando salgo de la habitación para coger un poco de agua.

—¿Y bien? —pregunto apoyándome en el marco de la puerta de mi habitación—. ¿Qué te apetece hacer hoy? —Ella baja la vista y, teniendo en cuenta que estoy completamente desnudo aún, me resulta fácil saber dónde mira—. ¿Y algo más?

—¿Qué pasa? ¿De pronto la idea de pasar un día entero a base de sexo te resulta repulsiva?

—Jamás —respondo riéndome—, pero podríamos hacer algo entre ronda y ronda. Una cosa es que me encante jactarme de que soy imparable y otra que sea cierto, cielo. Hasta yo necesito un poco de tiempo para reponerme.

Ella se ríe, se sienta en la cama y no puedo evitar mirar el modo en que la sábana se desliza por sus pechos, dejándolos a mi vista. Trago saliva. Es posible que necesite menos tiempo del que creía en un principio, pero aun así…

—Las opciones que valoro para hoy son estas: cama, sofá o silla. Todo lo que pueda hacerse en cualquiera de esas tres superficies me vendrá bien, pero no quiero salir ni interactuar con nadie.

—¿Nada de móvil, entonces?

—Nada de móvil. Necesito descansar.

Por alguna extraña y estúpida razón, eso me alegra. No me molesta que Avery coja su teléfono y haga su trabajo porque me consta lo buena que es, pero reconozco que a veces me cansa estar expuesto, y eso que yo salgo una mínima parte en comparación con ella.

Nos tiramos en mi cama de nuevo, pero para ver una película navideña que en opinión de Avery es buenísima y en la mía, pasable, sin más. Después salimos y apagamos las luces para disfrutar del árbol encendido. Aunque sea de día el cielo está oscuro, ha nevado durante toda la noche y aún sigue haciéndolo, así que tampoco hay mucho que hacer fuera.

—Me encantaría estar en la cabaña y encender la chimenea —me dice—. Imagina cómo deben de sentirse los huéspedes con el árbol iluminado, toda esa nieve y, además, la chimenea. Es como un sueño.

Me siento junto a ella en el sofá, la abrazo y me alegra que nos hayamos puesto algo de ropa porque no quiero parecer un pervertido incapaz de controlarme cada vez que la tengo cerca.

—Cuando pase la época navideña, podemos cogerla un par de noches. Pondremos la chimenea, comeremos pizza y beberemos chocolate caliente con malvaviscos en forma de muñeco de nieve. Alargaremos la Navidad solo para nosotros. ¿Qué te parece?

—Suena a música celestial —dice riendo.

Comemos restos de comida que Margaret nos ha ido dando en táperes y volvemos a la cama, donde nos demostramos, otra vez, que la química que sentimos no es inventada. Existe y se manifiesta cada vez que consigo poner las manos sobre ella.

La tarde cae sobre nosotros casi sin darnos cuenta. Entre orgasmos, risas, comida, pelis y un poco de música ambiental, conseguimos hacer que las horas parezcan segundos. Es un día que recordaré siempre porque creo que nunca me he tomado el tiempo para estar así con una chica, durante horas y sin preocuparme por la despedida o el modo en que se tomará que no quiera repetir.

Claro que con Avery llevo repitiendo un mes y, si me preguntas, aún no estoy ni siquiera cerca de empezar a pensar que es hora de dejarlo.

De hecho, ahora mismo la estoy mirando dormir de costado, con su nariz rozando mi hombro, pues estoy tumbado de espaldas, y su mano escayolada reposando sobre mi vientre, y no puedo dejar de hacerlo. No es de extrañar. Es preciosa y lo sabe todo el mundo, incluida ella, pero hay algo más. Es una especie de placer extraño que se pone de manifiesto cuando la observo dormir desnuda y entre mis brazos, porque siento que confía en mí tanto como para dejarme verla en su estado más vulnerable, y eso me sobrecoge de un modo que no estoy dispuesto a reconocer en voz alta.

Cojo mi teléfono y, antes de poder resistirme, le hago una foto a su cara procurando que solo se vean sus hombros y su desnudez se quede para mí. Es un impulso, ni siquiera lo pienso demasiado, pero el caso es que la he echado de menos estos días que ha estado más alejada y me he dado cuenta, de una forma un tanto absurda, de que apenas tenemos fotos juntos.

Avery entreabre los ojos y sonríe de ese modo que hace que piense en cosas en las que no debería pensar.

—¿Qué haces?

—¿La verdad o la mentira?

—La verdad —responde ella.

Sonrío, acaricio su frente y me pregunto si, por una vez en la vida, soy capaz de decir lo que pienso sin creer que desataré un desastre por hacerlo.

—No lo sé. Te he mirado y he sentido el impulso de inmortalizarte. A lo mejor es para acordarme de ti en el futuro, cuando te busques a un hombre de verdad y me des la patada.

Avery se ríe, pero rueda sobre mí y se sube a horcajadas sobre mi cuerpo. Me encanta que haga eso y, por fortuna, parece que a ella también. Su brazo izquierdo escayolado le hace las cosas un poco más difíciles, pero se las ingenia para estar increíblemente sexy incluso así.

—Primero, no tengo pensado darte la patada. Y segundo, tú ya eres un hombre de verdad.

La tensión se mezcla con la ilusión de que me diga algo así. A veces me encantaría saber cómo sería la vida si yo pudiera... Si solo pudiera...

—Me toca.

Sus palabras me distraen. Avery se incorpora un poco sobre mi cuerpo, coge su teléfono de la mesita de noche, vuelve a sentarse sobre mí y me enfoca.

—Sonríe, cielo.

Cruzo las manos detrás de mi cabeza y me río guiñándole un ojo.

—¿Quieres subirme a internet para el regocijo de tus fans? Asegúrate de que salgo marcando bíceps.

—¿Puedo?

La pregunta me sorprende. La miro un poco extrañado, pero sin perder la sonrisa.

—Puedes, pero sabrán que estás subida encima de mí. La postura es inconfundible, rubia. —Alzo las caderas y le hago notar la evidencia de que los dos estamos desnudos en esta cama.

Ella se ríe y encoge los hombros.

—¿Desde cuándo tengo que pedir explicaciones a nadie sobre la gente con la que me acuesto o no?

Hay algo raro en su frase. Una especie de reto que no me cuadra, porque no le he dicho nada desafiante, pero teniendo en cuenta que yo no tengo redes sociales y me importa bastante poco lo que piensen de mí, encojo los hombros.

—Desde nunca, pero gritarle al mundo que te acuestas conmigo igual hace que te ganes más de una charla sobre lo insensata que eres. Y tú eres una chica muy muy sensata...

Esta vez sí que ha sido una provocación. Ella lo sabe y yo también. Por eso me quedo un poco pasmado cuando, finalmente, sube la foto a *stories* sin bajar siquiera de mi cuerpo.

—Me importa muy poco lo que opine la gente sobre mi sensatez. En mi vida solo mando yo.

Raro. Es raro, pero al mismo tiempo real, porque estoy de acuerdo con ella. Al menos hasta que recuerdo un par de detalles.

—¿Y si lo ve tu familia? ¿O Noah?

—Asher, ¿crees que mi familia no sabe el motivo por el que llevamos aquí todo el día encerrados? Y Noah lo sabe todo.

Eso sí despierta mi ansiedad lo suficiente como para sentarme procurando no dejarla caer. La rodeo con los brazos y noto cómo su mano buena se apoya en mi bíceps.

—¿Qué? Yo no se lo he dicho.

—Pero yo a Olivia, sí. Y Olivia se lo habrá contado. Esos no se guardan nada.

Siento cómo me acelero. Ella también lo nota, pero se limita a mirarme fijamente.

—¿Y por qué estás tan tranquila? ¿Crees que tu padre espera que pida tu mano o algo así? ¿O que Noah se enfadará por liarnos en el trabajo? No me ha dicho nada de que lo sabe, pero me advirtió que no lo hiciera cuando apenas lo sospechaba. Tal vez debería llamarlo y...

Avery suelta una carcajada que podría haberme cabreado más, pero consigue tranquilizarme un poco, ya sea porque está enroscada en mi cuerpo o porque realmente no parece preocupada. Y si ella no ve motivos de alarma...

—Dudo que piensen que, de pronto, estás loco de amor por mí, así que no te preocupes. Todos sabemos que eso es imposible.

Sus palabras me producen un sabor amargo que no me gusta. Como si hubiese comido algo en mal estado. Hago que baje de mi cuerpo, la insto a rodar por la cama y, cuando está de espaldas y un poco más alejada de mí, me aseguro de mirarla a los ojos mientras hablo, porque necesito que esto quede claro.

—Oye, sé que los dos tenemos muy claro que esto solo es sexo.

—Ajá.

—Y sé que sabes muy bien lo incapaz que soy de enamorarme.

—Asher, tranquilo, yo...

—Pero si pudiera sentir algo más que pasión o cariño por alguien, si tuviera un mínimo de capacidad para enamorarme, caería de rodillas ante ti, Avery. Y espero que eso no lo dudes nunca.

—¿Cómo estás tan seguro? —Hay algo en su tono, un sentimiento que no logro descifrar. Por eso intento ser lo más sincero posible.

—Porque no conozco a nadie tan capaz de hacer que un hombre, cualquier hombre, pierda la puta cabeza.

—Cualquiera no. Tú no.

—Eso es porque estoy defectuoso de fábrica —respondo con una sonrisa que pretende ocultar todo lo que estoy sintiendo ahora mismo.

Quiero que suene a broma, pero sé que, cuando esta noche cierre los ojos y me quede a solas con mi propia mente, tendré que enfrentarme a la verdad.

Avery acaricia mi mejilla con la mano buena, me besa en los labios y habla con una seriedad muy poco habitual en ella:

—Tú no estás defectuoso, Asher Brooks. Tú eres... eres perfecto, a tu manera.

—Una manera muy imperfecta.

—Es una manera, al fin y al cabo.

Sonrío, la beso y pienso que, en realidad, es una suerte que no pueda enamorarme, porque estoy bastante seguro de que nunca llegaría a merecerme a alguien como Avery.

No ha nacido ni nacerá jamás el hombre capaz de merecer a Avery Sinclair.

42

Avery

La noche del 24 de diciembre solía ser especial en casa de mis padres. Reunían a amigos y familiares más cercanos y organizaban una cena increíblemente rica en la que había todo tipo de manjares. Después abríamos los regalos de Navidad antes de ir a dormir y jugábamos a juegos de mesa o bailábamos hasta bien entrada la noche. Siempre fue así. Mis padres tenían la teoría de que la Navidad había que celebrarla dos veces. El 24 por todo lo alto y el 25 con una comida mucho más íntima en familia. Por eso no me extraña nada que hayan convencido a Margaret y George de hacer lo propio aquí, en Silverwood.

Me enorgullezco de mostrar en internet todo lo que vamos a comer esta noche. Ensalada de nueces y manzana, sopa de calabaza asada, jamón ahumado al horno glaseado con jarabe de arce de la zona, sidra de manzana caliente y un sinfín de platos, a cada cual más rico que el anterior, porque mis padres y Margaret han decidido cocinar para un año entero.

Alrededor de la mesa se reúnen muchas de las personas más importantes de mi vida y valoro, pese al caos que ha supuesto su visita durante estas semanas, tenerlos aquí, porque sé que, de haberse quedado en Nueva York, esta noche habría sido muy agridulce para mí.

Retransmito en directo la preparación de la cena, pero, en cuanto nos sentamos, apago el teléfono y me preocupo solo de disfrutar de la compañía. Eso incluye a Asher, que, a mi lado, tiene la misma pinta que debe tener un pato si lo meten en una fiesta de cocodrilos.

—¿No conectas más? —me pregunta.

—No, he decidido que el resto de la noche será para mí. Quiero divertirme de verdad.

Lo que no le digo, aunque él ya lo sepa, es que desde que subí su foto a mis redes en una posición en la que se veía claramente dónde estaba yo y que no era una simple foto de amigo, la gente ha enloquecido. Lo han tomado como la confirmación de una relación que no existe y están llenando internet de montajes preciosos con fotos suyas y mías. Preciosos, pero falsos, aunque no puedo culparlos por creer algo que no es. Editan vídeos y *fanarts* de todo tipo. Incluso he visto ilustraciones de Asher y mías besándonos, aunque nunca hayamos enseñado algo así. Es bonito que la gente se emocione tanto, pero también me abruma darme cuenta del nivel de atención que centran en mí. O tal vez debería decir que yo lo provoco. No lo sé. Lo que sí sé es que, para mantenerme firme en mi decisión de no mirar un solo mensaje privado para no caer más en episodios de ansiedad difícil de manejar, he tenido que optar por retransmitir lo que quiero y luego apagar el teléfono y olvidar que existe. Es la única forma de resistir la tentación, pero me mantengo positiva porque los primeros días quería mirar el móvil cada dos minutos y, ahora, en cambio, consigo olvidarme de él durante horas y he empezado a entender que Asher no tenga redes sociales. Al final del día, él vive con una tranquilidad que para mí ya es imposible.

—Yo también quiero divertirme de verdad —dice acercándose a mí y susurrando junto a mi oído—. Así que no bebas de más. Necesito que estés bien sobria para lo que quiero hacerte en cuanto podamos ir a casa.

Trago saliva, pero no es suficiente. Tengo que beber algo porque mi boca se ha quedado repentinamente seca. Asher va con tejanos y un jersey de lana. No es nada especial, podría resultar muy básico, pero es que es Asher. Nada en él es básico porque es…, bueno, él sabe muy bien cómo es, por eso ahora mismo me mira con esa mezcla de soberbia y engreimiento que me hace sentir ganas de pegarle y besarle al mismo tiempo.

Es increíble que me haya acostado con él. Más aún: es increíble que llevemos más de un mes acostándonos, sobre todo cuando él no ha repetido nunca más de dos veces con la misma chica. No es que me considere especial por algo así, sé que no lo soy; en realidad, solo soy la alternativa fácil. Si estuviéramos en Nueva York, estaría con unas y otras como ha hecho siempre, pero ese no es el punto.

El punto es que estamos en Vermont. En Silverwood, para ser más concretos, y aquí la realidad es que llevamos un mes durmiendo juntos casi de manera continua, si quitamos los días en los que necesité tomarme un respiro presa del pánico por mi acosador. Las semanas han pasado volando y la Navidad me tiene lo bastante distraída como para que las cosas que no me gustan de mi vida queden ocultas bajo capas y capas de malvaviscos, galletitas de canela y jengibre, postres de manzana y música navideña.

En este momento, sin ir más lejos, suena de fondo «Christmas Tree Farm» de Taylor Swift, y todos estamos sentados en los sofás del salón. El árbol está encendido, la mesa pequeña rebosa de galletas, sidra y copas a medio llenar y todos miramos a mi sobrino Tyler abrir sus regalos completamente extasiado. La pequeña Lili también debería abrir algo, pero con ocho meses es bastante más interesante el papel de regalo que el regalo en sí, así que lleva un rato dando vueltas a uno estampado de muñequitos de nieve que ha intentado comerse ya dos veces.

—Es que tiene hambre —dice mi hermana antes de acercarse a ella.

—Se va a sacar la teta de nuevo, ¿verdad? —pregunta Asher a mi lado.

Me río. El modo en que ha acabado resignándose incluso a esta parte de mi familia es encantador, lo reconozco. Es capaz de mantener una conversación con mi hermana mientras da el pecho y no bajar la vista ni una sola vez. Lo sé porque me he fijado. Debería ser lo lógico, pero el Asher del pasado habría hecho un sinfín de chistes con eso. Este se contiene y no dice nada, salvo a mí, así que me siento irracionalmente orgullosa de él.

—Bueno, ahora que los pequeños han abierto sus regalos, ¡podemos mirar los nuestros! —exclama Violet antes de coger un paquete pequeño de debajo del árbol y extenderlo en dirección a Savannah, que también ha venido a pasar la noche con nosotros.

Es el pistoletazo de salida. De pronto, frente a nosotros hay un montón de gente abriendo paquetes. Frosty, el perro, se ha vuelto loco y salta de un lado a otro mientras Asher lo mira con recelo, pero sin pánico, lo que de nuevo me hace sentir orgullosa de él.

—Necesito una copa —murmuro.

—¡Te acabo de decir que no quiero que te emborraches!

—¿Y desde cuándo tú me das órdenes a mí, querido? —Él me mira entornando los ojos y me río—. Solo una, créeme, soy la primera interesada en ver qué me ha traído Santa esta noche.

Le guiño un ojo y Asher se relame antes de acercarse a mí y abrazarme disimuladamente.

—¿Lo has dicho en ese tono para ponerme cachondo o es que estoy más enfermo de lo que pensaba?

Suelto una carcajada y beso su mejilla. Después limpio mi labial rojo de su piel con cariño antes de darme cuenta de que mi hermana nos mira desde una esquina como si fuéramos los protagonistas de una película romántica. La ignoro y me centro en Asher.

—Tranquilo, tenía como fin justamente eso.

—Menos mal.

Abrimos paquetes, celebramos los regalos de los demás y, cuando mi madre se acerca a Asher con una bolsa entre las manos, observo el modo en que él se queda paralizado.

—¿Es para mí?

—Claro. Tú nos has comprado regalos a todos.

—Sí, pero, eh… Bueno, no esperaba recibir nada.

Se me parte el corazón, no por lo que dice, sino por lo que hay detrás. Me pregunto cuántas veces lo dejaron de niño sin regalos. En cuántas ocasiones soportó que otros niños tuvieran regalos y a él le robaran la magia de la Navidad.

Lo veo abrir la bolsa y reírse cuando descubre el jersey rojo con un enorme copo de nieve blanco en el torso.

—¡Me gusta! —dice antes de ponérselo por encima y mirarme—. ¿Qué tal?

—Muy guapo. Te lo deberías poner mañana para celebrar la Navidad.

—Buena idea, rubia.

—En realidad, aprovechando esas palabras… —Mi madre extiende una bolsa idéntica hacia mí y la cojo riéndome.

Asher también me sonríe e, inevitablemente, algo dentro de mí salta de un modo extraño. Decido ignorar el hecho de que cada vez siento este revoloteo con más frecuencia. Por fortuna, he perfeccionado tanto el arte de autoengañarme que lo hago con relativa facilidad. Abro el regalo de mi madre y descubro que es otro jersey navideño, rosa y con listones azules y blancos, además de un patrón de corazones y copos de nieve precioso.

—Me encanta, muchas gracias.

—Nada, cariño. Pensamos que sería bonito que mañana vistáis a juego, como solemos hacer tu padre y yo. Y también Phoebe y Benjamin.

—¿Es una tradición familiar o algo así? —pregunta Margaret—. ¡Qué bonito! Deberíamos hacerlo también nosotros —le dice a George.

No sé qué responde él, porque mis ojos están puestos en Asher y en el modo en que la tensión ha conseguido envarar su espalda lo bastante como para que sus hombros, de por sí anchos, lo parezcan más.

Da igual de cuántas formas le haya tratado de explicar a mi familia que Asher y yo no somos nada serio. He intentado decirles que todo esto es informal porque me da mucha vergüenza admitir que solo follamos, pero da igual porque, cuando lo intento, mi madre y mi hermana se ríen y me aseguran que nadie puede fingir las miradas que nos dedicamos y que son de amor. Porque sí, porque lo dicen ellas.

Mi padre ha tratado de hablar con él acerca de sus intenciones en varias ocasiones, pero Asher ha conseguido escabullirse siempre. Hasta ahora me lo he tomado un poco a broma y le he asegurado a mi amigo que no tiene de qué preocuparse, pero después de esto entiendo que se esté poniendo un poco blanco.

—¿Quién sabe? —dice George, ajeno a todo lo que se está desatando en la cabeza de Asher—. A lo mejor en el futuro tenéis hijos y dedicáis vuestra vida al hotel, como hicimos Margaret y yo.

—Eso no sucederá nunca por muchísimas razones —dice Asher riéndose.

—¿Cuáles? —pregunta George.

—La primera, que no estamos enamorados. La segunda, que no creo que me quede aquí más del año estipulado. La tercera, que no pienso tener hijos con absolutamente nadie. ¿Sigo?

Hay algo en su tono irreverente e irónico que me duele. Me cuesta admitirlo, porque no quiero que sea así. Me encantaría que no me afectaran sus palabras porque significaría que me he mantenido firme en nuestro trato inicial y mis sentimientos no han variado, pero la verdad es que, aunque intento que no me afecte, la facilidad con la que deshecha una vida juntos se me atraviesa un poco.

Intento pensar en frío y repetirme una y otra vez todos los motivos por los que él no ha hecho ni dicho nada malo, porque en ningún momento me ha prometido algo distinto a lo que me da, pero, al final del día, cuando me meto en la cama y siento sus brazos rodearme; cuando apoyo mi cabeza en su torso desnudo, son muchas las noches que me recrimino a mí misma por no ser más fuerte.

Porque, me guste o no, siento algo por él. Lo sé. Lo vengo sabiendo desde hace semanas y, cuando Asher se canse de mí, que lo hará posiblemente antes de acabar el año que tenemos que estar aquí, volverá a Nueva York, retomará su vida de fiestas, chicas sin nombre y sexo pasajero y no mirará atrás una sola vez. Y todo eso lo hará frente a mis ojos mientras no puedo decir nada, porque no habrá nada que reprocharle, aunque sea muy posible que acabe con el corazón roto.

Dejo de lado a Asher y esta conversación incómoda, cojo una copa de la mesa y me siento junto a mi hermana, que sigue dando el pecho a Lili, pero me sonríe como si no estuviera agotada de no dormir, criar dos hijos y, además, aguantarlos completamente sobreestimulados todo el día con esto de las fiestas y el cambio de rutina.

—Ey —murmuro.

—Ey. ¿Cómo va la noche?

—Bueno, podría ir mejor.

—Sí, eso he supuesto al oírlo. ¿Estás bien?

Trago saliva y miro mi copa durante unos instantes, porque sé que, en cualquier otra ocasión, este sería el momento en que me echaría a llorar, apoyaría la mejilla en su hombro y le confesaría que la he fastidiado del todo. La miro con la firme intención de mentir, pero en cuanto veo sus ojos, tan parecidos a los míos, me doy cuenta de que no es posible. Niego con la cabeza con suavidad, convencida de que si hablo ahora me pondré a llorar como una niña pequeña, y ella acaricia mi mejilla y recoloca un mechón de pelo detrás de mi oreja.

—Sé que teníais un trato y sé que piensas que él es incapaz de tener sentimientos profundos, pero, querida, hazme caso: ningún hombre mira a una mujer como Asher te mira a ti si no se muere de amor, aunque no lo sepa.

—Creo que es hora de dejar de engañarme. Él no va a quererme nunca, Phoebe. Él no puede amar.

—Eso no es verdad. Sí puede, pero tiene miedo. Ya lo reformarás.

—No quiero ser una de esas mujeres que viven esperando poder cambiar al mujeriego de turno. No quiero reformarlo porque no me corresponde a mí hacerlo; es algo que solo puede hacer él. Y si no está por la labor…, no voy a intentar convencerlo de lo contrario.

Mi hermana me mira con lástima, lo que hace que me sienta aún peor. Me bebo la copa prácticamente de un sorbo y aguanto como una campeona más de una hora de juegos de mesa y discusiones por ver quién ha ganado cada ronda. Cuando al fin es lo bastante tarde como para irme sin levantar sospechas ni resultar una maleducada, me despido de todo el mundo y me encamino hacia la galería. La atravieso y no he conseguido poner un pie en el primer escalón cuando siento la mano de Asher sujetar la mía. No necesito girarme para saberlo. Reconocería su perfume entre un mar de gente, y esa certeza hace que me deprima aún más.

—Espera, tengo que subir yo primero —me dice.

Sonríe y se muestra como siempre, lo que me hace sentir aún más ridícula, porque yo estoy lidiando con el hecho de estar sintiendo algo por él, mientras él parece tranquilo y feliz. Y odio eso, aunque sea injusto.

Sube las escaleras y me prohíbe entrar al apartamento hasta que me dé el aviso. Así que me quedo aquí, apoyada contra la pared y planteándome encender mi teléfono. El problema es que no estoy de buen humor y, cuando mis emociones son inestables, tiendo a boicotearme. Si lo enciendo, entraré en los privados. Y si entro en los privados, tal vez...

—¡Vale, ya puedes subir! —Asher se asoma al pequeño rellano que hay arriba del todo y me espera como un niño espera a sus padres para poder abrir los regalos de Navidad de una vez por todas.

Cuando llego arriba, sujeta mi mano, la que no está escayolada, y me lleva hacia el interior mientras entrelaza nuestros dedos.

Me lleva unos instantes absorber los cambios del apartamento. Hay algunas velas encendidas, además del árbol, y la música suave llena el ambiente de una calidez que me eriza la piel.

—¿Y esto?

—Quería celebrar la Navidad contigo a solas antes de que mañana nos envuelva el caos. —Sonríe, besa mis labios y se saca una pequeña caja del bolsillo trasero del pantalón—. Feliz Navidad, rubia. Esto es para ti.

Acepto el regalo con la boca abierta. Sé que está abierta porque Asher se ríe, coloca un par de dedos bajo mi barbilla y me la cierra, lo que me hace mirarlo mal, pero reírme también.

—No esperaba un regalo.

—¿Eso quiere decir que no me has comprado nada?

—Sí que te he comprado algo, pero no esperaba que tú...
—Niego con la cabeza—. Da igual, muchísimas gracias.

—Muchísimas de nada. ¿Y el mío? Tráelo y así lo abrimos a la vez.

—Vale, traeré uno.

—¿Uno? ¿Son varios?

—Dos.

—Pues tráelos.

—Imposible.

—¿Por qué?

—Porque uno de ellos lo llevo puesto.

El modo en que su mirada se oscurece es suficiente para dejar de lado mis inseguridades. Yo no conseguiré enamorar a Asher nunca, eso lo asumo, pero el sexo conmigo lo vuelve loco, y eso... eso sí que puedo tenerlo. Al menos una noche más.

Voy al dormitorio, saco el regalo que le compré y se lo doy. Después abro el mío a toda prisa y saco de la cajita una pulsera con eslabones. Uno de ellos es mi inicial, que también es la suya. Justo al lado hay un pequeño muñeco de jengibre muy parecido a los adornos que colgamos del árbol cuando lo montamos. Me emociona que haya sido capaz de elegir cosas relacionadas con nosotros. Hay un muñequito de nieve, un pequeño teléfono móvil y una copa de champán, supongo que por la famosa noche en la que me emborraché y acabé provocando que tuviera que ducharme.

Intento controlarme, de verdad, pero es que estoy tan emocionada que me resulta casi imposible, porque hay algo dentro de mí latiendo de un modo peligroso. Algo que se acerca sospechosamente a eso que juré no sentir nunca por Asher.

Lo miro, pero está distraído con el libro que le he comprado porque, bueno, al parecer la que se enamora soy yo, pero el de los regalos significativos es él.

Enamorada.

Me he enamorado de Asher Brooks.

Ay, Dios, ¿qué he hecho?

43

Asher

Cuando era pequeño nunca celebré la Navidad. En casa jamás hubo árbol y, aunque esto suene triste, el único árbol que recuerdo ver el día de Navidad fue el de la comisaría de policía. Yo tenía siete años, detuvieron a mi madre por consumo y a mi padre por pegarnos a los dos, así que me tocó esperar en comisaría a que alguien de servicios sociales viniera a por mí. Era lo de siempre. Me alejaban de ellos unos días, pero luego, de alguna forma, siempre volvían a por mí. Por desgracia.

Recuerdo mirar el árbol de la comisaría y pensar en lo engañados que vivían los niños y que yo tenía suerte, porque sabía que Santa no existía y a mí no podía engañarme. Era lo que me había dicho mi madre con cinco años para no tener que comprarme regalos: que los demás eran los que tenían mala suerte porque sus padres los engañaban, pero yo era demasiado listo y sabía la verdad.

Luego crecí y ese detalle fue uno más en una larga lista que me hizo darme cuenta de hasta qué punto mi madre había sido egoísta y mala madre. Había preferido robarme la magia de la Navidad antes de esforzarse un mínimo para hacerme disfrutarla. Y ojalá pudiera decir que eso fue lo único que me robó.

Por eso ahora, cuando veo a Avery en el sofá con un conjunto de lencería que ha comprado pensando en mí, esperándome mientras me quito la ropa, llevando la pulsera que le he regalado y con la piel iluminada por el árbol que decoramos juntos y las pocas velas que he encendido, siento que todo se me atraganta. La situación, ella, la vida... Porque a veces pienso que todo esto es un regalo, una compensación por tantos años de mierda. Pero otras veces..., otras veces me siento como aquel niño de siete años mirando las luces y de verdad creo que nada de esto merece la pena. Que, al final, todo es una mentira.

Me acerco a ella cuando me despojo de toda la ropa. Avery abre los brazos para recibirme y sé que, pase lo que pase, voy a recordarla justo así, sonriendo y esperándome toda mi vida.

La abrazo y, no por primera vez, me pregunto cuándo se dará cuenta del fraude que soy. Cuál será el día en que se dé cuenta de lo que está haciendo y todo esto salte por los aires. Y si seremos capaces de mantener nuestra amistad en pie cuando eso ocurra.

—¿En qué piensas? —pregunta mientras me abraza.

Sus ojos son más azules esta noche. Y más dulces. Hay algo en ella acogedor y tentador que me lleva a pensar que las cosas podrían ser mejores y más bonitas de lo que son. Es algo que me lleva a soñar con imposibles y eso no... Eso no puede pasar.

—Estás preciosa —murmuro acariciando la tela de su conjunto antes de quitárselo con suavidad y admirarla desnuda—. Siempre estás preciosa.

Su sonrisa es tan dulce que la beso, porque no quiero verlo. Me niego a ser consciente del modo en que su cuerpo se suaviza para acogerme. No quiero ver la forma en que Avery se entrega sin pensar, como si no tuviera miedo de caer por el precipicio que cada vez está más cerca.

La beso, primero en los labios y luego más abajo. En su cuello, en su pecho, en su vientre. En todas las partes que sé que reaccionan a mí, porque llevo un mes haciendo esto, me he aprendido de memoria las partes de su cuerpo que despiertan en ella placer. Y sus lunares, también me he aprendido sus lunares, sus pecas y sus cicatrices, pero eso no lo admitiré nunca en voz alta.

—Asher...

El modo en que pronuncia mi nombre me produce tanta euforia que de inmediato me castigo, porque no debería ser así. No debería ser más que sexo. Ese era el plan. Siempre lo fue.

Trepo por su cuerpo antes incluso de llegar a donde quería. No sé qué estoy haciendo. Es la primera vez que el sexo no se reduce a seguir los pasos correctos para alcanzar el orgasmo. No puedo hacer esto como si fuera un ejercicio más porque no lo es. Algo ha cambiado en la situación y en ella. Lo veo en sus ojos y en el modo en que se está entregando esta noche. No es la postura, no es lo físico, es... es la forma de mirarme. Es el anhelo que brilla en sus ojos y la manera de entregarse y quedarse a mi merced, sin tomar el control ni exigir nada. Es abrumador, pero también maravilloso; sin embargo, cuando entro en ella, lo único en lo que puedo pensar es en que ojalá no lo diga con palabras. Sé lo que estamos haciendo, sé lo que ella está sintiendo porque puedo verlo con tanta claridad como si lo estuviera gritando, pero no quiero que lo diga. No porque no quiera oírlo, sino porque sé que no puedo corresponderla. Y también sé que, si verbaliza algo de lo que estamos viviendo esta noche, todo se volverá demasiado real. Llegará el momento de replantearme ciertas cosas y no quiero. No puedo.

Apoyo mi frente en la suya y acompaso nuestras respiraciones. Me muevo al ritmo de la música que suena de fondo o de nuestros propios jadeos, pero no es algo premeditado. No estoy buscando el punto que le dé más placer porque sé que eso llegará. Estoy buscando… No lo sé. Creo que estoy buscando alargar esto tanto como sea posible. Hacer que esta noche sea eterna, aunque suene absurdo.

—Avery… —gimo su nombre y la beso, porque está temblando, pero no hace frío.

—Asher…

No hablamos más. Creo que ninguno de los dos puede. Nos movemos al unísono, no hay cambios de postura ni grandes gestos. No hay montañas rusas físicas, pero sí emocionales. Alcanzamos la cima juntos, abrazados y besándonos con una lentitud impropia de nosotros.

Mi cuerpo se relaja después del orgasmo, pero mi mente se acelera más que nunca porque sé que, aunque ninguno lo diga, acabamos de saltarnos todos los límites que pusimos la primera vez que nos acostamos juntos.

Me levanto para deshacerme del preservativo y, cuando vuelvo al sofá, me tumbo junto a ella porque no hacerlo me haría quedar como un imbécil. Ella me abraza como siempre, pero yo no puedo sentirme como siempre, porque tengo la sensación constante de que nos hemos acercado al acantilado tanto como para caer por él. Prácticamente me visualizo cayendo y moviendo los brazos en un intento absurdo e inútil de volver arriba, a la seguridad de tocar tierra firme.

—¿Estás bien?

Acaricia mi mejilla y me hace mirarla. Siento sus dedos en mi piel y vislumbro de reojo la pulsera que le he regalado brillando con los reflejos de la tenue luz del salón y el árbol de Navidad.

—Sí, claro —miento.

—¿Vamos a la cama? Es más cómoda que el sofá.

Me pongo de pie sin decir nada. La levanto en brazos, haciéndola reír, y la llevo a su habitación. Nos tumbamos y, cuando Avery se duerme, todavía no he conseguido calmar mi corazón y mucho menos mi mente. La miro dormir, pienso en lo que hemos hecho y siento que me falta el aire.

Beso su frente, la tapo con la sábana y vuelvo a mi habitación sin mirar atrás, porque, si lo hago, querré quedarme, y yo... yo no puedo quedarme. No hoy.

No sabiendo que las cosas han cambiado tanto.

No cuando he visto en sus ojos lo mucho que todo ha saltado por los aires.

No, porque da igual cuánto lo intente. Yo nunca estaré a su altura. Jamás podré darle lo que quiere.

Sin embargo, por la mañana, cuando salgo de mi habitación y la veo tomando café en la cocina, me fijo en la forma en que me evita y sé que he cometido un error, porque no tengo más que mirarla para darme cuenta de que mi huida en mitad de la noche le ha hecho daño.

Es así como me demuestro a mí mismo, una vez más, lo lejos que estoy de merecer a alguien como ella.

44

Avery

Le doy la espalda a Asher solo porque no quiero mirarlo a la cara. Estoy enfadada. Y herida. Y dolida. Despertarme sola después de lo que hicimos anoche… Bueno, no era lo que esperaba. Tampoco esperaba una declaración con flores y palabras bonitas, porque sé bien cómo es, pero que huyera ante el más mínimo cambio en nuestra dinámica, desde luego, no ha estado bien.

No pretendo que después de lo de anoche de pronto descubra que está superenamorado de mí. No es eso. Pero al final fue él quien encendió las velas, me regaló una pulsera preciosa y me acarició como si estuviera muriéndose de amor. Joder, ¿de verdad la culpa es mía por reaccionar a cosas que propicia él? Hemos dormido juntos cada noche desde que nos liamos porque así lo quiso él, a excepción de algunas en las que fui yo quien se alejó. Nunca antes se había marchado en mitad de la noche. La única vez que se negó a dormir conmigo fue cuando me partí el brazo, y lo hizo por razones comprensibles.

—Buenos días —murmura.

Lo oigo acercarse, pero sigo de espaldas. Es absurdo, porque en algún momento tengo que enfrentar esto, así que me armo de valor, me giro y lo miro. Puedo hacer esto de un modo frío y racional. Puedo fingir que no pasa nada, si eso es lo que quiere, aunque por dentro esté ardiendo de rabia y un poquito de tristeza.

—Hola.

—¿Has dormido bi...?

—No tenías por qué marcharte.

Bueno, pues lo de fingir ser fría y racional ya no va a poder ser.

Asher me mira muy serio y, durante un solo segundo, soy capaz de ver arrepentimiento en él. Luego se pone a la defensiva porque, bueno, es Asher, no esperaba menos de él, la verdad.

—Tenía dolor de cabeza.

—¿Dolor de cabeza? ¿En serio?

—Sí, Avery, dolor de cabeza. ¿O es que solo tú puedes usar esa excusa para alejarte?

Es un golpe bajo. Tan bajo que hasta él se da cuenta. Sé que alegar migrañas cada vez que he necesitado espacio ha sido un poco absurdo, pero era porque no podía gestionar estar con nadie. No era por él en concreto, sino por los mensajes que recibo. Sé que no lo sabe y que no puedo soltárselo ahora, pero me parece injusto que use eso contra mí.

—Me encantaría saber por qué de pronto te comportas como un cretino.

—¿De pronto?

—Hasta que te corriste anoche fuiste un amor de persona, así que algo ha debido propiciar el cambio.

Yo también sé jugar a ser brusca si es lo que quiere. Noto la sorpresa que producen mis palabras, pero de nuevo es capaz de enmascararlo todo en cuestión de segundos.

—Nada más quería dormir solo por una noche, ¿es tan terrible?

—Sí, después de…

—¿De qué? ¿De follar como casi cada día desde hace un mes? ¿Tengo que rellenar una solicitud para dormir en mi puta cama cuando me dé la gana? ¿O es que de pronto te debo explicaciones como si fuéramos algo más que amigos?

Bien. Bueno. Ahí está el quid de la cuestión. Anoche asumí que estaba enamorada, luego él encendió unas malditas velas, me hizo un regalo romántico y yo dejé que, durante el tiempo que estuvimos desnudos, viera lo que sentía. Y ahora estoy aquí sintiéndome tremendamente estúpida porque de verdad pensé que cada mirada, caricia y gesto fue más intenso no solo para mí, sino también para él. Al parecer no fue así. A una parte de mí le cuesta muchísimo entender que él no sintió lo mismo que yo, pero otra, la racional que está mirándolo a los ojos, se da cuenta de hasta qué punto metí la pata.

Es como una puñalada y él lo sabe, porque no se ha molestado en usar el humor para huir de esto. Eso solo es una muestra de lo jodido que está, pero no recula. Y que no recule es algo que hace que me dé cuenta de hasta qué punto me he metido en el fango.

—No, ni me debes explicaciones ni tienes que rellenar ninguna solicitud, no te preocupes.

—Avery…

Su voz… Su voz está rasgada, como si se arrepintiera de haber dicho lo que ha dicho, pero no voy a caer otra vez en el error de interpretar sus gestos de un modo incorrecto. Me limitaré a aceptar sus palabras, que son lo único que tengo claro. Da igual que anoche sintiera que las cosas eran recíprocas, no lo son y, cuanto antes lo acepte, mejor.

—Es el día de Navidad y el hotel está lleno de gente feliz que no teme celebrar y demostrar su amor, así que vamos a dejar esta conversación, ¿de acuerdo?

Ha sido un golpe bajo, pero no me arrepiento. Paso por su lado esquivando la mano que intenta tocarme y me meto en la ducha. Echo el pestillo que él mismo instaló, aunque sé que Asher jamás entraría sin permiso. Me meto en la ducha mientras lloro en silencio y me recrimino a mí misma ser tan imbécil como para haberme enamorado de él. La culpa es mía y de nadie más, porque sabía que Asher no era de esos. No hace promesas, no se compromete y jamás da un paso hacia algo serio o sentimental. Nunca lo ha hecho y no lo hará por mí porque, bueno, maldita sea, no soy alguien especial.

Me envuelvo en una toalla y salgo del baño. Me alivia oírlo en su habitación. Sé que está ahí porque ha puesto la música a todo volumen; al parecer, es el modo de dejarme claro que él tampoco quiere hablar más conmigo.

Me parece perfecto.

Me visto con un pantalón ceñido, unos botines de piel y el jersey que me regaló mi madre ayer. Me maquillo y me peino hasta sentir que, pese a lo mal que ha empezado el día, puede mejorar. Tal vez no debería basar mi autoestima en arreglarme hasta verme bien por fuera, pero de una manera rara, cuanto más guapa me veo, mejor me siento por dentro.

Claro que esta vez no funciona. Observo el brillo rosado de mis labios y todo lo que puedo pensar es que, al parecer, Asher no me besará hoy, no se quejará de lo pegajoso que le resulta y no volverá a besarme cuando le amenace con no dejar que pruebe mis labios más.

Me enfado más. Con él, por ser un imbécil, pero también conmigo, por no ser capaz de mantener los límites que pusimos al principio.

Salgo del apartamento cuando la música aún resuena en su habitación y odio no tener una puerta arriba, porque me encantaría dar un portazo, aunque él no pudiera oírlo.

Bajo las escaleras, abro la puerta que da a la galería y saludo a Margaret, que está regando las plantas que tenemos ahí.

Ella intenta entablar conversación, pero la corto rápido porque he quedado con mis padres para desayunar y porque, bueno, no estoy muy habladora hoy. Lo único que deseo es que mis sobrinos estén tan alterados que todos los adultos estén pendientes de ellos y no de mí.

Atravieso el salón y estoy a punto de salir cuando la puerta se abre y entra un hombre vestido con ropa de abrigo deportiva. Ropa cara. No puedo adivinar lo que costará el conjunto, pero sé que mucho. Un abrigo como el que lleva no es barato. Huele a cliente vip desde aquí, así que intento recomponerme para atenderlo.

—Perdona, eres Avery, ¿no? ¿Podrías ayudarme?

—Sí, claro. ¿Qué necesitas?

—Me han dicho que tenéis huskies en alguna parte y que puedo contratar un paseo en trineo. Mi familia y yo nos alojamos en una cabaña, pero me gustaría ver a los perros antes de proponer el plan a mi esposa y a mis hijos. Me da miedo que sean demasiado imponentes.

—Oh, pues George debe estar por aquí…

—Él me ha dicho que podía preguntar por ti y que tú me lo enseñarías. —Lo miro extrañada. Mi trabajo nunca ha sido enseñar los perros, pero él sonríe y señala la zona en la que suele estar George—. Está ocupado cortando leña. Si quieres, vamos a preguntarle.

—No hace falta —respondo sonriendo—. Yo te los puedo enseñar.

—Gracias. Estoy impaciente por ver a mis hijos en el trineo, si es que al final me resulta seguro para ellos. Creo que será una gran mañana de Navidad.

—Es muy seguro y George, que es quien lo lleva, se ocupa de que no haya ningún tipo de riesgos en ningún momento. ¿Cuántos años tienen tus hijos?

—Tres y cinco.

—Es una edad perfecta para disfrutar de esta gran aventura —contesto sonriendo.

Él asiente y parece tan entusiasmado que me emociona un poco, porque me alegra que alguien sea feliz el maldito día de Navidad, para variar. Y también me alegra que existan hombres capaces de asumir cierto compromiso sin morir en el intento.

Además, pienso en Asher y en el miedo que ha sentido por los perros desde que uno lo atacó de niño y me digo a mí misma que es una suerte que algunos padres sí se preocupen por no asustar a sus hijos.

Además, puede que, de paso, esto me sirva de distracción unos minutos antes de meterme en el apartamento con mi familia, donde a todas luces harán insinuaciones sobre Asher y sobre mí.

O peor: averiguarán que algo va mal, porque no soy capaz de disimular tanto frente a ellos, y se darán cuenta de lo tonta que soy por enamorarme de alguien como Asher.

¿Y acaso podría culparlos por pensar así? Aquí estoy, pasando los primeros minutos de la mañana de Navidad con un extraño porque he sido tan idiota como para enamorarme de la única persona del mundo que jamás podrá darme nada de lo que sueño.

Feliz Navidad de mierda para mí.

45

Asher

Podría haber parado. Sé el momento exacto en el que podría haber parado las cosas antes de que fueran demasiado lejos, pero no lo he hecho. He seguido adelante y ahora, en mi habitación y con la música a todo volumen, me doy cuenta de que al menos ya tengo una respuesta, porque me he preguntado infinidad de veces en qué momento y de qué manera iba a fastidiarlo todo. Casi es un alivio que ya esté hecho. Que iba a meter la pata, estaba claro. Es lo que acabo haciendo siempre, pero al menos ya no tengo que preocuparme por cómo va a ser.

Y hacerlo el día de Navidad ha sido, desde luego, un plus para ganarme la medalla, una vez más, al ser más imbécil del mundo.

Recibo un mensaje de Noah, que me pide que me conecte en videollamada, así que bajo la música, salgo de mi habitación para coger el portátil y me doy cuenta de que Avery ya no está. Me coloco en la isleta de la cocina y recibo la videollamada de mi amigo con mala cara, lo que contrasta bastante con su cara de felicidad.

—¿Qué puede ser tan importante como para no dejarme tranquilo ni el día de Navidad, jefe? —pregunto de mala gana.

—¡Vaya! Alguien ha dormido fatal. —Su sonrisa es genuina, como siempre, pero se apaga cuando se da cuenta de que realmente no estoy de humor, y eso, en mí, es rarísimo—. ¿Mal día?

—Mala vida, más bien.

—Estás irascible. No es normal en ti. ¿Quieres hablar?

—No, no quiero hablar, quiero quejarme, pero...

—Pues adelante. Quéjate.

Lo miro atentamente, pero parece que va en serio. Maldito Noah Merry. Desde el día en que apareció en mi vida se empeñó en trastocarlo todo y siempre ha sido así. Puede que a veces me haya insultado, también puede que yo a veces (muchas veces) me haya pasado de inmaduro, pero a la hora de la verdad siempre está dispuesto a sentarse y escucharme mientras me quejo.

Por un instante, estoy tentado de no hacerlo. Soltar una bordería, desearle feliz Navidad a él y a Olivia, si está por casa, y seguir rumiando en soledad, pero, si no puedo hablar con Noah, no puedo hablar con nadie. Necesito que alguien me escuche y me diga que, por una vez, tengo razón en algo, así que me lanzo. Se lo cuento todo. Porque él se acabó enterando de lo nuestro por una foto en las redes de Avery, cuando me advirtió que no lo hiciera, pero ni siquiera así me lo reprochó. Se ha callado todas y cada una de las veces que hemos hablado aun cuando yo sabía su opinión inicial.

Le cuento cómo empezó lo mío con Avery, el modo en que dejamos las normas claras y cómo ella lo ha echado a perder todo teniendo sentimientos por mí, aunque no me lo haya dicho a las claras. Lo pude ver anoche y fue suficiente para arruinarme el día.

—Entonces crees que ella tiene sentimientos.

—No lo creo, lo sé.

—¿No estás siendo un poco vanidoso?

—No, Noah, joder. No es vanidad. Es... Yo lo vi, tío. Lo sentí mientras la tocaba. Estaba toda temblorosa, nos faltaba el aire, pero no era por el esfuerzo. Todo era intenso y desmedido. Y me miraba de ese modo, ya sabes.

—No, no lo sé.

—¡De ese modo que me hace querer arrancar todas las putas flores del mundo para ella! El que consigue que yo quiera ser un buen chico.

Mi amigo guarda silencio un instante porque, al parecer, mi ansiedad no le preocupa lo más mínimo. Y cuando por fin habla, sinceramente, pienso que podría haberse quedado más tiempo callado.

—Entiendo lo que dices, pero me surgen dudas.

—¿Qué dudas te pueden surgir? ¡Te estoy diciendo que...!

—Me estás diciendo que eres tú el de los sentimientos.

—¿Qué? Pero ¿tú te oyes?

—Sí, el que no te oyes eres tú. Asher, eres tú quien sintió la falta de aire y quien quiso ver en sus ojos algo que solo has imaginado porque, hasta donde me dices, ella no lo ha verbalizado. Ella temblaba, vale, pero ¿puedes asegurarme que tú no lo hacías?

—Yo... eh...

—No te acojonaste por los sentimientos que viste en Avery. Te acojonaste por tus propios sentimientos.

—¿Qué...? Venga, hombre. ¿Quién te ha dado el título de psicólogo?

—Puedes ponerte a la defensiva si quieres, pero es así como yo lo veo: estás cagándote de miedo porque te has dado cuenta de que estar con Avery ya no es un pasatiempo cualquiera. Te has enamorado, amigo mío. —Bufo, porque ni siquiera me salen las palabras—. Es bonito, ¿por qué no lo aceptas?

—¡Porque es mentira! —grito—. Yo no puedo enamorarme. No tengo esa capacidad. —Él se ríe, lo que, por supuesto, me cabrea más—. ¿Qué?

—Nada, me hace gracia que sigas pensando que eres incapaz de querer a alguien.

—Lo sigo pensando porque es la verdad.

—No lo es. Nunca lo ha sido. Si fueras incapaz de querer a alguien, no te habrías metido en mi vida hace un montón de años, cuando peor estabas y peor estaba yo, y no habrías permanecido en ella.

—Eso lo hice porque eras majo y tener un amigo rico siempre va bien.

Noah se ríe, así que supongo que mi intento de ofensa no ha funcionado.

—No, lo hiciste porque, pese a estar en la mierda, supiste ver a alguien que estaba igual y quisiste ayudarlo. Porque tienes un corazón inmenso, aunque odies reconocerlo, Asher.

—No te pongas sensiblero solo porque es Navidad.

—Me pongo sensiblero porque eres mi amigo, te quiero y me daría mucha pena que echaras a perder la oportunidad de ser feliz solo porque estás convencido de cosas que no son ciertas.

—Mira, Noah…

—Sé que te cuesta mucho abrirte porque en el fondo piensas que todas las mujeres acabarán haciéndote el mismo daño que tu madre o que tú acabarás convirtiéndote en tu padre, pero no es así. Avery no es como tu madre, Asher, y tú jamás podrías ser como tu padre.

El nudo que se me hace en la garganta es tan real que, en un principio, solo consigo apretar la mandíbula y mirarlo mal hasta que, por fin, estoy listo para decir algo.

—Ya sé que Avery no es como mi madre, joder. No soy idiota.

—Tienes miedo de que te haga daño como te lo hizo ella. O de hacerle daño, como hacía tu padre contigo.

—Dudo mucho que Avery encuentre placer en pegarme con una botella de alcohol después de bebérsela, pero...

—No me refiero a ese tipo de daño, sino al otro. Al que tarda más en curarse. —Me encantaría decir algo, pero no puedo, así que mi amigo sigue hablando—. El tipo de daño que hace que un niño pierda la fe en la humanidad y acabe creyendo, de la peor de las formas, que no merece querer o ser querido de verdad por alguien.

—Tonterías —murmuro, pese a darme cuenta de que estoy peligrosamente cerca de querer berrear como un maldito crío.

—Eres capaz de querer, Asher. Y mereces que alguien te quiera muchísimo, porque eres un gran tipo.

—Imbécil.

—Lo hiciste conmigo. Me cuidaste cuando ni yo mismo lo hice. Me acogiste cuando me alejé de Olivia la primera vez por razones parecidas a las tuyas, y me abriste los ojos cuando estuve a punto de perderla de nuevo siendo ya adulto. Te debía esto.

—¿El qué? ¿Un discurso lacrimógeno?

—No. Te debía abrirte los ojos yo a ti, por una vez. Es Avery, Asher. No es una chica a la que tengas que impresionar o mentir sobre tu pasado. Ella lo sabe todo y, aun así, se queda. ¿Es que eso no te dice nada?

—Que es demasiado buena para mí, en todo caso.

Noah sonríe con cierta indulgencia, como si estuviera cansándose de mis salidas de tono.

—En realidad, es curioso, porque hablándolo con mis abuelos y con Olivia, todos coincidimos en que es un poco raro que ninguno nos hayamos dado cuenta de lo bien que encajáis.

—¿Dedicáis vuestras reuniones familiares a hablar de Avery y de mí?

—Entre otras cosas, sí. Es lo que tiene la familia: nos preocupamos por los nuestros.

Bueno, pues si no quería berrear como un niño, debería ir cortando esta videollamada, porque es evidente que mi amigo tiene el espíritu navideño subido y se ha propuesto hacerme quedar en ridículo. Así que carraspeo y niego con la cabeza, pero el movimiento hace que tema más por si se me cae alguna lágrima.

—Voy a colgar —murmuro mirando a la encimera.

—Vale. Feliz Navidad, amigo. Te queremos.

Es el golpe de gracia. Puto Noah Merry, cómo lo odio. Y cómo lo quiero.

Cierro la tapa del portátil, me aprieto los ojos con las palmas de las manos y me digo a mí mismo que todo esto no ha servido de nada, porque sé que tengo razón, pero, aun así, me levanto y bajo los escalones para buscar a Avery.

Margaret está sacando del horno una tarta que huele a todo lo bueno del mundo, pero ni siquiera la comida consigue convencerme hoy de tomar asiento en la cocina.

—¿Has visto a Avery?

—Buenos días, cariño. La vi hace un rato, cuando salía. Intenté hablar con ella, pero me dijo que había quedado con su familia y tenía prisa. ¿Quieres un poco de tarta?

—Tal vez luego.

Salgo de la casa, giro a la derecha y voy hacia la puerta de los apartamentos que han alquilado los padres y la hermana de Avery. En uno no me contesta nadie y, en el otro, pese al caos que tienen formado los niños, me dicen que Avery no está.

—Quedamos en que vendría a desayunar con nosotros, pero aún no ha aparecido —me dice Lauren, su madre—. Los niños estaban tan impacientes que hemos acabado dándoles algo de comer. ¿Quieres pasar? Seguramente está a punto de llegar, porque no es normal que se retrase tanto. Ya sabes cuánto odia nuestra chica llegar tarde.

Nuestra chica. Trago saliva porque, de pronto, esas dos palabras no suenan tan mal. De hecho, pensar en ella como en mi chica tampoco suena mal. Da vértigo, pero... Bueno, no sé.

No sé. Primero tengo que encontrarla y hablar con ella. Posiblemente discutir un poco más y después, con suerte, hacer las paces. Tengo la ligera sensación de que debería pararme y pensar un poco en lo que voy a decirle y, ya que estoy, en lo que quiero, pero estoy tan ansioso que no me lo permito. Me despido de Lauren diciéndole que, por supuesto, en cuanto encuentre a Avery la reñiré por hacerles esperar, pero cuando la puerta se cierra, lo primero que hago es sacar el teléfono del bolsillo y llamarla.

No me da tono, así que imagino que su móvil está apagado o fuera de cobertura. Esta manía que tiene ahora de apagarlo cuando no lo usa está resultando ser un contratiempo que no esperaba.

Busco a George, convencido de que Avery estará con él, seguramente instándolo para que haga algo como rodar por la nieve mientras ella lo retransmite, pero lo encuentro solo en la cabaña más cercana a la casa, reparando un escalón que se rompió ayer.

—George, ¿has visto a Avery?

—¿No está contigo?

—No, ¿por?

—No sé. Siempre está contigo.

—No siempre —murmuro de mala gana.

George dice algo, pero no puedo oírlo porque, por alguna razón, siento la boca un poco seca.

—¿Has preguntado a su familia? Yo llevo aquí desde el amanecer porque también han roto parte de la barandilla. No sé cómo demonios lo han...

—No está con su familia —digo interrumpiéndolo.

—¿Y estás seguro de que salió de casa?

—Margaret la vio salir. Además, no estoy ciego, sé que no está en casa.

—Ha podido volver en algún momento.

Eso es cierto. Aun así, George me nota un poco inquieto, porque me dice que va a llamar a Violet, solo por si acaso. Lo hace, pero su hija está con Savannah y, al parecer, ninguna de las dos ha visto a Avery.

—Voy a mirar en el apartamento de nuevo —murmuro.

—Claro, ve tranquilo. Seguro que está allí. Este sitio no es tan grande como para que alguien se pierda.

Asiento. Me giro y desando mis pasos más rápido de lo que me gusta admitir. Estaba muy enfadada. ¿Y si se ha puesto a caminar sin rumbo? En Nueva York adoraba caminar por las calles y perderse entre el gentío porque, de un modo u otro, estar rodeada de personas consigue que Avery se sienta segura, pero aquí solo están las cabañas y todas están ocupadas. Y el bosque..., el bosque es demasiado denso. No se metería ahí sola. No tendría ningún sentido.

Llego a casa y, mientras subo los escalones, le envío un audio por si, en algún momento, enciende el teléfono.

Asher

> Ey, ¿dónde estás? Sé que estás enfadada, pero tenemos que hablar. Vamos, rubia, es Navidad. ¿No podemos arreglarlo?

Reviso su habitación, la mía y el baño, pero no está. Vuelvo a bajar y esta vez me cuesta más convencerme de que no hay nada por lo que ponerse nervioso. El problema es que, al bajar, me encuentro con Luke, que me mira muy serio antes de negar con la cabeza.

—No, no la he visto —dice antes de que le pregunte—. Mi padre me ha llamado, pero en las pistas no está. He estado preguntando de camino aquí, pero nadie la ha visto.

Trago saliva y siento cómo el último resquicio de tranquilidad me abandona. Si no está en casa ni con Margaret ni con su propia familia ni con George ni con Luke o Violet..., ¿dónde demonios está?

—Salió hace un rato de casa y dijo que iba a trabajar.

—Bueno, entonces estará ocupada —dice Luke intentando sonar tranquilo.

En este tiempo me he dado cuenta de que suele comportarse así siempre. Práctico, resuelto, discreto y directo cuando es necesario. Por lo general, eso me gusta de él, hace que quiera ser su amigo, pero ahora mismo ni me sirve ni me tranquiliza.

—Voy a mirar en la biblioteca. Quizá está ahí intentando relajarse.

No está. Ni ahí ni en los baños de la casa. Ni siquiera en la planta superior, a la que no hemos accedido jamás, pero Luke me deja subir con él para buscar.

Le envío otro mensaje sin importarme que Luke todavía esté conmigo.

Asher

¿Dónde estás? No dejo de buscarte.
Por favor, contéstame. Tu familia está preocupada.

Su familia no está preocupada. O eso espero, porque lo último que necesito es que se pongan histéricos. Es mucho mejor que se mantengan al margen de lo que sea que esté pasando. Al menos, de momento.

La puerta se abre y entran George y Violet, seguidos de Frosty. Me doy cuenta de lo intranquilo que estoy cuando el perro se acerca a mí y ni siquiera me importa. Mi relación con él ha mejorado en estas semanas, pero, por encima de eso, creo que mi pánico está enfocándose en otra cosa.

Levanto mi teléfono y vuelvo a llamarla, rezando para que esté tan enfadada que haya decidido encenderlo, pero no es así; sigue apagado, así que le envío otro mensaje de voz sin importarme que estén mirándome.

Asher

> Oye, entiendo que estés enfadada porque soy un cretino, pero tienes que decirme dónde estás, deja que vaya a buscarte para que puedas insultarme tanto como quieras. Vamos, Avery. No me asustes, ¿vale?

—¿Habéis discutido? —pregunta Violet en cuanto bajo el teléfono.

—Es complicado. Ella y yo… Es… Es complicado. —Me paso una mano por el pelo, cada vez más nervioso y menos capacitado para fingir—. ¿Dónde puedo buscar? Decidme un sitio. ¿El bosque? ¿Hay algún sendero que podría haber hecho y yo no conozca?

—No creo que se haya adentrado en el bosque sola —dice George, que, al ver mi cara, palmea mi hombro poniéndome aún más tenso—. Tranquilo, chico. Estará donde menos lo esperemos. Voy a hacer un par de llamadas al pueblo, por si alguien la ha visto. ¿Qué te parece si nos vemos en el establo en dos minutos?

—¿A dónde vas?

—A por un poco de ayuda —dice él mientras se encamina hacia la cocina.

Miro a Luke y Violet, que encabezan el camino hacia el establo.

—Mi padre irá con el trineo y los perros —dice él—. Los perros se mueven mejor a través del bosque y él es quien mejor los entiende. Violet la buscará por las pistas de patinaje y alrededores y yo cogeré una moto de nieve. ¿Puedes coger tú la otra? —pregunta mirándome.

—Por supuesto.

—Vale, peinaremos la zona y…

—¿Has mirado en el aparcamiento? —La voz de Violet suena desde el fondo del establo.

Los perros están inquietos. No he podido darme cuenta hasta este momento, porque estoy concentrado en mi propia preocupación. Están más inquietos de lo normal y eso hace que el pánico se me atraviese en la garganta. Me acerco a Violet.

—¿En el aparcamiento?

—¿Y si se ha llevado el jeep?

—Ella no conduciría el jeep —le digo totalmente convencido.

—¿Seguro? ¿Ni siquiera para demostrarte lo equivocado que estás, sea lo que sea lo que ha pasado?

La miro unos instantes, no porque no quiera moverme, sino porque no puedo. El miedo no me deja. Avery conduce mal. Conduce peor que patina, y patinando se rompió un brazo, así que no es de extrañar que, en un momento dado, cuando por fin reacciono, corra hacia el aparcamiento, porque no quiero ni pensar que haya decidido coger el coche en un ataque de rabia contra mí.

Joder, no me perdonaría eso en la vida.

Llegamos y, cuando veo el jeep aparcado donde siempre, siento que el aire vuelve poco a poco a mí. Al menos hasta que Luke me llama desde otro punto del aparcamiento.

—Ven aquí. —Lo dice tan serio que me acerco a paso ligero.

Me señala el suelo y, entonces, la poca tranquilidad que he ganado al ver el jeep de Noah aparcado se desvanece. Me agacho y recojo la pulsera que le regalé anoche. A un lado, con la pantalla agrietada por la mitad, se encuentra su teléfono móvil.

Ella podría haberse quitado la pulsera en un arranque de ira contra mí, aunque no es muy propio de Avery, pero ¿el móvil? No lo dejaría caer nunca. Jamás.

Miro a Luke y a Violet, que están frente a mí con el mismo gesto que debo de tener yo. Trago saliva y sé, sin que hablen, que acaban de entrar en pánico conmigo.

He sentido miedo muchas veces en mi vida. Me han pegado, humillado y menospreciado en tantas ocasiones desde pequeño que me acostumbré a ese tipo de sentimientos sobrecogedores que te paralizan, pero nunca, ni una sola vez, había experimentado esto: el modo en que mi corazón se niega a latir con normalidad y mi sangre se hiela es tan brusco que siento que me falta el aire. El terror recorre mis sentidos y sé que, sin importar lo que pase, si encuentro a Avery con un solo rasguño, no me lo voy a perdonar nunca.

46

Avery

Observo el desastre frente a mis ojos. El coche estrellado contra un árbol, el capó echando humo y mi propia sangre surcando mi cara.

También veo la desesperación de mi secuestrador, que golpea el volante una y otra vez sin saber qué hacer a continuación.

Me pondría a llorar. Debería hacerlo, pero, sinceramente, he sido tan estúpida confiando en un desconocido que una parte de mí piensa que me tengo merecido esto. La otra parte todavía se pregunta cómo un tipo que viste ropa de marca y *a priori* pasaría por alguien adinerado, acaba acosando y secuestrando a una chica para... ¿para qué? No lo sé, porque si quisiera hacerme daño ya lo habría hecho.

Me habla como si de verdad estuviera enamorado de mí y eso es lo que más miedo me da, para ser sincera. No ha habido armas ni una fuerza sobrehumana. Creo que no tiene pensado hacerme daño, pero obviamente no puedo asegurarlo. Sobre todo después de que me haya metido en el coche a empujones y haya conducido como un loco durante no sé cuánto tiempo.

Todo empezó cuando íbamos de camino al establo y pasamos por la zona en la que los clientes aparcan. Un segundo era el hombre amable, abnegado y preocupado padre de familia, y al siguiente simplemente rodeó mi cuerpo como si me abrazara, me arrastró con fuerza hasta una camioneta que había justo al lado, abrió la puerta del conductor y me tiró dentro como si no pesara más que una caja de zapatos.

—¡El móvil! —gritó una vez que entró y cerró los seguros.

—¿Qué?

Me encantaría haber dicho algo más, pero fue imposible. Él volvió a gritar que le diera el móvil y, cuando no lo hice, tironeó de mí y me registró los bolsillos hasta encontrarlo. Abrió su ventanilla y lo tiró con tanta rabia contra el suelo que temblé. No grité, no lloré. No hice nada, salvo mirarlo y pensar que no era posible que algo así me estuviera pasando a mí. Entonces él tiró de mi mano y me quitó la pulsera que me regaló Asher anoche.

—¿Y esto? ¿Qué es esto? Seguro que te la ha comprado él, ¿es así? ¿Ha sido él?

No respondí y él, al darse cuenta de que no hablaría, la tiró por la ventanilla, arrancó el motor y se puso a conducir como un loco mientras gritaba incoherencias acerca de que no podía hacerle «esto». Al principio no lo entendí, el miedo es un bloqueador excelente, pero me llevó poco tiempo empezar a atar cabos y darme cuenta de que era mi acosador y que la persona de la que hablaba pestes era Asher. Intenté tirar de la manilla de la puerta y salir de la camioneta, pese a que estuviera conduciendo a toda prisa, pero era imposible. Estaba bloqueada y, además, él se encargó de darme un tirón y empujarme contra el asiento para que entendiera que no debía moverme, si sabía lo que me convenía.

Traté de explicarle que eso que hacía estaba mal, pero estaba desquiciado y cada vez conducía más rápido, así que mantuve silencio y miré hacia la carretera intentando que no se notara lo aterrorizada que estaba.

No sé cuánto tiempo pasó, pero en algún momento se calmó, puso una mano en mi rodilla y eso fue lo que lo desencadenó todo, porque la quité de inmediato y le grité que no me tocara.

—¿Cómo no voy a tocarte? ¡Eres mía!

Estiró la mano de nuevo, pero me aparté tanto como pude, apretándome contra la puerta, y eso, lejos de disuadirlo, le hizo perder los nervios aún más. Un segundo conducía a toda prisa y al siguiente estábamos estrellados contra un árbol.

Y ahora estamos aquí: yo sangrando y temblando de frío y de miedo y él intentando, a la desesperada, buscar una solución.

Para quererme tanto como dice, ha tardado menos de una hora en abrirme una brecha en la frente, aunque sea indirectamente.

Me reprocho a mí misma este pensamiento y pienso que quizá estoy disociando por culpa del trauma que, evidentemente, esto va a dejarme. Alguna vez he leído acerca de eso. El terror se junta con la desesperación y, aunque quiera, no consigo llorar, porque todo lo que puedo pensar es cómo demonios voy a escapar a través del bosque con la frente herida y un brazo escayolado, y cómo de lejos estamos de casa. ¿Y cómo es que la herida de la cabeza no me duele tanto? A lo mejor es que me estoy mareando, o muriendo. Cualquiera sabe.

—Esto no debería ir así —dice él.

Y, aunque me de pánico y lo odie, tiene razón. Esto no debería ir así. Me limpio con la manga del abrigo de Asher, porque la mía no me entra con la escayola, y ahí sí siento las primeras lágrimas brotar de mis ojos.

Esta mañana estaba en casa, enfadada pero segura, y ahora estoy aquí, con un tipo que es evidente que no está bien, herida y helándome de frío a cada segundo que pasa. Intento incorporarme para salir del coche, pero él hace una barrera con su brazo frente a mi torso y me empuja hacia el respaldo del asiento sin miramientos.

—No, no te muevas. Tienes que descansar para que la herida sane.

Sujeta mi cara con las dos manos y me mira con tanta preocupación que me aterroriza más, porque no sé por qué me mira así, como si yo fuera la persona que más quiere en el mundo, mientras sus manos ejercen más fuerza de la necesaria sobre mí. Su boca dice cosas supuestamente bonitas, pero me hace daño físicamente, aunque no se dé cuenta.

—Déjame volver al hotel —le digo con voz temblorosa—. Allí me curarán.

—No, eso no puede ser. Créeme, lo he vivido antes y no sale bien. Nunca sale bien. —No tengo la menor idea de lo que está diciendo y empiezo a intuir el grado de inestabilidad que sufre—. Tenemos que llegar al aeropuerto y coger un vuelo. Cuando estemos en casa, podré curarte. Solo tienes que aguantar un poco más.

—Ya estoy en casa. Mi casa está aquí, en Silverwood.

—No, ¡qué va! Está en Nueva York, conmigo. ¿O es que no has leído mis mensajes? Te he escrito muchos. Te dejé venir aquí y vivir la experiencia, pero ahora tenemos que volver.

Oímos un crujido cercano y sale del coche. Mi corazón se acelera porque, en cuanto baja, yo intento abrir la puerta. Es que el capó sigue echando humo y tengo miedo de que el coche entero arda. ¿Algo así puede pasar? En las pelis ocurre, pero no sé cómo de real es eso. He de salir del coche, mantenerme de pie y echar a correr tan rápido como sea capaz. Intento no pensar en los botines de piel que he elegido hoy solo porque necesitaba usar tacones y volver a sentirme empoderada después de la discusión con Asher. Al parecer, no he hecho más que tomar malas decisiones desde que me levanté.

Él se aleja un poco. Ni siquiera sé cómo se llama, pero sé que es mi acosador porque, cada vez que me habla, es como volver a mi habitación y leer sus mensajes.

—¡Solo es un conejo! —Se ríe mientras me mira desde delante del coche y se me pone el vello de punta, porque juro que su tono suena como si estuviera haciendo un picnic en el campo—. No te asustes, cariño, no hay ningún problema. —Tiro de la manilla de nuevo y la puerta se abre… justo cuando no debe, porque él se da cuenta de inmediato—. ¿A dónde vas? —pregunta acercándose por mi lado y abriendo de un tirón. Luego se pone en medio, impidiendo que baje—. ¿Estás intentando salir otra vez?

Su tono no es amable. Pasa de la adoración a la ira tan rápido que me asusto. Quiero irme de aquí. Quiero marcharme a casa. Cuando me empuja de nuevo contra el respaldo sin tantos miramientos, me quejo de dolor, pero también para evitar el sollozo que intenta salir de mi garganta. No voy a llorar. No puedo. Ahora no.

—Tienes que tranquilizarte. Me haces daño y tú no quieres hacerme daño, ¿verdad? —Es surrealista que yo esté diciendo esto, pero de verdad el hombre que está frente a mí no tiene pinta de pervertido.

O tal vez el problema sea justamente ese: los pervertidos tienen muchas caras y no llevan escrito en la frente el tipo de personas que son.

—Claro que no. Yo odio enfadarme contigo, mi vida, pero es que esto no tenía que salir así —dice nervioso—. Teníamos que hablar. Tenía que convencerte de todos los motivos por los que tenemos que estar juntos y... ¡Y estás sangrando! Es verdad, tienes razón. Te he hecho daño. Te he hecho daño... —Las lágrimas asoman a sus ojos tan rápido que intento hacerme un ovillo y no mirarlo.

No siento lástima por él, pero tampoco rabia. Solo siento miedo. Un miedo atroz recorriéndome el cuerpo porque, sea lo que sea lo que pretende, es una persona que no está bien. Habla como si me conociera. Como si de verdad tuviéramos una relación. Es demencial. La situación, él y el modo en que pretende sacarme de aquí. Esto no va a salir bien por muchas razones, eso lo sé. Lo que no sé es cómo va a terminar.

—Volvamos al hotel. Te prometo que no voy a denunciarte —le digo en un intento de convencerlo.

—¿Y por qué ibas a denunciarme? Soy el amor de tu vida y tú eres el mío.

Trago saliva y noto cómo me mareo. Lo fácil sería pensar que es por la herida, pero no lo creo. Pese a que siga sangrando, no parece demasiado profunda. Casi con toda probabilidad la adrenalina y la ansiedad están haciendo conmigo un combo que no he experimentado nunca antes.

La parte positiva es que no parece tener armas escondidas, o ya las habría sacado…, ¿no?

La mala es que no sé hasta qué punto puede perder el último hilo que le une a la realidad y atacarme.

Inspiro hondo, intentando, en vano, tranquilizarme, porque estoy muy cerca de perder el conocimiento y juraría que eso no me conviene.

Pienso en mi familia y su ilusión al presentarse aquí, en Silverwood, para celebrar conmigo la Navidad.

En George, Margaret y los demás, que a estas alturas estarán merodeando en la cocina, ya sea trabajando o intentando robar un poco de comida antes de la hora de comer.

Y pienso en Asher, en lo enfadado que parecía esta mañana y en lo mucho que me arrepiento de haberme callado, porque, de haber podido, habría sido valiente y le habría dicho todo lo que él ya sabe, pero de viva voz. Le habría dicho mirándole a los ojos que lo quiero y que, posiblemente, no quiera nunca a nadie como lo quiero a él. Sin importar que me rechace, solo porque no debería avergonzarme de mis sentimientos, aunque él no me corresponda.

Pienso en todo eso y, por encima de todo, pienso en mí misma. Me pregunto si, pese a ser una gran *influencer* en internet, he calado lo bastante en la gente que me rodea como para que se den cuenta de que algo no va bien e intenten buscarme el día de Navidad.

47

Asher

Peinamos la zona justo como ordena George, que, al parecer, no es la primera vez que sale a buscar a alguien a la desesperada. Yo estoy tan nervioso que no me han dejado conducir, así que él lleva el jeep mientras, de vez en cuando, habla por teléfono con Luke, que está con la camioneta buscando por otra parte.

Violet va con él y está llamando a la policía para que acudan cuanto antes al hotel.

Esto no... Esto no debería estar pasando. Es que ni siquiera sé cómo hemos llegado a algo así. Hace solo unas horas Avery estaba entre mis brazos y luego, simplemente, todo se desvaneció.

—Estará bien. Eh, Asher, estará bien.

Sé que George intenta animarme, pero que me llame por mi nombre por primera vez en este momento no ayuda, pues veo lo preocupado que está. Además, cuanto más dice que Avery estará bien, más ganas tengo de gritarle que se calle porque no lo sabe. No tiene ni idea. Ni él ni yo ni nadie. Lo único que sabemos es que su teléfono estaba tirado en el aparcamiento junto a mi pulsera.

Pienso en mí mismo cuando la vi en la tienda. La dependienta se fijó en que había captado mi interés y me explicó que podía personalizarla. No lo pensé mucho. Quería hacerle un regalo de Navidad a Avery, pero sobre todo quería asegurarme de que, cuando todo acabara, tendría un recuerdo mío. Nuestro. Algo que le hiciera pensar en lo que hicimos y fuimos en algún momento perdidos en un pueblo de Vermont.

—No puede terminar así —murmuro a la nada.

—Claro que no. Ella estará bien. Estará muy bien.

No sé si George entiende algo de lo que digo. Me extrañaría mucho. Creo que en este punto ninguno de los dos oye al otro. Miramos con desesperación las hileras de árboles nevados que se extienden ante nosotros. De pronto, soy más consciente que nunca de la cantidad de arces, osos o peligros que pueden habitar en el bosque. Y sobre todo soy consciente de que Avery no se ha ido sola. Se la han llevado. Y el hecho de que alguien desconocido la tenga en un paraje como este me provoca un terror tan ensordecedor que apenas me deja oír mis propios pensamientos.

—¡Allí! —grita George de pronto—. ¡Allí, allí, allí!

Acelera señalando como un frenético un punto de la carretera en el que hay un vehículo estampado contra un árbol. Trago saliva, o lo intento, porque no consigo que pase por mi garganta. Estamos alejados del pueblo, pero no tanto como para que el paisaje se vuelva recóndito. Al menos todavía. Se ha estrellado justo antes de una curva muy cerrada, así que debía ir muy rápido. Rezo para que sea Avery por dos razones: la primera y obvia, es que necesito encontrarla. Y la segunda es que, y siento que esto va a hacerme parecer todo un cabrón, no tengo ganas, paciencia ni interés en atender otro accidente. No quiero atender nada que no tenga que ver con Avery, joder, pero sé que, si no es ella, tendré que hacerlo porque la conciencia no me dejaría dormir tranquilo.

Claro que también puedo dejar a George al cargo y seguir buscándola...

En el tiempo que él tarda en llegar hasta el coche y aparcar detrás, pese a que lo hace muy rápido, pienso un sinfín de cosas, pero en cuanto nos detenemos bajo tan rápido como mis pies me lo permiten. Derrapo junto a la puerta de la camioneta estampada y miro dentro de inmediato, pero no hay nadie. Me giro e intento hacer una panorámica del lugar, pero mis nervios no colaboran. Por suerte, George está a mi lado y él sí parece mucho más calmado, aunque en el coche estuviera tan tenso como yo.

—Hay pisadas —dice entonces señalando un punto—. Por allí, vamos.

—¿Cómo sabes que será ella? —pregunto, todavía dudando si seguir esta pista o buscarla por otra parte.

George me mira, pero yo me dedico a mirar en el interior de la camioneta. No hay gran cosa, o eso pienso hasta que, en el sillón del copiloto, encuentro un labial rosado que me arranca unas tremendas ganas de llorar. Es de Avery. Lo sé, lo conozco porque es el que se pone cuando quiere molestarme, porque me resulta pegajoso. Siempre me quejo, pero le da igual: se lo pone y hace que la bese hasta que los dos estamos pringados.

—¿Es de ella? —pregunta George por encima de mi hombro.

Cierro la mano con el labial y asiento con la cabeza, incapaz de hablar.

—Bien, pues vamos a seguir las huellas, ¿vale? En silencio y tranquilos. Sobre todo tranquilos.

En silencio, sí, pero tranquilo no voy a estar hasta que la encuentre. Y encuentre a quien está haciéndole esto, sea quien sea.

Camino detrás de George, que revisa un poco más el coche y saca una cuerda que había en el asiento trasero y me pone el vello de punta, porque no sé para qué la podría querer quien sea que condujera. Me percato, pese al dolor y la confusión, de lo buen excursionista que es George. Y lo necesario que sigue siendo para el hotel. Y para mí, en estos instantes. Caminamos durante algo más de quince minutos antes de que él estire una mano hacia atrás y detenga mis pasos. Me mira, se pone el índice sobre la boca y me señala un punto, ladera abajo. Vemos a una persona sentada, apoyada en un árbol, y a alguien corpulento de pie y mirándola. Es ella. Conozco esos vaqueros. Joder, conozco esos botines y conozco mi maldito abrigo. Es ella.

—Avery…

Intento echar a correr, pero George me lo impide.

—Si está armado, solo vas a alertarlo. Piensa, chico. No es momento de hacer el imbécil.

Trago saliva, obedezco. Desde este instante, todo lo que puedo hacer es mirar a Avery y darme cuenta de que prácticamente no se mueve. El hombre que está con ella se agacha, sujeta su cara con las dos manos, pero no puedo ver mucho más, porque George me obliga a que nos metamos por detrás de los árboles, bordeando la zona, en vez de acercarnos en línea recta.

Es un puto suplicio. Cada vez la veo más cerca, pero no puedo echar a correr y matar a hostias al cabrón que está con ella. No puedo, porque, aunque George me cabree tanto, tiene razón y cabe la posibilidad de que ese tipo tenga un arma.

Tardamos unos minutos que se me antojan una eternidad, pero cuando por fin estamos relativamente cerca, lo suficiente como para ver que ese cabronazo no tiene ningún arma en las manos ni cerca de él, no necesito más que un asentimiento de George para salir disparado.

No siento el frío ni la nieve ni el modo en que se hunden mis pies. Todo lo que siento es rabia e ira. Es como volver atrás, a los tiempos en los que tenía que defenderme de la gente que venía a mi casa cuando yo solo era un niño. La ventaja es que ya no soy ningún niño, así que no me cuesta tanto como entonces abalanzarme sobre ese tipo. El primer puñetazo se lo doy en la cara para aturdirlo. Desde ahí, todo lo que oigo es su gruñido y el grito ensordecedor de Avery.

No le pego, ni de cerca, tanto como me habría gustado, porque George me da un grito para que me detenga y lo miro como un león enjaulado que acaba de salir en libertad y al que le están diciendo que tiene que volver a encerrarse.

—Ella es más importante —me dice antes de arrodillase frente al hombre que tengo bajo mi cuerpo e inmovilizarlo con la cuerda que sacó del coche para que yo pueda levantarme.

Lo hago con rapidez. Lo miro un segundo solo para cerciorarme de que sangra por la nariz, pero apenas se ha llevado un par de puñetazos y, joder, merece más, mucho más.

—¡Asher!

Miro a Avery, esta vez sí. Está sentada, con la espalda apoyada en el árbol e intentando ponerse de pie. Me agacho de inmediato para ayudarla a levantarse y, solo cuando está de pie, toco su cara en busca de señales que me indiquen cómo se encuentra. Sus ojos están dilatados y aterrorizados, pero no es ahí donde centro mi atención, sino en la herida de su frente.

—¿Qué…? ¿Qué te ha hecho?

La ira apenas me deja hablar, pero ella solloza tan fuerte que vuelvo a concentrarme en sus ojos.

—Asher…

Apoya la frente en mi pecho y suena tan cansada que entro en pánico.

—Ey, cariño, mírame, vamos, dime que estás bien. ¿Qué te ha hecho? ¿Puedes andar?

Intento sujetar sus mejillas, pero se niega a despegarse de mí, así que me rindo y la abrazo, pensando que, si estuviera malherida, ya habría perdido el conocimiento o no habría podido levantarse. Beso su cabeza y me repito como un mantra que está bien. Un poco herida, pero bien y a salvo.

—¡Ella es mía! ¡Es mía y tú no vas a poder interponerte entre nosotros!

Miro por encima de mi hombro para que Avery no tenga que verlo, porque yo le hago de barrera. El tipo sigue en el suelo, sujeto y bien atado por George. Me observa con tanto odio que me sobrecoge, porque no recuerdo haberlo visto nunca.

—Llévame a casa. —La voz de Avery suena amortiguada sobre mi abrigo, pero soy capaz de oírla—. Por favor, por favor, llévame a casa.

Miro a George, que asiente en mi dirección.

—He avisado a la policía. Están de camino.

—Deberíamos esperar a que lleguen para…

—Por favor, por favor.

Avery empieza a llorar desconsoladamente, pero todavía se niega a mirarme. Decido en el acto que he de sacarla de aquí. George es muy capaz de controlar a ese tipo.

La ayudo a volver al coche a paso lento, pero seguro, y después a subir al jeep, donde se apoya contra la puerta, dándome la espalda, y conduzco de vuelta al hotel en silencio, más tenso que en toda mi vida y con unas ganas casi irrefrenables de llorar como un bebé recién venido al mundo.

Desde que llegamos al hotel, todo va a cámara rápida. Sus padres nos reciben ansiosos y preocupados, porque ya no había forma de ocultarles la verdad. En cuanto ven a su hija, la hacen entrar en el apartamento que alquilaron para que no tenga que subir las escaleras. En el calor del interior, por fin, conseguimos quitarle el abrigo y cerciorarnos de que está bien, al menos físicamente. Tiene un corte bastante feo en la frente, pero se solucionará con un par de puntos.

—¿Te has golpeado la mano? —pregunto en un momento dado.

Ella esquiva mi mirada. Lo ha hecho desde que nos encontramos. Me abrazó y me pidió que la trajera a casa, pero en ningún momento ha querido mirarme a los ojos. Niega con la cabeza y, al hacerlo, varias lágrimas ruedan por sus mejillas. Me siento tan miserable que ni siquiera sé qué decir. Sé que puede parecer tonto, pero es que todo esto, de alguna forma, lo propicié yo con nuestra discusión de esta mañana.

No sé cómo relacionarlo, pero sé que lo haré. Sé, de hecho, que ella posiblemente ya lo haya hecho y por eso no quiere mirarme.

Su madre insiste en que tome una ducha y se mete con ella en el baño mientras su hermana me pide que suba al apartamento a por ropa para Avery.

—Podría dejarle algo mío, pero estará más cómoda con su propia ropa.

Miro alrededor. Benjamin intenta distraer a los niños para que no noten lo que ocurre, Thomas está tan quieto que temo que en cualquier momento se lance hacia el exterior para intentar matar a quien le ha hecho esto a su hija, y yo…, yo no sé qué hacer, salvo obedecer, así que subo al apartamento, abro su armario y elijo un pijama, porque no encuentro nada deportivo y cómodo.

Lo que sí encuentro es una camiseta mía que Avery debió coger en algún momento. La sostengo entre mis dedos y, por alguna razón, la acerco a mi nariz para inspirar. Huele a ella, a su perfume, así que es evidente que se la ha puesto. Y eso me da más ganas de llorar. Porque ha estado usando mi ropa y yo he sido tan estúpido como para no admitir que incluso detalles como ese harían que me sintiera pletórico si no estuviéramos viviendo esta situación.

Cierro el armario, bajo y le doy la ropa a Phoebe, que entra en el baño con su madre y Avery.

Cuando sale, no puedo concentrarme en su aspecto, porque la policía ha llegado y pide hablar con ella.

—¿Tiene que ser ahora? Es evidente que está conmocionada —se queja Thomas.

—Hemos detenido a su agresor, pero necesitamos hablar con ella para conocer los hechos. Señorita Sinclair, ¿podría declarar? Le prometo que no tardaremos mucho.

Avery asiente y da un paso al frente. Se tambalea un poco, lo que hace que me acerque de inmediato.

—¿Estás bien? —pregunto sujetándola del brazo.

Ella me mira y sus ojos vuelven a llenarse de lágrimas. No sé qué piensa. No sé qué pasa por su cabeza, pero ojalá pudiera arrancar cada mal pensamiento o sentimiento. Ojalá pudiera sentirlo yo por ella.

—Necesito sentarme —dice con la voz rota.

El policía asiente de inmediato y nos señala la mesa de la cocina. Benjamin se lleva a los niños con una excusa y los demás nos sentamos junto a Avery.

—Bien, señorita, ¿qué puede decirme del hombre con el que estaba? ¿Lo conoce?

Estoy listo para oír que no, que no lo conoce de nada, pero Avery comienza a hablar y la miro consternado mientras le cuenta al policía que alguien le ha estado mandando mensajes perturbadores desde hace meses. Lo bloqueaba, pero siempre se abría una cuenta nueva e insistía en que algún día estarían juntos y por fin podrían vivir su amor sin barreras. El policía pide ver los mensajes, pero ella llora y dice que no puede enseñarlos porque le quitó el teléfono cuando se la llevó.

—Lo tengo yo. —Me lo saco del bolsillo mientras intento, en vano, mantener la calma.

Se lo entrego al policía y decido que lo mejor que puedo hacer es guardar silencio, pero mientras ella lo enciende y entra en sus redes, aún con la pantalla agrietada, para enseñarle los mensajes que ha estado recibiendo, yo no puedo dejar de pensar en todos esos días en los que la supuesta migraña la vencía. Alguien la acosaba. Un puto acosador la tenía muerta de miedo. Y en ningún momento me lo dijo, seguramente porque insistí tanto en que lo nuestro solo era sexo que no sintió que pudiera confiar en mí.

Todo este tiempo, corría peligro y yo estaba más preocupado de mis propias mierdas que de cuidarla. Soy un desastre.

El policía le hace un sinfín de preguntas que ella responde en modo autómata. Mientras tanto, un médico mira su frente y, después de asegurarle que solo necesitaba un par de puntos de papel, se los pone y se va.

No sé cuánto tiempo pasamos así… Al final, Margaret, George y su familia llegan e intentan relajar el ambiente. Nos cuentan que el agresor está entre rejas y permanecerá ahí hasta que todo se aclare.

Es entonces cuando el policía se levanta y se despide de nosotros, prometiendo que nos dará información tan pronto como la tenga.

—Bueno, sé que no es un buen momento —dice Margaret—, pero tengo la casa llena de comida y…

—Yo solo quiero dormir —la corta Avery.

—Lo entiendo, cariño, pero podrías tomar un poco de sopa antes, ¿qué te parece?

—Solo quiero dormir —insiste sin mirarla.

—Puedes tumbarte en nuestra cama, cielo, seguro que estás cómoda y… —interviene su padre.

—Te lo agradezco, papá, pero preferiría ir a mi propia habitación.

—Entonces te acompañaremos por si necesitas algo, cariño —dice su madre.

—No hace falta.

—Pero…

—No te preocupes, mamá. Asher estará en casa —dice Avery antes de mirarme por primera vez. Soy perfectamente consciente de que al instante se arrepiente de sus palabras—. O, bueno, cualquier otra persona que pueda quedarse y…

—Me quedaré yo —le digo con la voz un poco ronca, más por la tristeza que me produce saber que ni siquiera en este momento quiere molestarme, que por otra cosa.

—Cariño…

—Mamá, por favor. Solo quiero dormir, ¿vale? Este día ha sido muy largo. Necesito estar sola, pensar y descansar. Vosotros podéis comer y celebrar la Navidad.

—Mi vida, sin ti no hay Navidad que valga —dice su padre.

—En ese caso, tendréis que esperar a celebrar la del año que viene, porque de verdad que ahora mismo no puedo.

Se levanta y, sin decir nada más, sale de la habitación mientras la sigo en silencio y con las manos en los bolsillos, obligándome a no tocarla si ella no me lo pide.

—Eh. —Me giro para ver a Thomas, que sujeta mi brazo para llamar mi atención—. Llámanos con cualquier cosa. Lo que sea.

Asiento, entendiendo que esto no debe ser fácil para ellos. Sigo a Avery hasta el exterior y, de ahí, a la casa grande, la galería, las escaleras y, por fin, nuestro apartamento.

Intento ayudarla, pero lo único que ella me pide es un vaso de agua antes de meterse en la cama y cerrar los ojos. Voy a por él y, cuando lo dejo en su mesita de noche, sé que aún no está dormida, pero la dejo fingir que sí, porque, bueno, no tengo ni idea de cómo se supone que tengo que tratarla en esta situación. Quiero ayudar, pero me siento más inútil que en toda mi vida, así que apago la luz, salgo del dormitorio y me siento en el sofá.

Observo mi propia mano. Me quito la correa del reloj y me concentro en mi cicatriz. Por lo general, la tapo porque no me gusta tener un recuerdo constante de lo que mi padre hacía conmigo, incluso cuando era lo bastante mayor para defenderme físicamente. Lo permitía porque… porque no sabía cómo pararlo.

Pienso en la época en la que las cosas se pusieron tan feas que pensé que algún día perdería por completo el control y me mataría. Pienso en sus golpes constantes y en las amenazas de mi madre. Pienso también en el momento en el que supe que estaban muertos y el alivio que sentí. Pienso en eso y en que nunca creí que podría detestar a alguien más de lo que los detestaba a ellos, hasta que llegó ese tipo dispuesto a hacerle daño a Avery.

Miro la puerta de su habitación y me contengo para no ir otra vez a cerciorarme de que está bien. Observo la madera fijamente, sabiendo que no voy a hacer otra cosa hasta que ella dé algún tipo de señal.

Y pienso, en medio de este caos, que sí que hay algo peor que imaginar a Avery siendo feliz con otro hombre: imaginar que alguien la hiere tanto como para que no pueda ser feliz ni conmigo ni con nadie.

Porque puedo vivir en un mundo en el que Avery sea feliz con otro, aunque me duela, pero un mundo en el que ella no esté es algo que ni siquiera soy capaz de imaginar.

48

Avery

No sé cuánto tiempo paso en duermevela. A veces tengo la sensación de que caigo en un sueño profundo y reparador, pero me despierto de pronto sobresaltada y me doy cuenta de que apenas han pasado unos minutos.

Las horas se me van mirando al techo y sintiéndome la mayor fracasada del mundo. Llevo un mes en Vermont y tengo un brazo escayolado, una herida en la frente y he vivido un intento de secuestro. Puede que la vida en Nueva York sea estresante, no lo niego, pero no puede decirse que el aire fresco a mí me haya favorecido mucho.

Mis ojos se desvían de vez en cuando a la cristalera del balcón y, pese a todo lo ocurrido hoy, siento alivio, porque al menos lo que más temía ya ha pasado. Mi acosador ha dado la cara, ahora mismo está entre rejas y, aunque no tengo muy claro qué va a pasar de aquí en adelante, al menos sé que he sobrevivido a mi peor pesadilla: que ese tipo viniera a por mí. Intento verlo como algo positivo, aunque a ratos me cueste.

Estoy bien. Estoy en casa, en mi cama. A salvo. Pero no puedo dejar de llorar. El miedo todavía me invade, no por lo que ha pasado, sino por lo que podría haber ocurrido si Asher y George no hubiesen aparecido. Eric, mi acosador, o así dice llamarse, estaba tan nervioso que había empezado a gritarme porque no podía caminar más deprisa. La razón por la que estaba sentada en la nieve era que no podía andar más. Tenía tal mareo que era incapaz y, cuando él quiso llevarme en brazos, me senté y me negué. Sé que, si Asher y George hubiesen tardado solo un minuto más, me habría cogido a la fuerza. No para hacerme daño, sino en su desesperación por huir conmigo.

No me habría hecho daño. No un daño consciente, al menos. A su manera insana y enferma solo quería estar conmigo, y eso me lleva a plantearme cuánta de la gente que me ve piensa como él, aunque no se atrevan a dar el paso. Las redes sociales han tenido un impacto increíble en mi vida, me han dado, en su mayoría, cosas buenas, pero hay una parte, pequeña y casi invisible, que da miedo. Una parte que, si se descontrola, puede llegar a ser muy peligrosa.

Oigo los golpes en la puerta y me limpio las mejillas a toda prisa, aunque sé que Asher no abrirá hasta que no le dé permiso.

—¿Sí?

Abre lo bastante como para poder apoyarse en el marco de la puerta, pero sin llegar a entrar. Se ha dado una ducha y ha usado mi gel, pero no se lo puedo reprochar porque, después de un mes, he aprendido que Asher se ducha con lo primero que pilla y no se para a mirar lo que pone en los botes. Un día se bañó con mascarilla. Una mascarilla muy cara. Algo que nos llevó a tener una buena charla hasta que decidió compensarme por su enorme pecado. El recuerdo casi me hace sonreír, pero miro sus ojos cansados y su rostro preocupado y me llevo un nuevo golpe de realidad.

—¿Quieres comer algo? Margaret no deja de insistir en que baje a por algunos táperes, pero no quiero comer solo. ¿Qué me dices?

—No tengo hambre —murmuro con la voz ronca volviendo a mirar al techo.

—¿Y si te preparo un poco de chocolate caliente? He visto una receta en internet que incluye nata. Puedo probar y...

—No, gracias.

No lo miro. Mirarlo lo haría todo demasiado difícil. Recuerdo su cara mientras yo contaba todo lo que he vivido estos meses. Sé que no olvidaré esa expresión nunca, porque Asher me miraba como si no me conociera. Como si hubiera estado viviendo con alguien completamente extraño.

Sé que en algún momento nos sentaremos a hablar. Fingiremos que somos amigos por encima de todo y mantendremos un pacto de cordialidad que solo se tendrá en pie los meses que nos quedan por delante viviendo y trabajando juntos. También sé que lo nuestro se ha acabado, yo sigo con el corazón roto y, después de un día como el de hoy, lo único que quiero es lamentarme.

Hablaré todo lo que haya que hablar, pero no hoy. Hoy me merezco revolcarme en mi mierda tanto como quiera, aunque no sea una actitud sana. A veces una chica solo quiere tumbarse y llorar durante horas sin que la molesten.

—¿Quieres más agua? —insiste, pero su tono de voz es mucho más apagado.

Cada vez le cuesta más fingir una alegría que no siente. Niego con la cabeza, así que ni siquiera pregunta nada más. Cierra la puerta con suavidad y me deja aquí, mirando al techo a ratos.

Durmiendo a ratos. Llorando a ratos. Pensando en el modo en que he puesto mi vida patas arriba en cuestión de meses y en todo lo que podría haber hecho para evitarlo.

Lamentándome una vez más por no estar a la altura de mis propias expectativas.

49

Asher

La noche cae sobre Silverwood y nuestro apartamento y Avery no ha hecho nada. Absolutamente nada. No ha comido, no ha bebido nada, aparte del agua que repongo en su mesita de noche. No habla conmigo ni con nadie. Le he ofrecido llamar a su madre para que suba, pero no quiere. Ni a su hermana ni a su padre ni a su cuñado ni a su sobrino ni al maldito Frosty. Traería al perro y hasta dormiría con él si así lograra despertar algún tipo de reacción en ella, pero nada de eso consigue que me mire más de dos segundos antes de volver a dormirse o clavar la vista en el techo.

—Necesita tiempo —dice Lauren—. Conozco a mi hija. Cuando se asusta o se ve acorralada, tiende a alejarse de las personas que quiere, pero en algún momento se abrirá. Solo necesita procesarlo todo.

Ha subido a traerme un poco de cena, porque no quiero irme del apartamento. Empiezo a sospechar que, durante un tiempo, no voy a querer despegarme de Avery más de lo que lo hace su propia sombra. El miedo de lo que podría haber ocurrido todavía me tiene un poco paralizado, aunque ya haya pasado todo y, al final, se haya quedado en un tremendo susto.

—Estaré aquí mismo, vigilando y esperando —le digo a su madre, que sonríe y estira su mano para sostener la mía.

Estamos sentados en el sofá, hablando bajito, pero da igual. Creo que Avery no saldría ni aunque nos oyera gritar.

—Eso es lo que quería oír —me dice—. Eres un gran chico, Asher, aunque pienses que no.

En efecto, pienso que no lo soy. Quiero decírselo, que está equivocada conmigo, pero estoy tan agotado que, en realidad, me limito a sonreír y apretar sus dedos en señal de agradecimiento.

Su padre también sube. Y también me dice que soy un gran chico. Y su hermana. Hasta Benjamin, que no es muy hablador, sube y me dice lo gran chico que soy. Lo que no sabe ninguno de ellos es que esta misma mañana hice que Avery saliera de aquí mal después de nuestra discusión. De lo que no tienen ni idea es de que estoy convencido de que, si no hubiera estado tan obsesionado con que no debíamos saltarnos los límites que nos habíamos puesto, a lo mejor ella habría confiado en mí para contarme lo del acosador y yo habría podido ayudarla de algún modo.

No, no saben nada de eso y yo no lo digo porque, en el fondo, no soy más que un cobarde ansiando aprobación constante.

Y de todos modos da igual, porque cuando todo el mundo se marcha y las visitas dejan de llegar, me quedo a solas en el salón pensando en el día de hoy, pero también en los pasados. No lo puedo evitar. Pienso en las veces que nos hemos reído aquí, en el momento en que colgamos nuestros adornos personalizados en el árbol, en los villancicos cantados a voz en grito y en las veces que hemos disfrutado en este mismo sofá. Y no lo pienso solo por el sexo, sino por todo lo que lo rodea y va implícito: su risa, la forma en que se entrega Avery cada vez que nos desnudamos. La manera en la que me miró anoche mientras me abrazaba justo antes de que yo la cagara.

Qué cosas, ¿no? Anoche salí de su habitación a escondidas, huyendo de ella y todo lo que me provocaba, y ahora mismo daría todo lo que tengo por que abriera la puerta y me dejara pasar.

Me levanto y camino hacia su habitación, toco con los nudillos en la puerta, como siempre, pero no responde. Entreabro un poco, solo para asegurarme de que está bien, y la encuentro dormida, o eso parece.

Me fijo en su vaso de agua vacío y entro a por él. Es lo único que ha tomado en todo el día, así que lo mínimo que puedo hacer es mantenerlo lleno.

Lo llevo a la cocina, lo relleno y, además, preparo una bandeja con *snacks* envueltos individuales, por si en algún momento se despierta y tiene hambre, pero no quiere salir.

Vuelvo a entrar en la habitación, dejo el agua en la mesilla y la bandeja a un lado, donde pueda verla, pero no le moleste, y también un táper de Margaret con un poco del pastel de manzana y canela que hizo, algunos frutos secos y un poco de fruta, porque no tengo ni idea de qué puede apetecerle. Después, la miro un segundo. Solo uno. Solo para asegurarme de que su sueño es tranquilo. Me agacho a su lado y, aunque una vocecita me grita que salga de inmediato, porque Avery no necesita a un hombre mirándola dormir después de lo que le ha pasado, necesito mirarla un poco más de cerca.

Retiro un mechón de cabello rubio de su cara, colocándolo detrás de su oreja pero sin llegar a tocarla y, cuando ella suelta un pequeño suspiro, me pregunto cómo he sido tan idiota como para pensar que de verdad podía controlar mis sentimientos y no enamorarme.

Al final tenía razón ella y mi ego no cabe en el mundo, porque lo realmente raro es que haya tardado tanto en darme cuenta de que da igual cuántas chicas conozca de ahora en adelante. Después de estar con Avery Sinclair y sentir lo que he sentido a su lado, mis días no volverán a ser iguales.

Y, por primera vez, lejos de asustarme, eso es algo que me hace sonreír.

Porque durante mucho tiempo fui por ahí pensando que no podía vivir algo tan puro como lo que veía en Nora y Nicholas Merry, por ejemplo. O en Noah y Olivia. Pensaba que el amor, en realidad, no es tan bonito como lo que te hacen creer, y que lo mejor es no entregarse a nadie para no salir herido, porque estaba convencido de que la vida real era la que viví de pequeño: esa llena de sufrimiento y dolor.

El problema es que a veces pasa que, por alguna razón, la vida decide que es hora de mostrarte la parte bonita, pone en tu camino a una persona que tambalea tu mundo desde los cimientos, te vuelve del revés y te enseña todas las razones por las que estás equivocado.

Una persona increíble y especial que lo cambia todo para siempre.

A veces esa persona llega de pronto. La conoces en el trabajo, un parque, una discoteca o una biblioteca, pero otras veces…, otras veces permanece a tu lado un tiempo, se convierte en tu amiga y compañera de vida, y un día, casi sin darte cuenta, ocurre algo y de repente ves lo idiota que has sido por tardar tanto en descubrir que da igual cómo de corta o larga sea la vida, porque lo único importante es pasarla a su lado.

Y ese día, por fin, la vida se empieza a ver de un modo distinto, mejor y mucho más bonito.

50

Avery

Cuatro días después de lo sucedido, mi madre invade mi habitación dispuesta a hacerme salir por las buenas o por las malas.

—No puedes seguir así. —Enciende la luz, descorre la cortina e ignora por completo mi mala cara.

—Lauren, no sé yo si…

—No, Asher. Lo hemos intentado a tu manera, pero no funciona, así que ahora lo haremos a la mía.

Miro a Asher. Me gusta su manera. Su manera es dejarme morirme de asco aquí, recordarme que debería ducharme y ponerme comida y agua en la mesita de noche cuando duermo. Es una manera tranquila. No me dice que debería encender el móvil y trabajar. No. Él solo se limita a dejarme revolcarme en la mierda. En cambio, la manera de mi madre… No, la de mi madre no va a ser tranquila. Lo intuyo cuando veo a mi padre empujar un poco a Asher para entrar con la aspiradora.

—Cariño, es que aquí ya huele a secuestro.

—Mala elección de palabras, querido —le dice mi madre. Está recogiendo la ropa tirada por el suelo y poniéndola en una silla.

Mi padre tiene la decencia de ruborizarse, lo que casi me hace reír porque todo es un poco surrealista. Vuelvo a mirar a Asher. Al parecer no soy la única que está pasando malos días. Tiene ojeras, está más pálido de lo normal y juraría que lo veo más delgado. O quizá es que lleva un pantalón de chándal y una sudadera enorme que no permiten ver su cuerpo.

—He intentado controlarlos —me dice—, pero...

—No tienes que controlarnos. ¡Somos su familia! —exclama mi madre antes de mirarme—. Somos tu familia. Díselo.

—Son mi familia —respondo en modo autómata.

—¿Ves? ¡Todos felices!

Enchufa la aspiradora y, antes de que alguien pueda decir una sola palabra más, se pone a pasarla mientras retira cosas del suelo. Estoy teniendo una regresión a mi adolescencia tan potente que me levanto de la cama, abro el armario y cojo ropa limpia a toda prisa. No me paro a mirar el qué, porque llevo días sin hacer la colada. Solo quiero salir de aquí.

—Yo voy a darme una ducha.

—¡Esa es una gran idea, bizcochito! —exclama mi padre, que tiene las manos en las caderas y está esperando desesperadamente que mi madre le dé una orden.

Salgo de la habitación con Asher siguiéndome los talones, pero me giro y, cuando se para en seco, entrecierro los ojos.

—¿Me estás siguiendo?

—¿Eh? No, claro que no. Solo es que... Bueno. Tu hermana está...

Miro a un lado, al sofá del salón, donde mi hermana da el pecho a mi sobrina mientras Tyler juega en la alfombra.

—Entiendo.

—Tu cuñado tiene que adelantar trabajo porque estos días han sido un caos, así que…

Devuelvo mi vista a Asher y me doy cuenta de que no puede estar en mi habitación porque están mis padres, ni en el salón porque está mi hermana, y seguramente no quiere dejarme sola porque es evidente que está preocupado, así que tampoco puede irse a su dormitorio.

—Intentaré que dejen de usurpar la casa cuanto antes, te lo prometo —le digo—. Voy a darme una ducha, tomaré un café y hablaré con ellos.

—No me molestan. —Enarco las cejas y frunce los labios—. La verdad es que te lo agradecería.

Por primera vez en varios días, le dedico una pequeña sonrisa. Él no me la devuelve, pero la expresión que pone al verme es… rara. Y me hace sentir cosas que no quiero.

—Voy a…

—Sí, claro. Por cierto, la policía ha llamado hace un rato.

—Ah, ¿sí? —Intento sonar tranquila, pero sé que él puede ver sin problemas la ansiedad que encierran dos simples palabras—. ¿Y qué han dicho?

—Bueno, me han explicado que, con la denuncia que pusiste y los cargos que ya tenía, Eric estará encerrado una buena temporada.

—Trago saliva. Ayer vinieron a contarnos que, al parecer, Eric tiene antecedentes por acosar a otras mujeres. Nunca las ataca físicamente, en ese sentido no suele ser peligroso, pero lleva mucho tiempo causando problemas y siendo la pesadilla de más de una chica.

—Vale —murmuro.

—Se va a acabar, Avery. Lo van a encerrar y no podrá llegar hasta ti.

—Lo sé.

Intento sonreír, pero mis ojos vuelven a llenarse de lágrimas, aunque al menos consigo que no caigan.

—Entonces ¿por qué no intentas salir más de tu habitación? Vamos, rubia, tienes que hablar. Cuéntame cómo te sientes para que pueda ayudarte porque me siento tan impotente que no sé qué más hacer.

Miro a mi hermana, que habla con mi sobrino, pero en realidad nos mira de reojo. No puede oírnos, porque estamos susurrando, pero eso no quiere decir que la puerta del baño, mientras yo sostengo ropa limpia en una mano y tengo el pelo hecho un asco, sea el mejor lugar para hacerlo.

—Deja que me duche y eche a mi familia, ¿vale? Hablaremos entonces.

La esperanza brilla en sus ojos con tanta fuerza que me arrepiento, porque no sé si de aquí a que me duche y me arregle un mínimo para sentirme persona de nuevo voy a tener ganas de hablar, pero tengo que hacer el esfuerzo. Cuatro días de encierro son suficientes y, además, yo nunca me he caracterizado por ser el tipo de persona que se encierra en sí misma.

Me meto en el baño, me desnudo, envuelvo mi brazo escayolado en plástico y entro en la ducha. En el momento en que el agua me roza miro hacia la puerta y pienso en Asher y en lo mucho que me gustaba compartir este momento con él. No hablo del plano sexual, aunque eso también me encantaba. Hablo de las risas, los besos, de cuando cantábamos y de los masajes. Hablo de todas las veces que secó mi pelo mientras prácticamente me dormía contra su pecho. Todavía vivimos juntos, pero tras nuestra discusión y lo que ocurrió después, más mi aislamiento, es como si estuviéramos alejándonos el uno del otro a pasos agigantados. Tengo la sensación de que hemos tardado semanas en acercar posturas y solo hemos necesitado unos días para distanciarnos y volver, no al punto de partida, sino mucho más atrás.

Enjabono mi cuerpo y mi pelo con brío, decidida a arreglarme un poco. Tengo que dejar de tener pensamientos intrusivos y, sobre todo, tengo que dejar de sentir vergüenza por lo ocurrido. Estoy bien, Eric no llegó a herirme y toda esta pesadilla se ha acabado. Debería estar contenta. Y lo estoy, de verdad, pero también estoy ansiosa y he entrado en un bucle de autocompasión muy impropio de mí.

Salgo de la ducha y, solo entonces, me doy cuenta de que he cogido la camiseta de Asher. La encontré en mi colada y me la quedé. Parece un robo, pero es… Bueno, sí, fue un robo. Y ahora tengo que ponérmela porque la otra opción es salir envuelta en una toalla y enfrentarme, no solo a él, sino a toda mi familia.

Inspiro hondo y decido, en el acto, que esto es una señal para dejar de hacer el tonto. He pasado años fingiendo ante las cámaras que era sumamente feliz y tenía una vida perfecta. Puedo fingir durante un tiempo que me he equivocado de camiseta, tomármelo a broma y no darle más importancia.

Me la pongo junto con un pantalón de pijama de cuadros navideños. La camiseta de Asher me sirve de vestido, pero, junto al pantalón ancho, hace que parezca un rapero con el pelo largo.

No pienso salir sin peinarme, porque de verdad no doy una imagen que me haga sentir fuerte y empoderada, así que me seco el pelo, me paso la plancha, me pongo algunas de mis cremas faciales favoritas y me maquillo un poco, lo justo como para verme con algo más de luz en el rostro. Me vuelvo a mirar al espejo y, aunque es evidente que no estoy bien, soy capaz de vislumbrar muchos retazos de la Avery que podía fingir que era feliz.

Salgo del baño y voy a mi habitación. No me pasa desapercibida la mirada de Asher, pero no sé si es porque llevo su camiseta o porque, por primera vez en muchos días, parezco un ser humano funcional.

Mis padres han conseguido ordenar y limpiar mi habitación en tiempo récord. Están colocando los últimos cojines cuando sonrío, les prometo que estoy mucho mejor, agradezco hasta el infinito su ayuda y les pido que se marchen porque tengo algo que hablar con Asher.

—Puedes hablar también con nosotros, somos tu familia —dice mi madre.

—En realidad, no. Hay cosas que solo puedo hablar con él, pero hablaré con vosotros pronto. Prometido

—Oh, claro, es normal. —Parece un poco cohibida. Supongo que es normal porque por lo general no suelo marcar demasiado los límites de mi familia. Al final le sonríe a Asher y le guiña un ojo—. Sé bueno con mi niña. Se nota que te quiere mucho.

—Mamá, por favor —digo bruscamente.

Lo último que necesito es que él entre en pánico de nuevo y tome distancia. En serio, si él toma distancia y yo también, no vamos a encontrarnos nunca.

Al final, mis padres se marchan y tiran de mis sobrinos, lo que deja a mi hermana sin excusas para quedarse. Bajan las escaleras después de que les prometa que hoy sí que pienso ir a comer a la cocina de Margaret para que deje de preocuparse por mí.

Cuando el apartamento se queda en silencio, por fin, me giro y miro a Asher, que sostiene mi taza favorita entre las manos.

—¿Café?

Asiento con la cabeza y lo espero en el sofá. Vuelve pocos minutos después con una taza para él y la mía. Me la entrega y se sienta a mi lado, pero lejos. Tan lejos que, por un instante, estoy tentada de preguntarle si es que me tiene miedo. No lo hago, claro, eso lo habría hecho la Avery del pasado. Ya sabes, esa que todavía podía acostarse con él y tenía un acosador solo en una pantalla de teléfono.

—Me da pánico volver a aparecer en redes.

Lo suelto así, de pronto y sin pensar, porque sé que, si me doy un poco de tiempo, me echaré atrás. Y no quiero echarme atrás. Necesito que Asher sepa cómo me siento porque... porque... Bueno, porque antes de que la cagáramos, era un amigo valioso. Y bien sabe el cielo que necesito volver a sentir el cariño de un amigo valioso.

—Entiendo...

—No, no lo entiendes, Asher. Eric está entre rejas, eso es cierto, pero hay otros Erics por el mundo. Hay... hay mucha gente que me ve a través de una cámara. Gente que puede obsesionarse conmigo del mismo modo. Gente que puede llegar hasta mí en cualquier momento. No dejo de pensar en esas personas inexistentes. No salen de mi cabeza.

—Lo entiendo, Avery. De verdad, lo entiendo. Creo que es muy normal lo que te ocurre, pero, cariño, esconderte en una habitación oscura no lo solucionará.

—Entonces ¿qué lo hará?

Asher guarda silencio unos instantes. Sé que va a decirme algo que no quiero oír, pero también sé que va a decirlo de todas formas, porque Asher puede ser alguien que se guarde muchas cosas, pero no cuando lo que está en juego es importante para él. Y puede que no esté enamorado de mí, pero me aprecia. No dudaré de eso nunca.

—La terapia, supongo.

—¿La terapia?

—La terapia, sí. La terapia hizo que yo dejara de pensar en cosas que me atormentaban. —Se lleva los dedos a su reloj de un modo inconsciente y trago saliva, sabiendo en el acto a qué se refiere—. La terapia te ayudará a no tener miedo del mundo porque, aunque te haya pasado esto, la mayoría de la gente que te ve te quiere de un modo sano. Las redes tienen cosas malas, pero tienen otras, muchas otras, muy buenas. Has hecho un trabajo increíble durante años y no deberías permitir que los miedos te lo roben.

—No quiero seguir exponiéndome como hasta ahora. No quiero que todo el mundo lo sepa todo sobre mí.

—Nunca lo han sabido todo sobre ti —dice él sonriendo. Se acerca a mí. Es un movimiento casi imperceptible, pero ahí está—. No han sabido, por ejemplo, que te gusta ponerle esencia de vainilla al café.

—No, eso no lo conté.

—No saben que lloras con todas las películas, aunque sean comedias románticas.

—A veces tienen conflictos muy potentes.

Asher se ríe y vuelve a acercarse. Nuestras rodillas se rozan, pero esta vez no recula.

—No saben que cantas como los ángeles y a todas horas.

Abro la boca, porque estoy bastante segura de que sí he cantado alguna vez en internet, pero cuando pretendo hacer memoria, me doy cuenta de que no es así. Nunca he cantado frente a mi móvil, y eso sí que es algo que me sorprende.

—¿Cómo te has dado cuenta?

—Porque te he visto, Avery. Te llevo viendo desde hace mucho tiempo.

Hay algo en sus palabras que despiertan un revoloteo que me empeño en matar, porque no es sano y solo va a traerme sufrimiento.

—Aun así…

—No saben que llenas el baño de cremas que publicitas, pero luego no usas. Ni que eres un maldito desastre conduciendo, porque no te han visto nunca. No saben que me robas la ropa cuando crees que no me doy cuenta. —Su sonrisa se tuerce—. Ni siquiera saben a ciencia cierta lo que fuimos tú y yo. Solo saben lo que tú les muestras, Avery, y aunque pienses que es todo…, no es así. Hay partes de ti y de tu vida que siguen siendo tuyas. Siempre lo serán.

«Lo que fuimos».

Sus palabras retumban en mi cabeza, porque, por más bonito que sea todo lo que ha dicho, parece que solo soy capaz de dar vueltas al hecho de que esa frase la ha dicho en pasado.

—Supongo que tienes razón.

—De todas formas, si no quieres seguir exponiéndote de la misma forma, habla con Noah y explícale cómo te sientes. Él te valora lo suficiente como para entenderlo y buscar una solución. No tienes que sacrificar tu vida por el hotel si ya no te sientes feliz haciendo lo que haces, Avery. Encontraréis el modo de encaminar tu puesto de trabajo, pero para eso tienes que hablar con él.

—Sí, quizá lo llame.

—Tal vez puedas hacerlo ahora.

—¿Ahora? No voy a llamarlos ahora. Es domingo y estarán…

—No tienes que llamarlos. Están aquí.

—¿Aquí? ¿Cómo que están aquí?

—Llegaron ayer. Han venido a pasar el fin de año con nosotros. Y a verte.

Lo miro, completamente consternada.

—¿Y por qué no me lo dijiste ayer?

—No parecías estar bien, así que no les permití entrar a verte.

—Tú… ¡Es nuestro jefe!

—Antes de eso, es mi amigo.

—¡Pero es mi jefe, Asher!

—No querías ver a nadie.

—Pero él…

—No querías ver a nadie y me encargué de que así fuera.

—¿Y si te hubiese dicho que quería prenderle fuego al bosque también lo habrías hecho?

—Probablemente.

—¡Asher!

—¿Quieres verlos o no? —pregunta sonriendo.

Me río, pero un segundo después me echo a llorar y me abalanzo sobre él, solo para darme cuenta de lo que hago y retirarme.

—Perdona, yo…

No puedo seguir hablando. Esta vez es Asher quien me abraza. Lo hace con fuerza, casi con desesperación y cierro los ojos porque, por un instante, es como si fuéramos los mismos de hace unos días, cuando nos dedicábamos a ser felices sin pensar más allá del presente, antes de que todo nos estallara en la cara. Casi juraría que hay anhelo en su abrazo, pero sé bien que no es así. Solo ha estado preocupado por mí porque, pese a todo, es mi amigo.

Se separa, besa mi frente y se levanta tan rápido que ni siquiera tengo tiempo de mirar su cara para estudiar su expresión. Baja las escaleras a toda prisa y, cuando vuelve a subirlas, lo hace acompañado de Noah y Olivia.

Están guapos, vestidos con ropa informal y sonriéndome mientras se acercan para abrazarme. Primero él y luego ella. Podría ser raro, porque ella es mi amiga, pero entiendo lo bien que me conocen desde el momento en que ella me toca y yo arranco a llorar como una niña pequeña desconsolada.

—Estás bien, Avery. Vas a estar muy bien —susurra ella junto a mi oído—. Haremos que sea así.

Puede que sea por su tono, siempre tan tajante, pero el caso es que, cuando Olivia promete algo en ese tono, no queda más remedio que creerla.

Me separo de ella y me siento, intentando calmarme. Esta vez ellos se sientan a mi lado y Asher se mantiene un poco alejado de los tres. Me mira y asiente, animándome a hablar. Y eso hago.

Les cuento mis miedos y dudas y la ansiedad que me produce volver a exponerme y ellos me escuchan en silencio. Cuando acabo, Noah me asegura que no tengo que seguir haciendo lo mismo que hasta ahora y que podemos buscar la forma de que continúe trabajando en el marketing de la empresa sin exponer mi vida en las redes. Tendrá que ser gradual, seguramente, pero podemos hacerlo.

El alivio que siento es tan grande que, cuando Noah le pide a Asher dar un paseo para que nosotras hablemos «de cosas de chicas», no entiendo a qué se refiere hasta que nos quedamos a solas y Olivia me mira con una sonrisa.

—Solucionados los temas prácticos, vamos a lo verdaderamente importante: ¿cómo están las cosas entre Asher y tú?

51

Asher

Tengo que decir que lo de pasear por la nieve con un amigo del alma y abrirse en canal es bastante más bonito en las películas moñas que Avery me obliga a ver que en la vida real.

Hace un frío impresionante, Noah no va bien abrigado y está empezando a nevar como si existiera Dios, estuviera de malas y pretendiera enterrarnos bajo una capa blanca.

Es una suerte que Noah ya viera ayer cómo está funcionando el hotel. Las cabañas siguen a tope y, aunque es cierto que la gente en internet pregunta por Avery insistentemente, Olivia me ha asegurado que han dado por hecho que está enferma, así que no hay nadie muy enfadado.

—¿Es verdad que hay gente que la da por muerta? —pregunto a mi amigo en un momento dado.

—Bueno, ya sabes que Olivia no es muy delicada para decir las cosas.

—¿Es verdad o no?

—Sí, es verdad, pero son algunos fanáticos y la gran mayoría dan por hecho que está enferma. La gente está preocupada, pero no histérica… de momento.

En ese sentido, por más que yo quiera a mi amigo, prefiero a su novia, porque suelta las cosas sin pensar y no le importa lo más mínimo cómo se lo tome la gente. Odia los rodeos y lo demuestra cada vez que puede.

—¿Y qué vais a hacer para solucionarlo?

—¿Nosotros? Contaba con que ella misma hiciera un directo o editara un vídeo en cualquier momento para acallar los rumores y que la preocupación no vaya a más, la verdad. Claro que, después de lo que acabamos de hablar…, igual tenemos que pensar en un plan B.

—Igual sí.

—No te preocupes. Encontraremos la forma. Aunque si pudieras convencerla para hacer…

Me río y reconozco que no lo hago en un tono sincero, precisamente. La ironía y la amargura se dejan ver en todo momento.

—Créeme, no soy capaz de convencer a Avery de hacer nada. Ni siquiera he podido convencerla de salir de su habitación.

—Yo la he visto fuera.

—Su madre ha entrado en su cuarto como un terremoto. No ha tenido más opciones. Y creo que yo mismo debería haberla obligado, pero no quiero que piense que intento…, no sé. En realidad, no sé qué es lo que quiero que piense de mí. O más bien que no piense.

—Intuyo que las cosas siguen sin ir bien.

—Es lo que pasa cuando discutes con una chica, intentan secuestrarla y acaba enclaustrándose en su habitación, todo en el mismo día. El diálogo, quieras que no, disminuye.

—Deja la ironía conmigo, ¿quieres?

Echo la cabeza hacia atrás intentando estirar mi espalda, pero solo consigo que los copos de nieve me caigan de lleno en las mejillas.

—Perdona, estoy irascible.

—¿Estás durmiendo bien?

—No mucho.

—Asher... —Lo miro, porque parece serio y, cuando me doy cuenta de la expresión de su rostro, sé que así es—. Oye, entiendo que Avery acaba de pasar por algo muy fuerte, pero... ¿cuánto tiempo más piensas seguir así?

—¿Así cómo?

—Así, comportándote como si te diera miedo incluso hablarle por si se enfada.

—Bueno, joder, es que me da miedo hablarle por si se enfada.

—Pero esa no es tu dinámica. Ese no eres tú. No es el Asher que ella conoce ni el chico del que se enamoró.

—Ya, bueno... —Me río sin humor—. Respecto a eso de estar enamorada..., diría que la cosa no es tan así.

—Dijiste que lo habías notado.

—Puede que estuviera proyectando un poquito.

—Ya... Si mal no recuerdo, te enfadaste cuando yo lo insinué.

—Bueno, pues ahora lo acepto. ¿Qué pasa? ¿No puedo cambiar de opinión?

—Joder, sí que estás insoportable.

Aprieto los dientes y sigo caminando, pero sé que lo hago de un modo brusco, casi como un militar. O más bien como un niño enfurruñado.

—Mira, Noah, tú lo ves muy fácil porque...

—¿Que yo lo veo fácil? Te recuerdo que no hace tanto estuve a punto de perder a Olivia por no hablar las cosas a tiempo y no aceptar la ayuda que necesitaba.

Trago saliva y pateo la nieve, pero intento calmarme antes de hablar.

—Estoy loco por ella.

—Lo sé.

—No sé si me quiere.

—Creo que eso lo sabes de sobra, pero si tantas dudas tienes…, ¿a qué esperas para resolverlas? —Guardo silencio, inseguro, pero mi amigo sabe muy bien qué teclas tocar para que eso dure poco—. ¿De verdad vas a decirme que has sobrevivido al maltrato, el abandono, la soledad y la inmundicia para acabar rechazando una de las mejores cosas que la vida te ha puesto delante? Joder, tío, y yo que me jactaba de tener un amigo inteligente…

Pasa por mi lado y me deja atrás mientras silba un maldito villancico navideño, como si no acabara de darme algo en lo que pensar para el resto del día.

Maldito Noah Merry.

Dos días después, el 31 de diciembre, puedo decir que Avery no está muy habladora, pero al menos ha hecho el esfuerzo por dormir de noche y ser productiva de día, aunque solo sea levantándose para hablar con Noah acerca de la forma de encaminar su trabajo de ahora en adelante. Él la ha escuchado con paciencia, ha sugerido ciertas ideas muy buenas y la ha apoyado en todo, pero a cambio le ha pedido un vídeo para sus redes. Uno donde salga diciendo que cogió un virus que la tuvo indispuesta unos días y que aún no estaba al cien por cien, pero que el Hotel Merry seguía funcionamiento perfectamente. Ella lo hizo y fingió tan bien que estoy seguro de que la gran mayoría de seguidores la creyeron a pies juntillas.

Yo, en cambio, supe en todo momento que esa era la sonrisa falsa. Y saberlo, conocerla tan bien, me ha hecho sentir un orgullo un poco absurdo, pero orgullo, al fin y al cabo, porque puede que Avery sea un enigma para la mayoría de las personas, y estoy seguro de que yo mismo tengo aún que descubrir mucho sobre ella, pero la conozco más que muchos y eso, de momento, me sirve.

La cena de fin de año en el salón del nuevo Hotel Merry está siendo todo un acontecimiento. Las puertas se han abierto desde esta tarde, se han encendido hogueras en el patio trasero y George y Margaret están empeñados en celebrar los últimos segundos del año como hacían antiguamente, realizando la cuenta atrás fuera, sobre la nieve, y entrando al año nuevo con una gran fiesta que incluye tanta comida y bebida como una persona sea capaz de tomar.

Los huéspedes del hotel se han vuelto locos en su gran mayoría y, a estas horas, cuando apenas son las diez de la noche, el salón, el patio y todos los alrededores son un hervidero de gente, no solo del hotel, sino también del pueblo.

Observo a Violet y Savannah bailar pegadas una canción que, en realidad, no es tan lenta como para eso, pero me alegra que hayan solucionado las cosas porque, cuanto más las miro, más raro me resulta no haberme dado cuenta antes de lo que existe entre las dos.

—¿Verdad que hacen buena pareja? —Me giro para mirar a George, que sonríe orgulloso mirando a su hija y Savannah—. Ahora solo me falta emparejar a Luke.

—¿Estás echándote el mérito de que esas dos estén enamoradas?

—Yo contraté a Savannah.

—¿Y qué?

—Que no soy tonto, chico. He visto lo que pasaba entre ellas desde el principio. Están juntas gracias a mí.

—Joder, George, la gente que piensa que yo tengo ego es porque no te conoce.

Él se ríe y yo lo miro estupefacto. Le he visto reír antes, pero no conmigo. Nunca conmigo.

—Ayer pedí perdón por primera vez en mi vida. Y fue a mis hijos. ¿Te lo puedes creer? —Guardo silencio, porque creo que, si se ha lanzado a hablar, lo mejor es que no lo interrumpa—. Vendí el hotel sin decirles nada y di por hecho que, si yo no había podido levantarlo, ellos tampoco podrían. No confié en ellos y lo lamento muchísimo. —Me mira y carraspea incómodo—. Por eso voy a intentar no cometer el mismo error dos veces.

—¿Qué significa eso?

—Confío en ti, chico. —Busco en sus pupilas algún signo de dilatación, drogas, alcohol… Algo tiene que haber, pero parece calmado y sobrio—. Confío en ti y confío en la rubita para llevar este sitio, así que, mientras estéis por aquí, voy a intentar facilitaros las cosas, ¿de acuerdo?

—¿Estás…? Eh… Yo…

—Bueno, maldita sea, eres realmente patético con las palabras.

—Querido, quedamos en que solo dirías cosas bonitas hoy —le riñe Margaret acercándose.

—¡Acabo de decirle cosas preciosas! ¿Sí o no, chico?

—Sorprendentemente, sí —le respondo a Margaret—. Al final, voy a tener que entender que te enamoraras de él y todo.

Ella se ríe, me abraza y se lleva a su marido hacia un lateral para saludar a una chica de piel oscura y trenzas larguísimas que no he visto antes, pero a la que arrastran de inmediato hacia Luke, que está bebiendo de su botellín de cerveza mientras se muestra visiblemente incómodo con todo esto de la fiesta. En un momento dado George me mira, señala a la chica y me guiña un ojo, haciéndome elevar las cejas. ¿Quién iba a pensar que su segunda pasión, aparte de trabajar, era hacer de casamentero?

Me río y observo a mi alrededor mientras pienso en lo surrealista de lo que acabo de vivir y en las ganas que tengo de contárselo a Avery, pero no la veo por ninguna parte.

Noah y Olivia están en el papel de jefazos. Bueno, al menos él, que se ha empeñado en saludar a cuanto ser viviente se le cruza por delante, pero incluso así soy consciente del modo en que busca constantemente a Olivia, ya sea con la mirada o con las manos, cuando ella pasa cerca. La familia de Avery come, bebe y arma el bullicio propio de los Sinclair.

Y Avery… Bueno, sigue sin aparecer, lo que me tiene con los nervios de punta porque no quiero entrar en pánico y pensar que se ha vuelto a encerrar, pero que tarde tanto en presentarse es raro. Aunque quizá la impaciencia está jugando en mi contra porque, después de mucho pensarlo, he llegado a la conclusión de que hay ciertas cosas que necesito decirle. Cosas que necesito soltar antes de que acabe este año porque, por alguna razón, pensar que entro en un año nuevo sin decirlas hace que sienta un nudo en la garganta.

El problema es que el tiempo corre y ella no aparece.

Recorro el patio en busca de algo que hacer con mis nervios y, cuando vuelvo a entrar dentro, al salón, me encuentro con Frosty, que justo se dirigía al exterior, pero antes se para y restriega la cabeza por mis piernas. Trago saliva, pero no me paralizo. Incluso acerco una mano indecisa a su cabeza y lo acaricio un poco. Él ladra, pero no de un modo amenazador o terrorífico, sino con reconocimiento. Como si me felicitara por atreverme a tocarlo, por fin.

—Al final tú y yo seremos buenos amigos —murmuro con una pequeña sonrisa.

—Eso espero, porque tenéis que estar juntos durante todo un año y es muy bonito veros así por fin.

Me giro, porque esa voz... Reconocería esa voz entre un mar de gente.

Avery está frente a mí con un vestido dorado increíblemente brillante. Lleva el pelo trenzado y recogido, decorado con una diadema que me hace pensar en diosas griegas. Sus ojos son espectaculares, no sé si por el maquillaje o porque, después de muchos días, parecen cálidos, amables y confiados de nuevo.

Trago saliva porque está..., joder, está preciosa y todo lo que puedo pensar mientras la miro es que no la merezco, pero rectifico y me obligo a ir contra ese pensamiento porque esas no son palabras mías, sino del pasado. Y ya es hora de impedir que ese eco siga zumbando todavía hoy.

No sé si la merezco o no, pero sé que estoy dispuesto a pasarme la vida entera demostrándole que la quiero y que es, de lejos, la persona que más me importa en el mundo.

¿Quién sabe? Puede que, con suerte, algún día, dentro de muchos años, la voz de mi cabeza cambie y sea capaz de gritarme que, después de todo, sí era digno del amor de Avery Sinclair.

52

Avery

He tardado dos horas en arreglarme, no porque no supiera qué ponerme, sino porque no estaba segura de que la elección fuera acertada.

Elegí el vestido dorado antes de venir a Vermont. Ha estado en el fondo de mi armario desde hace dos meses y hoy, cuando por fin ha llegado el día de ponérmelo, he tenido unos pensamientos que no me han gustado, pero esta vez no me he metido en la cama para rumiarlo. He llamado a Olivia y a mi hermana, les he pedido ayuda y, después de un buen rato de reafirmación, he conseguido vestirme, peinarme y maquillarme yo sola.

Es un vestido precioso, deja toda mi espalda al aire y me hace unas piernas increíbles. No es un vestido apropiado para Vermont, eso lo sé ahora, pero no cuando lo compré. Aun así, estoy dispuesta a pasar frío, porque es el vestido que elegí. Porque hubo un día, en una tienda, en el que pensé que me vería guapa con él y quiero volver a pensarlo. Quiero sentirme así.

Buscar la reafirmación a través del físico es un error, yo lo sé y supongo que, en algún momento, cuando empiece terapia, tendré que trabajármelo, pero joder, ahora mismo nadie puede quitarme la satisfacción de mirarme al espejo, verme preciosa y que eso me anime.

Bajo las escaleras y atravieso la galería con un nudo en el pecho porque sé que, sin importar la gente que hay aquí, que es mucha, yo solo quiero acercarme a una persona.

Lo veo a lo lejos cuando Frosty se aproxima a él. Mi primer impulso es acercarme corriendo para alejar al perro, pero entonces Asher baja una mano un poco temblorosa y lo acaricia. Así, con un gesto sencillo pero cargado de significado, me doy cuenta de que no soy la única que esta noche está obligándose a romper ciertos límites.

—Al final, tú y yo seremos buenos amigos —lo oigo decir.

—Eso espero, porque tenéis que estar juntos durante todo un año y es muy bonito veros así por fin.

Se gira con decisión, como siempre. Me observa de arriba abajo, como siempre. Y tiemblo de anhelo, como siempre.

Intento que no se note, compongo una sonrisa sincera, pero profesional, e incluso estoy tentada de dar una vuelta para que se fije en mi espalda descubierta, pero entonces él da un paso al frente y me abraza con tanto ímpetu que me paralizo, porque llevo días sin tocarlo así y es… es increíble volver a sentirlo.

Mis manos rodean su camisa. Se ha puesto el único traje de chaqueta que tiene, aunque no lleva chaqueta y, en vez de zapatos, lleva sus zapatillas, pero eso no le resta atractivo. De hecho, creo que es el chico más guapo de esta fiesta. O puede que hablen por mí los sentimientos que tengo por él. Aun así, sonrío contra su pecho porque Asher sigue siendo Asher y volver a sentirlo, aunque sea en forma de abrazo amistoso, es precioso.

—Estás increíble. Maravillosa. Perfecta —susurra en mi oído antes de apretarme un poco más y luego dar un paso hacia atrás.

Sin embargo, no me suelta de golpe. Acaricia mis hombros, mis bíceps, mis antebrazos y, por último, mis manos. Acaricia incluso mis dedos antes de dejar de tocarme. Una parte de mí, romántica y un poco estúpida, piensa en lo bonito que sería que no pudiera dejar de hacerlo porque se siente como yo.

No es así, lo sé, pero han pasado los días suficientes como para darme cuenta de que prefiero tener a Asher como amigo antes que no tenerlo en mi vida. Eso último es demasiado duro, así que sigo sonriendo y me repito mentalmente una y otra vez que es mejor un corazón resquebrajado que completamente roto.

—Menuda fiesta, ¿no?

—Debo reconocer que George y Margaret todavía saben lo que se hacen. Es una suerte que quieran quedarse en el hotel durante mucho tiempo. Nos vendrá bien su ayuda. ¿Quieres tomar una copa?

—Me encantaría.

—¿Champán?

—Prefiero cerveza.

—Esa es mi chica.

Se aleja caminando hacia atrás algunos pasos antes de girarse y permitirme soltar el aire a trompicones. Definitivamente, tenemos que mantener una conversación incómoda y seria, porque frases como «esa es mi chica» tienen que desaparecer de su vocabulario. No le culpo por no quererme, de verdad que no. Estos días de encierro voluntario me han servido para darme cuenta de que, precisamente yo, debería entender que no se puede obligar a nadie a enamorarse. Pero hay una parte de Asher cariñosa, solícita y encantadora que tiene que mantener a raya cuando se relacione conmigo. Por eso, cuando vuelve, no espero mucho antes de dar un sorbo a mi cerveza y lanzarme.

—Tenemos que hablar, Asher.

—Lo sé. —Su pecho se hincha de aire antes de soltarlo poco a poco—. Lo sé. Yo también quiero hablar contigo.

—¿Damos un paseo? —Señalo el patio y Asher mira mi vestido.

Hace una semana eso solo habría servido para arrancarme una risa. Ahora, en cambio, es otra puñalada. Porque me desea, puedo verlo, pero no me quiere. Y yo... yo no puedo seguir adelante haciendo ver que esto solo es sexo sin compromiso. No lo es. No para mí, desde luego.

—No es un vestido muy adecuado para...

—¿Vas a hablar tú de vestimenta adecuada? Has venido en zapatillas.

—Pero en traje y guapísimo, ¿o no? —enarca una ceja. De nuevo, la puñalada.

—Dios, de verdad que tenemos que hablar —digo cerrando los ojos, porque el impulso de seguirle el juego es demasiado grande.

Él me ve tan seria de repente que asiente una sola vez, sostiene mi mano y me arrastra a través del vestíbulo hacia las escaleras, pero no las que van a nuestro apartamento, sino las otras. Las que van a la planta superior de la casa.

—¿Qué haces? —pregunto entrando en pánico—. ¡Tenemos prohibido subir ahí!

—Yo ya he estado.

—Ah ¿sí? ¿Cuándo? —No necesita decirlo. Su expresión ya no es pícara, sino sombría—. Entiendo…

—Te busqué por cada rincón antes de ir al bosque —admite.

El ambiente se tensa tanto que ninguno de los dos nos damos cuenta de que Luke está bajando las escaleras. Al vernos, lejos de molestarse, sonríe y nos mira.

—Mi habitación es la del fondo. Estaréis más tranquilos. Simplemente haced la cama luego, ¿vale?

—¿Qué? ¡No vamos a hacer nada! —exclamo ofendida.

Luke se aleja riéndose y yo lo miro mal hasta que se lo pierdo de vista y, entonces, miro mal a Asher por reírse.

—Bueno, no podemos culparle por pensar eso. Nos hemos dedicado a hacerlo bastante bien las últimas semanas.

—Las últimas, no. Desde Navidad, no.

La sonrisa de Asher se borra de un plumazo, como por arte de magia. Asiente una sola vez y carraspea.

—Cierto. Respecto a eso…, tengo algo que decir.

—¿Algo?

—Mucho, en realidad.

—Bien, yo también, así que, si ya tenemos permiso para subir, ¿a qué esperamos?

Sigo a Asher, que no suelta mi mano pese al momento tan tenso que acabamos de vivir. Atravesamos un largo pasillo hasta llegar a una habitación sobria, pero bonita. Decorada en tonos azules y oscuros. No es infantil, pero de las baldas todavía cuelgan medallas de competiciones esquí y algún que otro trofeo.

Observo la cama con una colcha de cuadros que no podría ser más navideña, aunque no tenga tonos rojos. La evito y camino hasta el fondo, hacia el diván que hay justo en la ventana. Me siento y cruzo los brazos, no porque tenga frío, sino en un acto reflejo para protegerme.

—Tú dirás.

Asher cruza la estancia, pero, cuando está a mi altura, decide sentarse en el borde de la cama. El problema es que eso no parece servirle. Enseguida se pone de pie y comienza a caminar de un lado a otro. Está nervioso, imagino que no es plato de buen gusto lo que pretende decir, así que, como no se decide, me envalentono y le echo una mano.

—No voy a pedirte que me quieras, Asher. —Él se para en seco y me mira como si me hubieran salido dos cabezas, pero no me detengo—. He pasado días encerrada en mi habitación en gran medida por lo sucedido, pero también por la vergüenza de mirarte y saber que no... Que tú no me quieres. Dejaste las normas claras y me las salté. Tú pudiste ver lo que sentía y yo no hice nada por esconder mis sentimientos, pero quiero que sepas que, sin importar lo que yo sienta, nunca voy a obligarte a quererme.

—Avery, yo...

—No sería justo y, créeme, sé lo que se siente cuando alguien te quiere, no le correspondes y aun así insiste.

—Si estás comparándote con tu acosador, deberías dejarlo; no tienes nada que ver con ese tipo macabro...

—Yo te quiero. —Las lágrimas acuden a mis ojos tan rápido que me levanto enseguida, me doy la vuelta y miro por la ventana, porque, aunque me encantaría, no soy capaz de hacer esto mirándolo a la cara. Al menos hasta que me calme un poco—. Te quiero, Asher, pero no voy a colgarme de una mínima esperanza solo porque has sido cariñoso y atento conmigo. No es justo para ti, ni tampoco para mí.

—Avery…

—Así que, si lo que te preocupa es que empiece a agobiarte o a pedirte más de lo que puedes dar, puedes estar tranquilo, porque eso no va a pasar. Sin embargo…

—Para, Avery.

—No voy a volver a acostarme contigo. —Ignoro sus intentos de frenarme. Me concentro en los copos de nieve que caen, en el patio repleto de gente que ha venido a celebrar el fin de año y, más allá, en las vistas del bosque—. Una cosa es que no me correspondas, eso lo entiendo, pero no soportaría volver a tener sexo contigo y sentir tu rechazo si, en un momento dado, piensas que te he acariciado con demasiado sentimiento. No puedo reprimirme y tampoco puedo…

Me sobresalto cuando siento sus brazos rodearme por la cintura. No sé en qué momento se ha acercado y no entiendo por qué me está abrazando mientras le digo que deberíamos limitar el contacto físico. Me tenso, pero entonces siento sus labios sobre mi oreja. Su respiración se estrella contra mí y, cuando me habla, su voz es un susurro que me eriza por completo.

—Si no te callas un poco, esto va a ser muy difícil, rubia, y tengo la firme intención de declararme antes de que acabe el año, así que, por favor, gírate y mírame para que puedas ver lo seguro que estoy de todo lo que tengo que decir.

Trago saliva y siento aguijones clavarse en mi piel. Juraría que los siento, pero deben de ser los nervios, porque me está abrazando más fuerte y porque sus labios vuelven a rozarme la oreja al hablar.

—Gírate, Avery.

—Si no me sueltas, no puedo… —murmuro con un hilo de voz.

Su risa se estrella contra mí y es lo último que necesito para perder el sentido. O eso creo hasta que me giro y veo sus ojos.

He visto a Asher mirarme de muchas formas. Con deseo, con humor, con tristeza y con miedo… Lo vi mirarme la noche de Navidad con algo muy parecido al amor, pero esto… Esto no lo había visto nunca. El modo en que su rostro se ha suavizado y sus ojos me miran es nuevo, emocionante y terrorífico.

¿Y si al final resulta que no está todo perdido?

53

Asher

La proposición.
Titanic.
Orgullo y prejuicio.
El diario de Noah.
La princesa prometida.
Romeo + Julieta.
Love Story.
Crazy Stupid Love.
Last Christmas.
Un príncipe por Navidad.

Por mi mente pasan todas las películas románticas que Avery me ha obligado a ver en algún momento. Las buenas, las malas y las regulares. Todas. Intento pensar en las declaraciones de todas ellas, porque sé que a ella le encantan y llora con todas. De verdad, ha llegado a llorar con declaraciones que a mí me daban una vergüenza ajena tremenda, al menos hasta que la miraba a ella y terminaba sonriendo, porque me veía que, en realidad, no le importaba tanto lo que se dijeran como el hecho de que había vuelto a triunfar el amor, en la forma que fuera.

—No soy un tipo romántico. No me sale. No... no sé hacerlo. Nunca pensé en gestos románticos hasta que te conocí y, desde entonces, todos los gestos románticos que imagino acaban contigo desnuda, así que supongo que eso no cuenta, ¿no? —Sé que Avery está estupefacta porque pierde la oportunidad de reírse de mí. Carraspeo y me rasco la nuca—. A veces pienso que no soy más sensible porque me crie en un ambiente de mierda, pero me he dado cuenta de que, en realidad, mi infancia solo fue una parte de mi vida. Una pequeña, en comparación con todo lo que he vivido después y lo que, si no me muero pronto, me queda por vivir.

—Más te vale no morirte —dice ella antes de limpiarse la mejilla para eliminar unas lágrimas traicioneras—. Perdón, sigue.

—Lo que intento decirte es que no sé qué tipo de gestos te gustarían o qué palabras te gustaría oír, así que, como parece ser que me las he apañado para conseguir enamorarte siendo yo mismo, aunque parezca un milagro, voy a seguir siendo yo mismo, ¿vale? A lo mejor no es muy romántico... Puede que la cague, hay muchas posibilidades, pero va a ser real. Eso te lo aseguro. Intenta no reírte y eso.

Avery se ríe, lo que provoca que la mire mal. Pero entonces vuelve a dejar caer un par de lágrimas y se las limpia a toda prisa.

—Bueno, la culpa es tuya, Brooks. Está siendo una declaración bastante rara.

—Estoy nervioso —admito—. Mira, yo no sé..., no sé pronunciar discursos grandilocuentes que te derritan, pero puedo decirte que, aunque no recuerdo qué llevabas puesto la primera vez que te vi, recuerdo a la perfección la primera vez que pensé que te quería en mi vida. Yo iba corriendo por el hotel, tratando de huir de..., eh..., bueno, de una chica, y puede que fuese un poco ligero de ropa después de que su novio nos pillara haciendo cosas que, desde luego, no deberíamos haber hecho. Me llamaste, echaste tu silla hacia atrás y permitiste que me metiera bajo el mostrador.

—Como recuerdo romántico, no sé si sirve —dice un poco consternada.

—Dame un segundo —digo alzando un índice, pero sudando muchísimo porque ni siquiera yo sé si voy a hacerme entender—. Te acercaste al mostrador justo cuando apareció el novio de la chica y, cuando pensé que te limitarías a ayudarme a esconderme, me clavaste un tacón en la mano para dejarme claro que no estabas de acuerdo con lo que había hecho. Te parecí un cretino, pero, aun así, me ayudaste. Esa fue la primera vez que pensé que te quería en mi vida.

—¿Por ayudarte a librarte de las chicas con las que te liabas?

—Sí, pero también porque yo solo tenía un amigo en el mundo: Noah. Y después de eso, me pregunté cómo sería tener otro. Otra. No puedo decirte que me enamoré de ti en cuanto te vi, Avery, porque sería mentira. Yo aprendí a verte como a una amiga, y eso, en mí, es casi igual de importante. Te fuiste volviendo imprescindible en mi vida, no solo porque me ayudaras a huir cuando lo necesitaba, sino porque sabías bromear conmigo cuando el día era una mierda. Averiguabas mi estado de ánimo y me proponías salir de fiesta sin que tuviera que pedírtelo. Me llevabas borracho a casa cuando no me tenía en pie y permitiste que yo te llevara pasada de rosca a tu casa más de una vez. Confiaste en mí cuando poca gente lo hizo. Te metiste en mi vida, viste mis peores partes y, aun así, decidiste quedarte. Y eso... eso no es algo que haya hecho mucha gente.

—Asher...

—La única razón por la que acepté venir aquí fue porque tú venías conmigo. No habría aceptado de tratarse de cualquier otro compañero, y creo que Noah lo sabía. Si tenía que pasarme un año alejado de Nueva York, de la multitud y de las huidas hacia delante, quería hacerlo con alguien a quien estaba seguro de querer en mi vida para siempre.

—Creo que yo tampoco habría aceptado venir con nadie más —me dice sollozando, pero esta vez sin dejar de sonreír.

—No me enamoré de ti la primera vez que te vi ni la segunda, pero solo fue porque eras tan importante para mí que, por una vez, pensé en lo vital que era que mantuviera mis manos quietas. Porque si tenía que elegir entre acostarme contigo y perderte como amiga, tenía muy clara mi decisión. El problema es que llegamos aquí, te sorprendí desnuda en la ducha, luego decidiste que era buena idea emborracharte y quitarte ropa delante de mí y..., bueno, las cosas se aceleraron. No voy a contarte esa parte de la historia porque tú estabas allí, pero voy a contarte la que no viste.

Trago saliva, alzo las manos para tocarla, pero me doy cuenta de que no debería hacerlo. No, sin acabar de hablar. No sé qué hora es, pero, joder, espero que todavía falte un poco para el fin de año.

—He soñado contigo tantas veces que no puedo contarlas. Eso no es tan raro, lo raro es que en muchos de esos sueños estabas vestida. —Avery se ríe y la imito, porque esto no está saliendo tan romántico como esperaba, pero, al menos, estoy siendo más sincero de lo que lo he sido en toda mi vida—. Soñé contigo en una pista de hielo mientras te esforzabas por patinar. Soñé con nosotros dos de fiesta en Nueva York. Soñé que te abrazaba en el trineo de huskies. Soñé contigo montando el árbol la noche que decoramos, como si no hubiera tenido suficiente de ti en la vida real. Te he soñado de tantas maneras que me parece increíble que me haya costado tanto entender que hace mucho que no eres una amiga. Hace mucho que te necesito, Avery, no solo en mi cama, sino también en todas esas partes de mi vida en las que antes no he querido a nadie. Quiero dormir contigo cada noche, prepararte café todas las mañanas y enfadarme contigo por dejar el baño perdido de cremas y potingues solo para que me calmes a besos. Quiero que me pongas pelis que no entiendo y me dan vergüenza ajena porque me gusta que me abraces cuando acaban y te sientes contenta y sensible. Quiero decirte que eres malísima conduciendo y que me grites que soy un cretino. Quiero que me protejas de los perros. Y de George, ya que estamos. Quiero imaginar cómo será el futuro y eso…, joder, eso sí que es raro, porque llevo toda la vida intentando no pensar más allá del presente, no porque me guste vivir al límite, como decía, sino porque no estaba seguro de que realmente hubiera un buen futuro para mí. Pero contigo… Si tú estás conmigo, sé que mi futuro será bueno. Y quiero… quiero…

Mi voz se rompe, lo que me indigna muchísimo, pero Avery se pone de puntillas, rodea mi nuca con sus brazos y me besa para que deje de hablar, así que supongo que mi objetivo está conseguido. La cojo por la cintura y la alzo un poco para que no le cueste llegar a mi boca. La beso no una, sino un montón de veces en un intento de hacerle entender, ahora con gestos, que voy en serio.

—¿Era todo en serio? ¿Estás seguro?

—Estoy seguro, rubia —murmuro apoyando mi frente en la suya—. Te quiero. Te quiero tanto que voy a mudarme a tu cuarto y convertir el mío en un vestidor. Te quiero tanto que me ducharé cada día con gel con olor a vainilla, o almendras, o a cualquiera de esas mierdas que te gusta. Te quiero tanto que voy a dedicar todas las Navidades de mi vida a darte un adorno tallado en madera para que no olvides dónde empezó nuestra tradición. Y dónde empezamos nosotros.

—Dios, eso sí que es una gran declaración de amor —dice riendo entre lágrimas antes de volver a besarme—. ¿Quién iba a decir que un día conseguiría reformar al mismísimo Asher Brooks?

—¿Quién iba a decir que iba a quedarme con la chica de las mil sonrisas?

Avery me abraza, la beso y, por primera vez en la vida, cuando miro fuera, a la gente que se mueve por el exterior y celebra estas fiestas entre abrazos y besos, no siento envidia, ni rencor, ni dolor. Solo siento gratitud, porque todo lo que yo quiero esta Navidad y todas las que están por venir ya lo tengo entre los brazos.

Epílogo

Asher

Cinco años después

«Si ese niño vuelve a caerse encima de mi hija como por accidente, le rompo las piernas».

—Eh, tú —le digo a Noah—. Como tu hijo vuelva a caerse encima de mi hija, le rompo las piernas.

—Bueno, pues ya estamos otra vez con el cavernícola subido.

—¡No, cavernícola, no! Que no sabe jugar, joder. ¡Solo sabe empujar y tirarse encima! ¡Y el otro le anima!

Noah mira a sus hijos de cuatro años. Son gemelos idénticos. Uno se llama Nicholas, como el abuelo de Noah, y el otro Roberto, como el padre de Olivia, aunque todos lo llamamos Robert. Ella quería ponerle Eduardo, por Manostijeras, en su línea de persona un poco tétrica, pero Noah se negó.

A mí, el nacimiento de esos niños me alegró la vida. Fui muy feliz por mi amigo, y por mi amiga, y por las familias de ambos. Fui muy feliz porque los quiero mucho. Fui tan feliz que convencí a Avery de tener un bebé. Yo, que juré toda la vida que no quería hijos, de pronto iba por ahí suplicando detrás de mi rubia para que tuviéramos uno. Aunque he de decir que se resistió solo dos días porque tenía miedo de que yo no estuviera seguro. La entiendo. Me he pasado muchos años hablando de mi infancia de mierda y diciéndole que no quería ser padre porque mis únicas referencias eran... Bueno, eran las que eran. Pero quería hacerlo. De verdad quería probarme a mí mismo que podía hacerlo bien y, en cuanto ella vio lo en serio que iba, nos pusimos manos a la obra. Un año después de los gemelos nació Alison, nuestra hija, y ahora veo la vida con otro prisma.

Uno de sufrimiento, principalmente.

Alison es rubia, como su madre. Tiene los ojos azules, como su madre y como yo, pero recuerdan más a los de su madre. Tiene la sonrisa dulce de su madre. Y la labia de su madre para tratar con los demás.

¿Sabes qué ha heredado Alison de mí? El gusto por el peligro.

Es una desgracia. Tiene tres años y, al parecer, si no arriesga su vida como mínimo una vez al día, no es feliz. Le encanta tirarse en trineo por las colinas de Silverwood, aunque yo me ponga frenético cada vez que Luke, Violet o George me confiesan que los ha convencido para hacerlo. Insisten en que debe empezar a tomar clases de esquí, pero mi corazón bombea demasiado rápido cada vez que lo pienso.

Le dio por escalar árboles, así que construí para ella una preciosa casita a media altura, pero ni la mira. Sigue escalando árboles, comiendo tierra e intentando correr más rápido que los huskies.

Es preciosa, lista y carismática como su madre y tan salvaje como su padre. Si la juntas con los gemelos Merry, que son un maldito tsunami de energía y malas ideas donde quiera que lleguen, tenemos el espectáculo servido.

De ahí nunca salen más que problemas.

Alison se pone en pie como si los dos niños no se le hubiesen caído encima y me sonríe levantando los pulgares.

—¡Toy bien, papi!

—Chica valiente —dice Noah a mi lado lleno de orgullo—. No te preocupes, a la próxima seguro que no la atrapan con tanta facilidad.

—No, a la próxima, no. Llama a tus hijos para que vengan y déjales claro que no pueden saltar sobre mi hija.

—Ni lo sueñes. Yo estoy de vacaciones y he decidido relajarme, para variar.

—¿Que has decid...? Pero ¿tú te oyes?

—Por supuesto que me oigo. ¿Y tú? ¿Te oyes tú? Estás histérico por un accidente de nada.

Está sentado en la terraza que he tardado años en construir y tengo tantas ganas de volcar su silla y que se caiga al lago que no sé cómo me aguanto.

Posiblemente porque el terreno es suyo, aunque la casa sea mía.

Para sorpresa de nadie, después de nuestro primer año en Vermont, Avery y yo decidimos quedarnos. La oportunidad de llevar este sitio no íbamos a tenerla en otro lugar. Noah confiaba en nosotros y nos adaptamos tan rápido a Silverwood y sus costumbres que volver a Nueva York para algo más que una visita rápida se nos hacía demasiado cuesta arriba.

Pasamos unos meses más en el apartamento después de decidir que nos quedábamos, pero las reservas del hotel seguían siendo altas, así que finalmente tuvimos vía libre para construir más cabañas. Ahí fue cuando Noah se reunió con nosotros y nos dijo que teníamos permiso para construir donde quisiéramos nuestra propia casa. Podríamos habitarla siempre que siguiéramos al frente del Hotel Merry en Vermont y, si teníamos hijos, la heredarían. Fue un sueño. Contamos en todo momento con la ayuda de Margaret, George, sus hijos y sus nueras; contra todo pronóstico, estaban felices de que nos quedáramos. De alguna forma loca y caótica, acabamos formando una especie de familia que se completa cuando los parientes de Avery vienen de visita o, como en este caso, se unen también los Merry.

—¿Estáis bebiendo cerveza sin mí? —pregunta Luke de mal humor mientras se acerca por la escalera del lateral de la terraza—. Qué desconsiderados.

Me río y palmeo su espalda.

—¿Quieres una?

—No te molestes. Mis padres os reclaman en la casa grande. Tenemos que montar algunas mesas para esta noche y Savannah, Violet y Blair van a matarte como tengan que hacerlo ellas solas. Bueno, y yo voy a matarte si haces que mi mujer trabaje mientras tú estás aquí de cervezas.

—Tu mujer puede trabajar perfectamente bien. ¿O es que estar recién casada hace que se vuelva torpe?

Luke me mira mal, pero me río en su cara de todos modos. Al final, resulta que George volvió a hacer de las suyas y la chica de piel oscura y trenzas larguísimas no necesitó más que una conversación y algunas quedadas en la pista de esquí para volver loco a Luke.

—Compórtate como un buen gerente, ¿quieres? —dice para picarme.

—Oye, que estoy con el gran jefe —digo señalando a Noah.

—Él está de vacaciones. Tú, no.

Noah se ríe y yo lo miro mal.

—O sea, que para una vez que vienes, como estás de vacaciones, me sigo comiendo yo los marrones de todo.

—Para eso te pago, ¿no?

Su tono es chulesco, pero, en realidad, sé que abarca mucho más de lo que dice. La confianza ciega sigue estando ahí. La fe que Noah Merry puso en mí un día, hace muchos años, me salvó y me ayudó a ser el hombre que soy hoy en día. Me faltará vida para agradecérselo, aunque me pase la vida protestando cuando lo tengo cerca.

Mañana es Navidad y esta noche es la cena en la casa grande, donde siguen viviendo los antiguos dueños porque, aunque nos la ofrecieron a Avery y a mí, decidimos que ellos la entienden mejor que nadie. Al final, el Hotel Merry de Silverwood es un sitio ideado para que las personas puedan sentirse como en casa. No tendría sentido vender algo así si las personas que lo han llevado durante años son desgraciadas. Y Margaret sería muy desgraciada sin su cocina y la casa en la que lleva toda su vida. Casi tan desgraciada como lo seríamos Avery y yo si no pudiéramos amanecer cada día mirando el lago nevado y el bosque a lo lejos.

—Aviso a Avery —le digo a Luke—. Tú, coge a los tres niños, vete con ellos a la casa grande y procura que lleguen de una pieza. Al menos mi niña.

—Que me hables como si tú fueras el dueño, es un poco insultante.

—Noah...

—Vale, vale. De todos modos, Olivia dice que Margaret ha preparado tamales y me muero por probar uno. O cinco. ¡Eh, chicos, el que primero llegue se lleva un premio!

Aprieto los dientes viendo a mi hija aceptar el reto antes incluso de que mi amigo termine la frase. Sale disparada hacia la casa grande con tanta velocidad que Noah suelta una carcajada y me mira guiñándome un ojo. Le hago un corte de mangas y entro en casa, porque si me quedo aquí viéndolos voy a ponerme aún más tenso.

—Rubia, ¿cómo vas?

Avery está en la mecedora que tenemos frente a la chimenea, justo al lado del árbol de Navidad que, con cada año que pasa, luce más cargado de adornos de madera tallados a mano. Sonrío como un tonto en cuanto veo la estampa.

—Esta niña no se sacia nunca.

Me acerco y miro el pequeño bulto que sostiene contra su pecho. Apenas tiene cinco días y es la cosa más bonita del mundo, junto a su hermana. Y parece más tranquila, al menos de momento. Se llama Aurora porque, aunque el nombre de Alison lo elegimos por motivos diferentes, cuando se lo pusimos nos dimos cuenta de que todos en casa tenemos un nombre que empieza por la a. Ponerle a este bebé un nombre con otra letra se nos hacía raro.

Lo sé, los raros somos nosotros.

Toco su mejilla para asegurarme de que está dormida y, cuando Avery la desengancha de su pecho, la acurruco contra mí.

—¿Quieres que vayamos en el coche?

—No, está a dos minutos.

—Estás recién parida, Avery.

—No importa, quiero ir caminando y disfrutando del paseo. Ya huele a Navidad, ¿te has fijado?

Sonrío. En Silverwood huele a Navidad desde octubre. Ya mismo haremos que parezca Navidad en verano, pero no se lo digo porque, en realidad, el hotel y todos los alrededores están preciosos con las luces solares, los árboles decorados y los trineos llenos de niños por todas partes.

Y todo, o casi todo, es cosa suya.

Después del susto con el acosador, Avery cada vez se reafirmó más en que quería llevar las redes, pero sin mostrar toda su vida en ellas. Se formó en marketing y publicidad y crea un contenido único que hace que la gente quiera venir, pero no por ella, sino por el sitio en sí y el sinfín de actividades que ofrecemos. Aún hoy dice que, en el fondo, que le sucediera aquello le hizo dar el paso definitivo. La terapia, desde luego, ayudó mucho.

No es que estos cinco años hayan sido idílicos, porque ha habido de todo, pero hemos sabido remar en la misma dirección y eso, desde luego, es un gran punto a favor. Puede que hayan venido rachas malas, pero ni un solo día he dudado de la decisión de quedarme aquí, y mucho menos de mi amor por Avery. Lo demás, al final, ni siquiera importa tanto.

Meto a Aurora en el pañuelo de porteo que tenemos para ella, bien pegada a mi pecho, y me abrocho el abrigo térmico dejándola dentro, pero con un hueco arriba para que le entre el aire y pueda respirar. Abrazo a Avery por la cintura y salimos de la cabaña mientras se queja de que la trato como si fuera de cristal.

—Apenas tengo puntos y me siento mucho mejor de lo que me sentí en el posparto de Alison. Para el tercer bebé, casi no me enteraré.

—¿Tercer bebé? —Me paro en seco en el porche, con ella aún pegada a mi cuerpo y Alison durmiendo plácidamente contra mí—. ¿Quieres otro bebé?

—¿Tú no?

Me mira y sonríe de ese modo que todavía hace que me tiemblen las piernas. Luce ojeras, pero también se ha pintado los labios de un rojo intenso que me provoca besarla constantemente. A veces, en momentos así, todavía la miro y me pregunto qué demonios hace alguien como ella con un tipo como yo, pero entonces me fijo en lo que estamos formando juntos y encuentro todas las respuestas que necesito.

—Sí, una chica más sería un buen cierre.

—A lo mejor viene el chico.

—Por mí como si viene una mandarina. Mientras tú seas la madre y yo el padre, estaré feliz.

Avery suelta una carcajada, sujeta mi mejilla y me insta a bajar la cara para poder besarme, porque imagino que ponerse de puntillas aún le causa molestias.

—No ha habido un solo día de mi vida que me arrepienta de formar una familia contigo, Brooks. Siempre vas a ser mis más felices e inesperadas Navidades.

Sonrío contra sus labios y me separo lo justo para besar su frente, su nariz y sus mejillas. Me encantaría decirle un millón de cosas ahora mismo, pero el frío es intenso y tenemos una recién nacida que pronto empezará a llorar para pedir más comida, así que me recuerdo que puedo decirle todas esas cosas luego porque tengo la inmensa fortuna de encontrar a Avery en mi cama cada noche y besarla con los claros del día cada mañana, de modo que me limito a sonreír y guiñarle el ojo de esa forma que todavía hace que se ponga nerviosa.

—Siempre vas a ser mis más felices e inesperadas Navidades, Sinclair.

Agradecimientos:

A mi familia. Siempre.

A mis amigas y amigos, los de verdad. Los que se han convertido en tribu y familia, aunque no nos una la sangre.

A mis lectoras y lectores.

A mi equipo editorial.

A mi agente, Pablo, y a todos/as los que forman Editabundo.

A todas las personas que este año celebraron mis alegrías y abrazaron mis lágrimas con un cariño infinito.

A la escritura y a las letras, por ser capaces de acompañarme y abrazarme incluso en las noches más oscuras.

Y a la Navidad. Hoy. Mañana. Siempre. Puede que cada año me cueste más mirar las sillas vacías en Nochebuena sin llorar, pero nunca dejaré de recordar la magia que crearon para nosotros. Y nunca dejaré de intentar crear esa misma magia para los que vinieron después y aún siguen llegando.

Feliz navidad, familia.

Nos vemos por los libros =)

Este libro se terminó de imprimir
en el mes de octubre de 2024.